아귀도

아귀도
조동신 장편소설
아프로스
미디어

등장인물

문형규 : 문진플랜트 대표

문승진 : 문형규의 아들

민희주 : 문승진과 같은 동아리의 고생물학 전공 대학생

양성준 : 유전공학자

장태민 : 문진플랜트 소속 개발 선임 연구원

양서희 : 양성준의 딸

고명수 : 해양플랜트 대표

이경준 : 문진플랜트 부사장

박선주 : 문진플랜트 연구원

신석기 : 문진플랜트 연구원

이혜선 : 신문사 기자

김호선 : 문주란호 선장

한주호 : 문주란호 선원

심지윤 : 고명수의 경호원

윤세미 : 양서희의 가정부

* 아귀도는 실제로 존재하지 않습니다.

* 고생물학과는 국내 학부에는 존재하지 않는 학과입니다.

차례

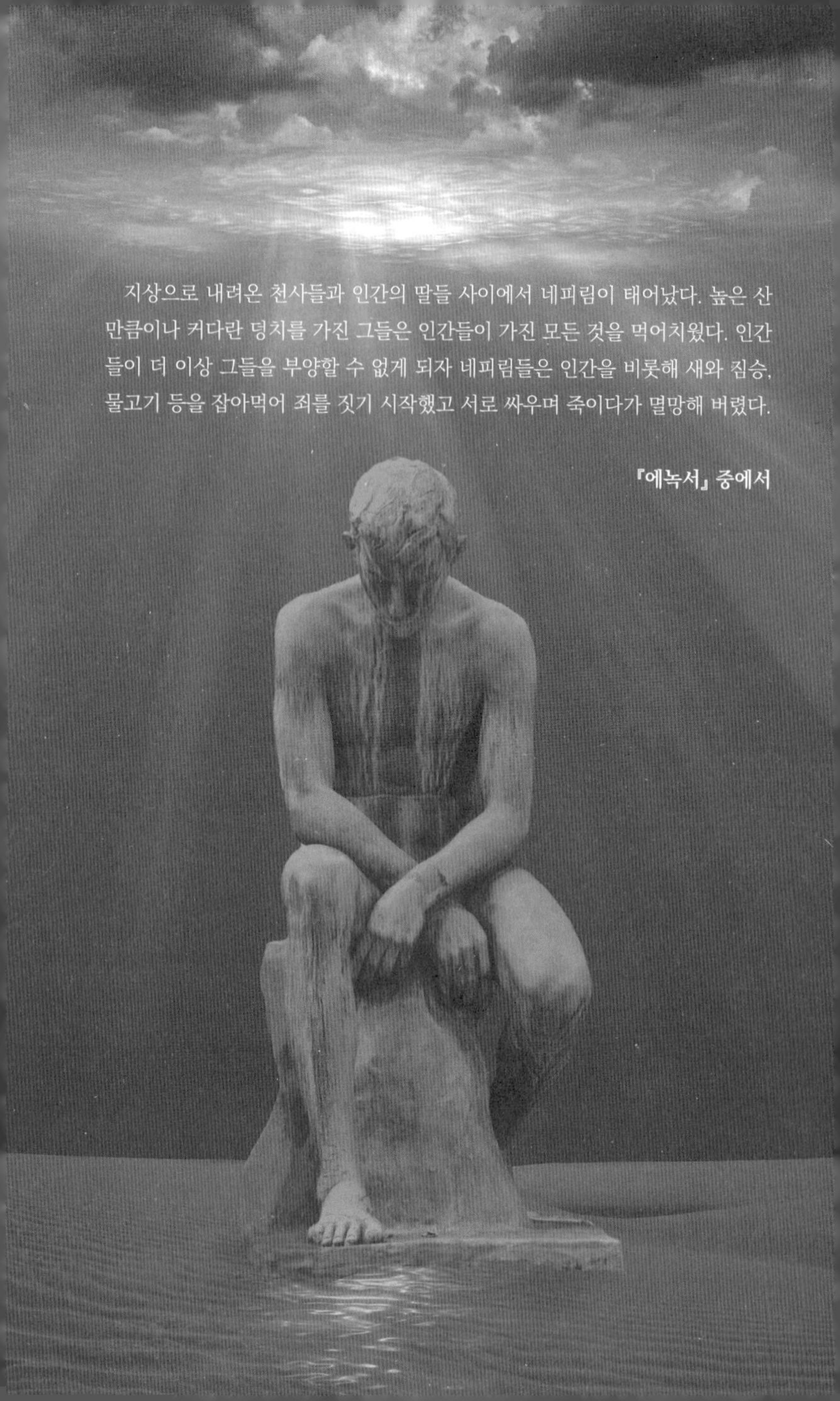

지상으로 내려온 천사들과 인간의 딸들 사이에서 네피림이 태어났다. 높은 산 만큼이나 커다란 덩치를 가진 그들은 인간들이 가진 모든 것을 먹어치웠다. 인간들이 더 이상 그들을 부양할 수 없게 되자 네피림들은 인간을 비롯해 새와 짐승, 물고기 등을 잡아먹어 죄를 짓기 시작했고 서로 싸우며 죽이다가 멸망해 버렸다.

『에녹서』 중에서

1

"여보! 이렇게 가 버리면 어떡해! 우린 어떻게 살라고!"

한 여인의 통곡 소리가 마을에 울려 퍼졌다. 이윽고 사람들이 모여 있는 강가에 한 여자아이가 뛰어왔다.

"아빠?"

털썩 주저앉아 버린 아이는 다리에 힘이 빠져서 도저히 일어날 수 없었다. 항상 웃는 얼굴만 보여 줬던 아빠. 그런 아빠가 차가운 시신이 되어 앞에 누워 있다는 것이 도저히 믿기지 않았다. 모녀는 완전히 넋이 나간 표정이었다. 꼭 살아 있을 거라는 믿음을 가지고 기도했건만 무심한 하늘은 그 기도를 들어 주지 않은 것이다.

초등학교 1학년인 그 아이는 그날 이후 한동안 집에 틀어박혀 울기만 했다. 수군거리던 마을 사람들 중 누구는 엄마가 불쌍하다, 누구는 딸이 안됐다고 했지만 그들의 진정한 관심사는 도대체 아이가 본 것이 무엇이냐는 것이었다.

며칠 전 폭우로 마을이 완전히 물바다가 되었다. 이곳은 산골구릉 지형 때문에 장마가 심하면 물이 금방 범람했다. 그날 여자아이는 같은 반 남자아이와 함께 학교에 가고 있었다.

"이거, 도저히 못 건너겠다."

눈앞에 이어진 둑길은 이미 범람한 강물에 완전히 덮인 상태였다. 이럴 때는 수심이 얕다고 해도 거친 물살 때문에 조심해야 한다. 잘못해서 넘어지기라도 하면 그대로 쓸려가 버릴 위험이 있기 때문이었다.

"어? 아빠다!"

여자아이는 때마침 그곳을 지나가고 있는 아버지를 발견했다. 그는 밤새 내린 비로 아침 일찍 집을 나와서 마을 회관에 갔다가 사람들과 함께 피해를 입은 곳은 없는지 확인 중이라고 했다. 옆에 있던 남자아이가 꾸벅 인사를 했다.

"안녕하세요."

"너희들, 학교 안 가고 뭐 하니?"

"가는 중인데 여길 못 지나가겠어요. 물이 너무 많아요."

"그래? 그럼 나한테 업혀라!"

먼저 여자아이를 업고 둑길을 건너 맞은편에 내려 준 그는 되돌아가서 이번에는 남자아이를 업고 건넜다.

"감사합니다!"

"아빠, 고마워."

"그래, 조심히 갔다 와."

"알았어요, 아빠."

여자아이의 아버지는 다시 둑길로 돌아갔다. 그렇게 둑길 중간쯤을 지나갈 때였다.

"응?"

여자아이가 뭔가 느낌이 이상해서 무심코 뒤를 돌았더니 물속에 커다랗고 시커먼 것이 보였다. '뭐지?' 하고 고개를 갸우뚱하는 순간, 그것이 물보라를 일으키며 펄쩍 뛰어올랐다.

"어?"

물보라와 함께 갑자기 불어온 강한 바람에 아버지는 중심을 잃고 물에 빠지고 말았다.

"아악!"

놀란 두 아이가 서둘러 달려갔으나 비누 거품 같은 하얀 물보라를 일으키며 물벼락이 둑을 덮쳤다. 만약에 조금이라도 일찍 그곳에 도착했다면 둘 다 무사하지 못했을 것이다.

"아빠!"

여자아이가 소리쳤지만, 아버지는 이미 물속으로 가라앉은 다음이라 모습이 보이지 않았다.

"아빠! 어디 있어!"

울부짖으며 무작정 물에 뛰어들려고 하는 여자아이를 남자아이가 붙잡았다.

"이거 놔! 우리 아빠 구해야 돼! 아빠!"

"안 돼! 네가 어떻게 구한다고 그래!"

그때 갑자기 물이 붉게 물들기 시작했다.

"저, 저건 뭐지?"

남자아이가 멍한 얼굴로 중얼거리자 물속에 붉은 물감 같은 것이 퍼지는 것을 본 여자아이는 최면술에 걸린 사람처럼 정신을 잃고 말았다.

며칠 후, 여자아이의 아버지는 결국 한쪽 다리가 잘린 시체로 하천에서 발견되었다.

"주변을 샅샅이 뒤져 봤지만 잘린 다리는 발견하지 못했습니다."

"물에 빠진 다음 어쩌다가 이렇게 된 걸까? 알 수 없는 일이군."

"하천으로 떠내려 온 걸 누가 건져 줬는데, 그 사람이 죽여서 다리만 잘라 가져간 게 아닐까요?"

"도대체 왜? 어떤 미친놈이 물난리 통에 그런 짓을 하지?"

"그거야 뭐, 지금부터 조사를 해 봐야겠죠."

"그, 그 사람 가물치한테 당했을지도 몰라요!"

구경 나온 동네 사람들 중 한 명이 담당 형사들의 대화에 끼어들었다. 그 말을 들은 형사반장이 멍한 표정으로 물었다.

"네? 가물치요?"

"틀림없어요. 그렇게 죽일 수 있는 건 가물치뿐이라고요! 그놈이 다리를 물어뜯은 겁니다!"

그의 말에 다른 주민들은 물론 취재진까지 웅성거렸다. 반장은 말도 안 된다는 표정이었다.

"저기요, 가물치가 우리나라 민물고기 중 가장 큰 건 압니다만, 어떻게 성인 남자의 다리를 물어뜯습니까?"

"제가 며칠 전에도 봤어요. 둑길에서 커다란 가물치가 튀어나와 지나가던 개를 물어 가는 걸요."

"혹시, 그때 한잔하고 가시는 길이셨나요?"

사람들 사이에서 웃음이 터졌다.

"그야 뭐……. 몇 잔 안 마셨어요. 커다란 가물치가 버둥거리는 그 개를 물속으로 끌고 들어가는 거 분명히 봤단 말입니다."

반장이 한숨을 푹 쉬더니 그에게 말했다.

"네, 알겠습니다. 잘 알았으니 그만 돌아가 주세요."

"아, 맞다!"

갑자기 그 마을 담당 경찰 중 하나가 큰 소리로 말했다.

"그러고 보니까, 저기 산속에 누가 무슨 연구소인가 뭔가를 세웠다고 들었어요."

"그게 왜?"

"거기서 혹시 거대 외래종 물고기라도 푼 게 아닐까요?"

"지금 너까지 무슨 엉뚱한 소리를 하는 거야? 너도 술 마셨냐? 쓸데없는 소리 말고 수색이나 해."

"당시 애들도 큰 물고기 같은 걸 봤다고 했으니까 그런 게 있을 수도 있지 않을까요?"

"야! 이런 시골 촌구석에서 무슨 거대 외래종 물고기가 사람을 물어 죽여. 애들 얘기랑 술주정뱅이 말 듣고 그런 거 찾아다닐 만큼 경찰이 한가해?"

"뭐? 술주정뱅이? 이 형사 양반이 정말. 몇 잔밖에 안 마셨다니까!"

앞서서 큰 가물치를 봤다는 마을 사람이 화를 내며 소리쳤지만 형사반장은 못 들은 척하고 뒤돌아섰다.

"자, 어서 수색이나 시작하자!"

경찰은 하천을 샅샅이 수색했지만, 성인 남자를 공격할 정도로 큰 물고기 같은 것은 흔적조차 발견하지 못했다.

며칠 후, 형사 두 명이 그 연구소를 찾아가 봤지만 그곳에서는 대형 물고기를 풀어 준 적도 없고 사육조차 하지 않는다는 말만 했다. 그들은 이 연구소가 의심스러웠지만, 수색 영장이 기각되어 탐문밖에 할 수 없었다. 경찰에서 할 수 있는 일은 거기까지였다.

"모녀만 불쌍하게 되었네요."

돌아오는 길에 형사 중 한 명이 말했다.

"그러게 말이야. 하지만 우리가 할 수 있는 게 더 이상 없네."

"상부에서는 왜 그곳에 대한 수색 영장 발부를 거부한 거죠?"

"극비 시설이라 접근이 제한돼 있다잖아. 우리 같은 하급 공무원이야 까라면 까야지 뭐."

선배 형사가 얼굴을 찡그리며 말을 이었다.

"그 모녀는 안됐지만 할 수 없지. 부검 결과도 칼 같은 것이 아닌 야생 동물한테 물어뜯긴 것 같다던데, 대체 뭐가……."

"그래서 마을 사람들의 그 이상한 말만 듣고 저 연구소도 가 본 거잖아요."

"아무튼 더 파 봤자 나올 것도 없으니 여기서 미결 사건으로 넘겨야지 어쩌겠어."

"네, 용의자도 증인도 없는 데다 짐승한테 물어뜯겼다는 부검 소견으로는 살인 사건 수사가 안 되겠죠."

"그렇지."

얼마 후, 여자아이의 어머니가 친척이 운영하는 사업체에 취직하면서 모녀는 그 마을을 떠나게 되었다. 그들이 마을을 떠나던 날, 웃음을 잃어버린 여자아이는 아무 말 없이 아버지가 빠진 둑길이 있는 방향을 한동안 노려봤다.

그리고 15년의 시간이 흘렀다.

2

"으, 으윽!"

한 남자가 배를 감싸 쥔 채 비틀비틀 걸음을 옮겼다. 그는 당장이라도 정신을 잃고 쓰러질 것 같았지만 간신히 버티고 있었다.

"악마 같은 놈들……!"

저주의 말을 퍼부은 그가 이를 악물고 어두운 동굴 속을 이동했다. 정신이 가물거리며 현기증이 일었다. 주변의 구조물들을 붙잡으며 목적지로 향한 그는 남은 힘을 다해서 거대한 탱크 앞으로 갔다. 그가 멈춰 선 곳은 탱크 바로 뒤쪽에 있는 수조였다. 그 수조는 동물원에 있는 바다표범 우리를 닮아 있었다.

앞에 있는 밸브 손잡이를 움켜쥔 그가 결심한 표정으로 힘을 주었다. 손잡이를 잡아당기자 곧 물이 쏟아지는 소리가 났다.

쏴아~!!

수조 아래에 있는 커다란 물웅덩이로 힘차게 쏟아지는 물속에는 뭔가 꿈틀거리는 굵직한 것들이 있었다.

"이제 자유다! 가거라! 가!"

그는 마지막 힘을 다해 밸브를 끝까지 연 뒤 그 자리에 픽 주저앉았다. 손으로 감싸고 있던 배에서 피가 흘렀다. 피와 함께 의식도 빠져나가는 느낌이었다. 그런 그의 상태에 맞추기라 하듯 수조의 물도 급격하게 빠져나갔다. 졸음을 쫓으며 정신을 차린 그는 주머니에서 핸드폰을 꺼냈다. 그리고 카메라 앱을 연 다음 몇 마디를 남겼다.

그가 자신이 온 방향에서 새어 들어오는 빛으로 눈을 돌렸다. 그 빛이 그에게는 마치 우물 속에서 올려다보는 하늘처럼 아득하게만 보였다. 그는 시야가 점점 희미해지는 것을 느끼며 몽롱한 무의식의 세계로 빠져들었다.

*

"저건 등대 아닌가요?"

배의 승객 중 한 중년 여성이 물었다.

"맞습니다. 그런데 지금은 운영을 안 해요."

선장이 미소 지으며 대답했다.

“어? 섬에 불빛이 보이는데요? 누가 사나 봐요?”

“아, 저 섬은 현재 개인이 소유하고 있습니다. 지금은 어두워서 잘 안 보이지만 풍력 발전기까지 설치되어 있죠.”

“아유, 엄청난 부잔가 보네요. 나도 사업이 잘만 됐으면 섬이나 하나 사서 계절마다 제철 생선을 낚아서 파티를 했을 텐데.”

중년의 승객이 부러운 듯 푸념하자 그 옆에 있던 사람이 선장에게 물었다.

“저 섬 주인은 크게 성공한 사업가나 뭐 그런 사람인가요?”

“그렇지는 않을걸요. 소문에는 뭔가 연구하는 곳이라던데요.”

선장이 진지한 얼굴로 대답했다.

“연구요? 저런 무인도 같은 섬에서 뭘 연구한다는 거죠?”

“글쎄요, 저도 잘…….”

“물었다!”

그때였다. 승객 한 명이 급히 낚싯대를 잡아당겼다.

“오, 드디어 입질이 온 건가요?”

사람들의 눈이 모두 그를 향했다. 그가 낚싯대를 들어 올리며 소리쳤다.

“아싸! 삼치다!”

“이야, 대단하십니다!”

선장이 큼직한 삼치를 낚은 사람에게 다가가서 유쾌한 목소리로 말했다.

"우와~ 큰 놈 잡으셨군요. 축하드립니다."

옆에 있던 다른 승객도 활짝 웃는 얼굴로 말했다.

"처음으로 월척을 낚으셨군요!"

그리고 몇 시간이 지났지만 다른 승객들은 별로 잡지 못했다. 요즘 이 주변 물고기가 부쩍 줄었다고 누군가 투덜대는 소리가 들렸다.

"자리를 옮기는 게 좋지 않을까요?"

아직 한 마리도 못 잡은 한 승객이 선장을 바라보았다.

"자리를 옮기다니요?"

"저기, 저 섬 쪽으로 가면 돌돔 같은 걸 잡을 수 있지 않을까요? 요즘 돌돔이 제철이라던데. 돌돔이 보통 바위틈에서 사니까 넓은 바다보다는 바위섬 주변에 많을 겁니다. 섬에서 가까운 쪽으로 이동하는 편이 좋지 않을까요?"

선장이 꺼림칙한 듯 말을 흐렸다.

"아귀도요? 거긴 좀……."

"저 섬이 아귀도예요?"

옆에 있던 승객이 불만스러운 얼굴로 끼어들었다.

"그러는 게 좋지 않을까요? 섬이야 개인 소유라지만, 주변에서 고기 잡는 거 정도는 괜찮지 않겠어요? 섬에 배를 정박하지 않으면 되잖아요."

"그 주변이 파도가 좀 센 편이고 암초도 많아서요."

선장이 조심스럽게 사양했지만 그 승객은 뜻을 굽히지 않았다.

"그러니 물고기는 더 많지 않을까요?"

"아닙니다. 무엇 때문인지 모르겠지만 올해부터 갑자기 저 섬 부근에서는 고기가 잘 잡히지 않는다고 하더라고요."

승객 중 한 중년 남자가 눈을 크게 뜨며 말했다.

"네? 그게 무슨 소리예요. 작년에 제가 거기서 얼마나 큰 걸 낚았는데요?"

"어디서 더 큰 물고기라도 나타나서 다 잡아먹었을지도 모르죠."

다른 승객들과 달리 무표정한 얼굴로 묵묵히 듣고만 있던 50대 남성이 한마디 던졌다. 그에게서는 다른 승객들과 달리 왠지 모르게 가라앉은 분위기가 느껴졌다. 자리를 옮기는 것을 주장하던 승객이 그의 말을 받아쳤다.

"그렇다면 가서 그 큰 물고기를 잡아야겠네요."

"자자, 말도 안 되는 소리는 그만들 하시고, 아무튼 그래서 더 이상한 겁니다. 게다가 얼마 전에 그 근처에서 야간 조업하던 배가 갑자기 사라지기까지 했거든요."

선장이 심각한 표정으로 말하자 승객들의 얼굴빛이 변했다.

"배가, 사라져요?"

"오징어잡이 배가 조업할 때 등을 얼마나 밝게 밝히고 하는지 아시죠? 목격자의 말에 따르면, 어느 순간 갑자기 불이 꺼지더니 아무것도 없더랍니다. 마치 다른 차원으로 사라진 것처럼 말이죠. 아무튼 그래서 해경에서 수색 작업까지 했는데 못 찾았어요."

선장의 얘기에 여기저기서 웅성거리는 소리가 들렸다.

"선장님, 그거 지금 우리 겁주려고 농담하시는 거죠?"

"제가 왜 그런 농담을 합니까. 전부 실화입니다. 그래도 가실 겁니까?"

"기분 나쁜 곳이니 가지 않는 게 좋을 것 같은데."

"아냐, 한번 가 보자고요. 여기까지 왔는데 큰 거 하나 잡아야죠."

승객들의 이견이 분분하자 선장이 말했다.

"이거 다수결로 해야겠군요. 아귀도로 가고 싶다에 찬성하는 분, 손을 드세요!"

결과는 찬성 쪽이 훨씬 많았다.

"그럼, 다수결의 법칙에 따라 큰맘 먹고 한번 가 보겠습니다."

선장이 배를 이동하기 위해 조타실로 가자 초심자로 보이는 한 승객이 말했다.

"얼마 있으면 동이 트는 시간인데 뭘 잡을 수나 있을까요?"

"잘 모르시는구먼. 밤낚시를 즐기는 이들이라면 다 아는 사실이지만, 새벽에는 볼락이나 농어 등이 잘 잡혀요. 100m 깊이의 바다에서 사는 물고기들은 심야 시간대에 수온이 낮아지면 수면 가까이로 올라와서 색다른 낚시를 즐길 수 있다는 거 아닙니까."

다른 승객이 설명해 주자 그는 고개를 끄덕였다. 잠시 후 선장은 아귀도와 가까운 지점에서 배를 멈추었다.

"자, 바로 저기가 아귀도입니다!"

"좋아, 이번에야말로 내 낚시 솜씨를 보여 주지!"

승객들 중 말 많은 중년 남자가 창을 든 로마 병사처럼 낚싯대를 들어 올리며 말했다.

"드디어 나의 낚시 챔피언 솜씨를 발휘하게 됐군."

남자는 우쭐하면서 낚시 위치를 잡았다. 조용한 분위기의 50대 남성은 낚시에는 관심이 없어 보였다. 그는 아귀도만 계속 쳐다보다가 문득 놀란 표정을 짓더니 가방에서 비디오카메라를 꺼내 들고 일어섰다. 그리고 그것으로 줌인하면서 섬을 관찰하고 있는데 옆에 있던 다른 승객이 말했다.

"낚시 유튜버세요? 고기 잡는 동영상 찍으신 거 있으시면 카페에도 좀 올려 주세요."

"아, 네……. 그러죠."

"요즘은 어떤 물고기가 괜찮을까요?"

50대 남자의 뜨뜻미지근한 대답에 민망했는지 그가 화제를 돌려 다른 질문을 했다.

"요즘에는 아무래도 민어나 돌돔이겠죠? 참, 민어는 너무 작을까요?"

질문은 50대 남자에게 했는데 옆에 있는 그 승객의 동료가 대신 대답했다.

"민어가 작다니? 큰 건 1m 가까이 되는 것도 있어, 이 사람아. 그놈 잡으려고 이번에 월척용 낚싯대까지 가져왔지. 민어야말로 여름 보양식 중에서 으뜸인 거 몰라?"

그가 흥분한 목소리로 큰소리를 치자 선장이 맞장구를 치며 끼어들었다.

"민어 좋죠. 그거 잡으면 여기서 드시지 말고, 제가 아는 식당 있는데 거기로 내장째 가져가셔서 요리해 달라고 하면 싸게 잘 해 줄 겁니다."

한동안 카메라만 들여다보던 50대 남자가 탄소 섬유로 만들어진 자신의 굵은 낚싯대를 향해 눈길을 돌렸다. 그런 그를 본 선장이 말했다.

"우리 단골이신 문 사장님이 오늘은 웬일로 낚싯대를 안 잡으시고……. 진짜 고수께서 무슨 일이세요?"

"저 같은 게 고수라니요. 아무튼 그렇게 말씀하시니 한번 잡아 보겠습니다."

그는 그제야 낚싯줄을 던져 넣긴 했지만 시선은 물고기가 있는 바다 쪽이 아니라 여전히 아귀도 부근을 향하고 있었다.

"좋아! 이제 이 낚시 도사 솜씨를 한번 보라고! 이 바다의 물고기는 전부 내 거라 이거야!"

아까부터 계속해서 잘난 척하며 설레발을 치는 승객은 여전히 시끄러웠다. 그렇게 낚싯줄을 바다에 늘어뜨리고 30분 정도 기다렸을까, 찌에 반응이 왔다.

"와! 이놈, 되게 힘센데!"

"사장님, 진짜 월척인가 봅니다!"

다른 승객도 그쪽으로 몰려들었다. 팔 힘이 꽤 좋아 보이는 그는 가까스로 버티긴 했지만 낚싯대가 아슬아슬할 정도로 심하게 휘어 있었다.

"야~ 여기서 이런 경우는 처음인데."

"그거 혹시……."

50대 남자는 알 수 없는 한마디와 함께 잡고 있던 낚싯대를 놓고 급히 카메라를 들었다.

"좋아, 누가 이기나 해 보자!"

"힘내세요!"

"그런데 이놈, 뭔데 이리 꿈쩍도 안 하지?"

옆에서 응원하던 다른 낚시꾼들까지 합쳐 무려 일곱 명이 달려들어 붙잡았다. 그런데 갑자기 낚싯줄이 뚝 끊기면서 같이 붙잡고 있던 사람들이 전부 뒤로 넘어지고 말았다.

"아이고, 엉덩이야~."

옆에 있는 50대 남자는 넘어진 사람들을 신경 쓰지 않고 바다만 이쪽저쪽 살피고 있었다. 선장이 놀라서 넘어진 사람들에게 달려왔다.

"손님들, 괜찮으세요?"

바로 그때, 엄청난 양의 물벼락이 쏟아지며 갑판을 강타했다. 졸지에 배에 타고 있던 사람들이 흠뻑 젖고 말았다.

"아이고, 문 사장님. 괜찮으십니까?"

선장이 카메라를 들고 있던 50대 남자에게 물었다. 놀라서 얼어 버린 듯한 그 역시 물을 뒤집어쓴 상태였다.

"네, 저는 괜찮습니다. 그보다 저……."

"바, 방금 뭐였죠?"

그의 말이 끝나기도 전에 다른 승객이 끼어들며 놀란 얼굴로 묻자 선장이 얼굴에서 물을 닦아내며 말했다.

"글쎄요, 저도 뭔지 잘 못 봤습니다."

"고래라도 튀어나왔나?"

"고래는 아니고, 뭔가 난생 처음 보는 이상하게 생긴 거던데……."

승객 중 한 여성이 젖은 옷을 닦을 생각도 않고 넋이 나간 얼굴로 말했다.

"뭔지 보셨나요? 어떻게 생긴 놈이었죠?"

선장이 궁금한 표정으로 그 여성에게 물었다. 그때였다. 동이 트는 해를 배경으로 물속에서 거품이 부글부글 솟아오르기 시작했다. 마치 바다가 땅속의 지옥 불처럼 끓어올랐다.

"어, 억?"

"이번엔 또 뭐야?!"

다음 순간, 승객들은 물론 노련한 바다 사나이인 선장마저도 경악하고 말았다. 갑자기 바닥이 내려앉는 느낌이 들었기 때문이었다. 배가 순식간에 바닷속으로 빨려 들어갔다. 마치 바다에 블랙홀이 뚫려서 배를 흡수해 버리는 것 같았다.

"꺄아악!!"

공포에 질린 사람들의 날카로운 비명이 귀를 찔렀다.

잠시 후.

"푸, 푸!"

한 사람이 물속에서 겨우 헤엄쳐 나와 부유하는 배의 잔해를 가까스로 붙잡았다.

"빌어먹을! 그러니 내가 오지 말자고 했잖아!"

그는 선장이었다.

"사람 살려! 누구 없어요!!"

소리를 질러도 아무런 반응이 없자 그는 일단 가까운 아귀도 쪽으로 헤엄쳐 가 보기로 했다. 어느 쪽으로 갈지 방향을 살피는데 다리에 생전 한 번도 경험한 적 없는 고통이 엄습했다.

"아악!"

선장은 그 와중에도 도대체 이 고통의 원인이 무엇일까 궁금증이 생겼다. 하지만 이내 자신의 다리가 잘렸다는 사실을 깨달았다. 그는 반사적으로 죽을힘을 다해 허우적거렸지만 소용없었다.

"으악!"

선장은 엄청난 힘에 의해 순식간에 바닷속으로 끌려 들어갔다. 다음 순간, 무섭도록 고요한 분위기 속에서 잔잔한 파도만이 아침 해를 반사하며 반짝였다. 그렇게 바다는 아무런 일도 없었다는 듯 무심히 넘실대기만 했다.

3

점심때를 지난 시간, 제주공항에서 출발한 택시를 타고 가는 한 젊은 남자. 이름은 문승진, 20대 중반으로 보통 키에 날렵한 몸매, 훈남형 얼굴의 소유자였다. 그는 스마트폰의 지도 앱을 열어 이리저리 확인하고 있었는데 화면 속의 그림을 확대하니 '아귀도'라는 글씨가 보였다.

잠시 후 목적지인 서귀포항에 도착한 그가 택시에서 내렸다. 하늘에선 햇빛이 눈이 따가울 정도로 내리쬐고 있었다. 제주도가 바람 많기로 유명한 곳이긴 하지만, 한여름의 무더위를 식히기에는 역부족이었다. 하지만 피부로 느끼는 더위와는 달리 그의 마음은 점점 서늘해졌다. 주변을 둘러본 후 어선들이 정박되어 있는 곳으로 발길을 옮긴 그가 다시 스마트폰 화면을 켜고 인터넷 앱을 눌렀다.

"무슨 살인 사건 얘기만 이렇게 잔뜩 있어."

제주도 관련 뉴스를 검색해 보니 찾던 내용은 안 보이고 연쇄살인 사건 기사들만 있었다. 그 기사들은 피해자를 찌른 솜씨로 봐서 범인은 칼에 상당히 능숙한 것 같다는 등, 매번 치명상 이외에 수많은 상흔들을 남기는 것 등으로 봐서 살인을 즐기는 전형적인 살인마 같다는 등의 범죄 전문가들의 분석을 싣고 있었다.

"아니, 그런 일이 왜 이렇게 쉽게 묻히는 거지?"

답답해하던 그가 한쪽에서 담배를 입에 물고 그물을 손보고 있는 노인에게 말을 걸었다.

"실례합니다, 어르신. 혹시 아귀도라는 섬에 관해 좀 아시나요?"

"뭐?"

노인이 담뱃재를 털다 말고 눈을 크게 떴다.

"자네, 지금 아귀도라고 했나?"

"예, 그렇습니다."

"혹시 형산가?"

문승진이 당황한 표정으로 대답했다.

"형사요? 아, 아닙니다."

"그럼 기자야?"

"아뇨, 기자도 아닙니다. 저는 그냥……."

"아까도 웬 아가씨가 와서 아귀도 아냐고 묻더니만, 자네도 거기 가려고? 가지 마. 거긴 요즘 위험해."

"어르신, 거기가 그렇게 위험합니까?"

문승진이 묻자 노인은 진지한 표정으로 주변 눈치를 보며 낮은 목소리로 힘주어 말했다.

"얼마 전에 거기서 낚싯배 하나가 사라졌잖아. 그것 때문에 경찰에서도 와서 조사하고 난리가 아니었어."

"혹시 직접 보셨어요?"

"뭐, 배 사라지는 거? 그거야 당연히 못 봤지. 사라진 곳이 여기서는 보이지도 않지만, 그걸 직접 봤으면 나 역시 무사하지 못했을걸? 좌우간, 낚시 손님 태우고 새벽에 나간 배가 있었는데, 그게 바다 한가운데에서 그냥 사라져 버렸다니까. 구조 요청이고 뭐고 없이 말이야. 어선들까지 동원해서 계속 수색했는데 흔적도 못 찾았어."

"흔적 없이 사라졌다고요?"

"게다가 그 배가 사라지기 며칠 전에 내가 그 근처에 갔다가 불 뿜는 용을 봤잖아."

"네? 불 뿜는 용이요?"

문승진은 자신도 모르게 웃고 말았다.

"응, 밤에 조업을 하고 있는데 갑자기 물에서 뱀 같은 게 솟아나왔다니까."

"뱀이요? 방금 용이라고 하셨잖아요."

"자네는 뱀이나 이무기가 용이 되는 거 모르나? 내 눈에는 그게 그거란 말이야."

알 수 없는 노인의 말에 당황한 그는 어색한 미소만 지었다.

"돌고래나 상어 같은 걸 잘못 보신 건 아닐까요?"

문승진이 진지한 표정으로 묻자 노인이 한심하다는 투로 말했다.

"경찰이나 아까 그 뿔테 안경 쓴 아가씨하고 똑같은 소리를 하네. 내가 뱃일하며 먹고산 지가 몇십 년인데 돌고래나 상어를 몰라볼 것 같아? 정말 그렇게 큰 놈은 처음이었어. 틀림없이 용이었다고!"

"그럼 혹시 바다뱀 같은 건?"

"바다뱀 같은 소리 하네. 그건 커 봐야 1.5m밖에 안 돼. 굵기도 요만해. 그때 본 놈은 언뜻 봐도 커다란 상어 정도 크기였어. 게다가 불을 뿜는 뱀이 어딨어."

"네? 불요?"

노인은 담배에 불을 붙이고 말을 이었다.

"그때 내가 그물을 던지기 전에 담배를 한 대 피우다가 꽁초를 바다로 던졌거든. 그런데 갑자기 바다에서 불이 확 올라오는 거야. 타 죽는 줄 알았다니까. 그러더니 뭔가 엄청난 게 물 위로 튀어 올라왔어."

당시의 상황을 머릿속에 그리던 노인이 허공을 가리키며 놀라는 표정을 지었다.

"그게 뭔지 제대로 보지는 못했지. 하지만 정말 엄청나게 큰 뱀 같았어. 금방 다시 잠잠해지긴 했는데, 아무래도 이러다 큰일 나겠다 싶어서 일 접고 서둘러 돌아왔지."

"경찰에도 그렇게 말씀하셨나요?"

"했지, 했지만 노망 난 늙은이 취급만 하고 말이야. 내 참, 아직도 쌩쌩한 나를 뭘로 보고. 이 바다는 내 앞마당보다도 훤한데 그런 건 정말 처음이었다니까."

노인이 화난 얼굴로 말을 이었다.

"어린 경찰 놈이 용두암은 제주시에 있지 용수리에는 없다고 하지 뭐야. 아무리 농담이라도 내가 치매 걸린 노인네도 아니고, 용두암을 보고 불 뿜는 용을 봤다고 하겠냐고."

문승진은 쿡 웃음을 터뜨리고 말았다. 노인이 그를 한번 노려보더니 말을 이었다.

"어떤 사람들은 바다의 신이 화가 나서 고기가 안 잡히는 거라고 위로제를 지내야 한다나 뭐라나. 자네 혹시 여기 제주도에는 '김녕굴의 구렁이' 전설이 있는 거 아나?"

"아뇨, 잘 모르겠는데요."

"제주도 구좌읍에 '김녕사굴'이라고 있는데, 그곳에는 엄청나게 큰 구렁이가 살았다는 전설이 있지. 그 구렁이가 바다에 들어가서 어선을 전복시키고 풍랑을 일으켰다고 하더군. 당시 제주목사가 그 괴물에게 처녀 제물을 바치는 척하다가 화살로 쏴서 죽였다는 이야기가 전해지고 있어. 결국 제주목사도 목숨을 잃었지만 말이야. 아무튼 그 구렁이가 죽어서 신이 되었다고 믿는 사람들이 있는데, 그 신이 노해서 재앙을 내렸다며 무당을 불렀다고 들었어."

"그렇군요."

"지금 저기 어딘가에서 굿을 하고 있을 거야. 모르는 사람들은 어업이 생업이라 지푸라기라도 잡고 싶은 심정이라고 생각하겠지? 아냐, 이건 정말 재앙의 징조야. 내가 몇 달 전에는 하늘에서 이상한 빛이 바다에 떨어지는 걸 봤거든."

"예, 말씀 감사합니다."

말이 더 길어지기 전에 자리를 뜨려는 문승진의 뒤통수에 대고 노인이 소리쳤다.

"좌우간 그리로는 낚시하러 가지 마! 거긴 뭔가 있어!"

문승진은 한숨을 내쉬곤 다시 길을 걸었다. 한참을 걷다가 문득 뭔가 생각난 그가 멈춰 서 가방에서 스마트폰을 꺼내 인터넷으로 뭔가를 열심히 검색했다.

"아, 찾았다."

스마트폰 화면에는 인터넷 뉴스의 헤드라인이 떠 있었다.

제주 남해안에서 낚싯배 1척 실종

"도대체…… 뭐가 어떻게 된 거야."

문승진은 혼잣말을 하면서 고개를 저었다. 그 기사에는, 제주도 경찰이 며칠째 그 주변을 수색하고 있지만 배의 잔해도 시체도 전혀 발견되지 않았다고 쓰여 있었다. 그는 막연히 답답한 마음에 이곳까지 왔지만 뭘 어떻게 해야 할지 갈피가 잡히지 않았다.

"오빠?"

갑자기 익숙한 목소리가 들렸다.

"응?"

문승진은 뒤를 돌아보았다. 뜻밖의 얼굴이 거기 있었다.

"승진 오빠가 여기 왜 있어?"

"민희주? 넌 여긴 웬일이냐?"

"여기 낚시하러 왔어?"

민희주가 그가 든 낚시 가방과 그의 얼굴을 번갈아 쳐다보며 물었다. 문승진은 문득 아까 그 노인이 말했던 '뿔테 안경 쓴 아가씨'가 바로 민희주였구나 하는 생각이 들었다.

"응, 낚시 모임 정모에 참석하러 왔어."

"오빠는 등산을 좋아했던 것 같은데, 낚시는 체질에 안 맞는다고……."

"그야 뭐……."

"맞다, 어려서부터 아버님이 주말에도 집을 자주 비워서 낚시는 싫다고 한 것 같은데."

"사실은 그 모임, 아버지가 가기로 한 데야."

"아, 정말? 아버님 대신에 가는 거야? 아버님은 어디 가셨는데?"

"아버지는…… 실종됐어."

"뭐? 실종? 그게 무슨 소리야?"

"바다낚시를 가신 것 같은데, 그 배가 갑자기 사라졌대."

"어머, 그럼 뉴스에 난 그 배에 아버님이 타고 계셨던 거야?"

목까지 오는 단발머리에 뿔테 안경을 쓴 민희주가 놀란 얼굴로 물었다.

"응, 아마도 그런 거 같아. 그 배 탑승자 명단에 있다고 연락을 받았거든. 진짜로 탔는지까지는 확인이 안 되지만 전화 연락도 안 되고……. 워낙에 집에는 잘 안 계시긴 했는데, 이렇게 오랫동안 집을 비운 적은 없었거든."

"음…… 그렇군. 그래서 경찰에서는 뭐래?"

"수색을 해 봤지만 아무런 흔적도 못 찾았다는 말만 하더라고. 사실 내가 여기 온 목적은 직접 뭐라도 찾아볼까 해서야."

민희주가 문승진이 들고 있던 스마트폰의 화면을 가리켰다.

"그게 뭐야? 제주도 앞바다에서 낚싯배 1척 실종? 아, 아버님 실종 기사 확인하는 거구나."

"응."

그녀의 시선이 그 기사 내용을 훑고 있었다.

"희주야, 그런데 넌 무슨 일로 왔니?"

"아, 나도 좀 찾아볼 게 있거든."

"찾아볼 거?"

문승진이 고개를 갸우뚱했다.

"너 혹시 아귀도 보러 왔어?"

"어? 그걸 어떻게 알았어?"

"아까 한 어부 할아버지를 만났는데, 뿔테 안경 쓴 아가씨가 아귀도에 관해 물었다고 하더라. 그게 혹시 너 아닐까 해서."

"아, 맞아. 나도 그 할아버지 만났어."

"갑자기 아귀도는 왜 보고 싶어진 거야?"

"그냥, 혹시 내가 찾던 게 있나 해서. 그런데 오빠, 그 낚시 모임 나도 좀 같이 가면 안 돼?"

"찾던 거라니? 아, 벌써 시간이 이렇게 됐네. 그럼 난 간다."

자신의 스마트폰에서 시간을 확인한 문승진이 당황한 표정으로 위치 맵을 열고 주위를 두리번거렸다. 이윽고 그가 위치 맵이 가리키는 방향으로 급히 발길을 옮겼다. 민희주도 빠른 걸음으로 그를 쫓았다.

"넌 왜 따라와?"

"그거야 내 마음이지."

문승진은 발걸음을 재촉해 다음 목적지로 향했다. 잠시 후 목적지인 항구 근처의 어느 카페에 도착한 그는 서둘러 문을 열고 안으로 들어갔다. 카페 안을 둘러보다가 단체석 쪽에 모여 있는 사람들에게로 걸음을 옮겼다.

“저…… 여기 혹시 낚시의 제왕 카페 정모 맞나요?”

“아, 맞습니다! 아이디가 어떻게 되시죠?”

모인 사람들 중심에 있던 키가 큰 남자가 말했다. 문승진은 자신의, 정확히 말하면 아버지의 카페 닉네임을 말했다.

“‘바실로사우루스’입니다. 이름은 문승진이고요.”

“‘바실로사우루스’ 님? 네, 어서 오십시오. 제가 카페 운영자로 닉네임은 ‘문주란’이고 이름은 김호선입니다. 이번에 타시게 될 배, 그러니까 제 닉네임과 같은 문주란호의 선장입니다.”

그는 낚싯배 사업을 하면서 인터넷 카페를 운영하고 있으며 회원들 정모 때는 할인된 가격으로 사람들에게 낚싯배를 빌려주기도 한다고 설명했다.

“안녕하세요. 저는 이 배 선원입니다. 닉네임은 ‘앵무조개’이고 이름은 한주호입니다.”

30대 초반으로 보이는 남자가 자기소개 후 바로 문승진에게 물었다.

“낚시 경험은 얼마나 되시나요?”

“이번이 처음입니다.”

“바다낚시가 처음? 강이나 다른 낚시터에 가 본 적도 없어요?”

“전혀요. 이번 모임에 오기 전에 교본만 좀 읽어 본 게 전부입니다.”

선장이 놀라는 표정으로 말했다.

"낚시를 처음부터 배 타고 바다낚시부터 하겠다고 하는 분은 별로 없는데……. 뭐, 좋습니다. 가시죠."

"네, 감사합니다."

선장이 문승진의 뒤로 시선을 옮겼다.

"그런데 그쪽 분은 누구신가요?"

"승진 오빠 일행인데요. 같은 학교 동아리 후배예요. 저도 같이 가도 되죠? 물론 회비는 낼게요."

민희주가 눈을 크게 뜨고 방실거렸다. 그녀의 말에 놀란 문승진이 그녀를 낚아채듯 붙잡아 끌고 구석으로 갔다. 그리고 목소리를 낮추며 힘주어 말했다.

"야, 너 갑자기 이렇게 나타나서 뭐 하는 거야? 이거 어쩌면 위험할 수도 있단 말이야!"

"뭐? 위험할 수 있다고?"

문승진은 모여 있는 사람들 쪽으로 시선을 던지더니 다시 민희주를 돌아보았다.

"아무튼 그런 게 있어. 넌 따라오지 마."

"싫은데. 그런데 참, 오빠 카페 닉네임이 '바실로사우루스'야? 놀랐는걸? 어째서 그런 이름을 선택했는지 궁금하네."

"그런 건 아무래도 상관없어. 좋은 말할 때 돌아가라."

문승진은 고개를 돌려 재빨리 사람들을 다시 둘러봤다. 맨 처음 눈에 들어온 건 30대 초반 정도로 보이는 짧은 머리 여성의 뒷모습이었다. 그 여성 양쪽으로 머리가 긴 여성 한 명과 안경 쓴 남자 한 명이 앉아 있었다. 그리고 그들의 맞은편에는 남자 두 명이 보였다. 그들 중 한 명은 키가 작은 단단한 체구의 소유자였다.

"아니, 이게 누구야?"

문승진과 눈이 마주친 그 남자가 갑자기 아는 척을 했다. 그는 머리가 희끗희끗한 것이 50대 정도로 보였고 그 옆에 있는 사람은 위압감을 줄 정도로 몸집도 크고 강해 보였다. 낚시꾼 차림이었지만 딱 보기에도 그가 이 남자의 경호원임을 알 수 있었다.

"문승진, 맞지? 문 대표 아들."

"아, 네, 고 대표님께서 여기 웬일이세요."

문승진은 이 뻔뻔한 얼굴의 남자에게 당장이라도 주먹을 날리고 싶었다. 하지만 아버지를 찾는 게 우선이란 생각에 이를 악물고 참았다. 그리고 전혀 관심도 없었지만 어색한 분위기를 풀어보고자 마음에도 없는 질문을 던졌다.

"대표님도 낚시를 즐기시나요?"

"자네 아버님만큼은 못하지만, 나도 낚시를 즐기는 편이지."

고 대표가 '아버님'이란 말에 힘을 주며 말했다. 빈정거리는 듯한 그의 말투에 문승진은 이제라도 그만두고 돌아갈까 하는 생각을 했다. 하지만 지금이 아니면 다른 기회가 없을 것 같았다. 이렇게까지 해야 하나 싶기는 했지만 그렇다고 여기서 물러날 순 없었다.

"그럼 이제 다 오신 건가요?"

한주호가 말을 하는 것과 동시에 화장실에서 한 남자가 나왔다. 그 남자는 문승진을 보고 깜짝 놀란 듯 걸음을 멈췄다. 문승진 아버지의 회사 전 부대표 이경준이었다.

"너 승진이 아니니?"

"아…… 네."

"너도 왔구나. 계속해서 아는 얼굴들이네."

문승진은 이번에야말로 당장이라도 이 남자에게 멱살잡이를 하고 싶었지만, 우선은 왜 이 사람들이 이렇게 모이게 되었는지 알 필요가 있었다. 그가 겨우 알아낸 건 아버지가 가입한 인터넷 낚시 카페에서 이번 모임을 신청했다는 사실뿐이었다. 그리고 이렇게 와 보니 뭔가 있다는 느낌이 들었다.

"배에 몇 명 정도는 더 타도 괜찮지 않겠어? 나도 일행으로 경호원을 데려왔는데."

고 대표가 능글스러운 표정으로 말했다.

"네, 그렇게 하시죠."

김호선이 씁쓸히 대답하자 한주호의 안내가 계속 이어졌다.

"좋습니다. 이제 다 오셨군요. 자, 그럼 오늘 타고 가실 문주란호가 있는 지점으로 이동하겠습니다. 이곳을 나가셔서……."

그때 고명수가 끼어들었다.

"잠깐만, 잠깐만. 난 이 자리에 모인 사람들을 대부분 알고 있지만 서로 초면인 사람도 있으니 그 이상한 공룡 이름 같은 닉네임은 부르지 말고 통성명 먼저 하자. 내가 귀찮은 건 딱 질색이거든. 여기까지 와서 그런 거 가지고 스트레스받기 싫단 말이지. 아무튼 나는 해양플랜트 사업을 하는 고명수야."

"사장님은 경호원도 있으시고 호화 요트나 즐기실 거 같은데, 이런 바다낚시를 좋아하시나 봐요?"

이 모임의 대표라도 되는 것처럼 거만을 떠는 고명수가 거슬렸는지 선장이 약간 비아냥거리는 뉘앙스로 물었다. 선장의 질문에 뭐가 켕겼는지 잠깐 얼굴이 굳은 채 머뭇거리던 고명수가 활짝 웃으며 변명하듯 대답했다.

"그게…… 다 비즈니스, 그래, 비즈니스 때문이지. 사업하다 보면 하기 싫어도 해야 하는 게 많잖아, 안 그래?"

은근히 말을 놓으며 상대를 아랫사람 대하듯 하는 그의 태도에 선장이 미간을 찡그리며 불쾌한 표정을 지었다.

"바다낚시에 무슨 비즈니스가 있나요?"

"그럼 중요한 비즈니스가 있지. 사업 비밀이라 내용은 말 못 하지만 말이야."

"아, 알겠습니다. 그럼 다음으로 가장 늦게 도착한 젊은 분들부터 자기소개를 해 주세요."

"네, 제 이름은 문승진이라고 합니다. 옆에 있는 이 녀석은 민희주."

민희주는 자기도 이름을 말하려고 입을 열다가 문승진이 말해버리자 당황한 눈빛으로 그를 쳐다봤다.

"두 사람은 학생? CC인가 봐? 그런데 별로 안 다정해 보이네. 요즘 젊은것들은 남의 눈 신경 안 쓰고 찰싹 붙어서 별짓 다 하던데."

"그런 거 아닙니다. 어쩌다 그냥……."

문승진이 얼굴을 붉히면서 대답하는데 질문을 한 고명수가 말을 끊었다.

"알았어, 알았어. 둘이서 사랑싸움을 했는지 어쨌는지 몰라도 그건 둘이서 알아서 하고, 이제 다음 사람 소개하자. 아, 나랑 같이 온 이 친구는 심지윤."

고명수의 일방적이고 전형적인 꼰대 멘트에 문승진과 민희주는 어이가 없었다.

다음으로 앞서 문승진과 불편한 재회를 했던 이경준과 30대 초반으로 보이는 긴 머리 여성, 그리고 그녀의 일행으로 보였던 안경 쓴 남자는 각각 박선주와 신석기라고 자신의 이름을 밝혔다.

"저는 아까 말씀드렸듯이 한주호라고 합니다. 이제 남은 분은…… 거기, 그쪽 분만 남았네요?"

"저는 이혜선이라고 합니다."

짧은 머리의 여성은 그렇게만 말하고 입을 꾹 다물었다.

"자, 그럼 이제 출발하실까요."

썰렁한 분위기를 수습하듯 선장이 앞장서서 카페 문을 나섰다. 그러자 문승진이 자리에서 일어나며 심각한 표정으로 말했다.

"희주 너는 이제 빠져."

"왜? 선장님이 오케이 했는데. 난 갈 거야. 자, 어서 가자."

문승진이 민희주를 노려봤지만 그녀는 전혀 아랑곳하지 않았다.

"무슨 일이시죠? 안 가실 겁니까?"

한주호가 다가오며 묻자 민희주가 앞장서며 대답했다.

"아뇨, 가요!"

문승진은 난처한 기분이었다. 이런 사람들과 동행하는 것도 불편하지만, 짐만 될 것 같은 아무것도 모르는 민희주는 어떻게든 떼어 놓고 싶었다.

"휴~."

자신도 모르게 길게 한숨을 쉰 문승진은 일행을 쫓아 걸어가면서 아버지가 실종되기 전을 떠올렸다.

'또 낚시 가세요?'

'그래, 며칠 있다 올 거야.'

아버지는 갑작스럽게 어머니가 돌아가시고 얼마 가지 못해 회사까지 도산하자 거의 집에 들어오지도 않고 낚시에만 매달려 있었다. 아니, 낚시 간다고 매번 나가긴 했지만 도대체 어디서 뭘 하고 다니는지 짐작할 수 없었다. 문승진은 그런 아버지를 이해할 수 없었다. 그러는 자신도 어머니의 죽음 이후 아버지를 원망하며 일부러 그를 외면해 왔던 것도 사실이었다.

결국 아버지는 낚싯배와 함께 실종되었고 문승진은 제주도 경찰서로 가서 재수사를 요청했지만 바다 위에서 발생한 사고라 생사 여부는 물론 시체도 찾을 수 없다는 말만 들었다. 그 때문에 막막했지만 직접 찾아보기로 했고, 그렇게 여기까지 오게 된 것이다.

이런저런 생각을 하며 걷다 보니 어느새 정박되어 있는 문주란호 앞에 도착했다. 문승진은 문주란호를 보며 생각했다. 아버지도 분명 이렇게 생긴 낚싯배를 타고 저 앞바다 어딘가로 가서 사라져 버린 것이라고. 그곳이 어딘지 몰라도, 그곳이 지옥의 입구인지 지구 반대편으로 가는 구멍인지 몰라도 그곳을 내 두 눈으로 꼭 확인하고 싶다고.

그는 배를 타기 위해 기다리는 사람들을 바라보았다. 그들 중에는 처음 보는 얼굴도 있었지만, 그들 역시 아버지와 어떤 인연이 있을 것 같다는 생각이 들었다. 어떤 악연이…….

4

오후 네 시경 부두를 떠난 배가 약 한 시간 정도 이동하자 선장이 낚시 지점에 왔음을 알렸다. 승객들은 낚싯대를 잡고 각자의 위치로 이동했다.

“아시겠지만, 원하시는 분들은 즉석에서 회도 떠 드립니다. 물론 물회도 되고요. 손질해서 포장도 가능합니다.”

선원 한주호가 친절한 목소리로 설명했다.

“물회를 배 위에서도 먹을 수 있나요? 흔들려서 먹기 불편할 것 같은데.”

민희주가 신입생 환영회에 참석한 학생처럼 호기심에 찬 얼굴로 눈을 깜박거리며 물었다.

"물론입니다. 물회라는 게 원래 선원들이 배에서 간편하게 식사하기 위해 김칫국물에 생선회와 밥을 같이 말아서 먹은 데서 유래한 거니까요. 물회용 육수도 준비돼 있으니 고기만 잡으시면 됩니다."

문승진은 주변을 둘러보았다. 조타실 쪽을 보니 선장이 특수부대 출신인 듯, 베레모와 잠수복을 입은 군대 시절의 사진들이 유리창에 붙어 있었다.

"우리 선장님 칼 솜씨가 끝내주거든요. 다들 횟집 하라고 성화십니다."

그다지 뱃사람 같은 인상이 아닌 한주호가 환하게 웃으며 어딘가 어색한 말투로 말했지만 문승진은 별로 관심 없는 듯 선장을 바라보았다.

"이 근처에 아귀도라는 섬이 있나요?"

순간, 담배를 피우던 선장이 멈칫했다.

"아귀……도요?"

"네."

"아귀도라면 여기서 그리 멀지 않긴 한데…… 왜 그러시죠?"

문승진이 씩 웃으며 말했다.

"그 주변이 물고기가 많이 잡힌다는 말을 들은 적이 있어서요."

"혹시 그리로 가자는 말씀인가요?"

선장이 언짢은 표정을 지었다.

"안 되나요?"

"그 섬은 개인이 소유한 곳이라서……. 게다가 요즘 그 주변엔 물고기가 부쩍 줄어서 어부들도 잘 안 갑니다."

"물살이 세져서 잘 안 잡히는 건가요?"

옆에서 얘기를 듣고 있던 민희주가 눈을 크게 뜨며 물었다. 뿔테 안경 너머로 눈을 동그랗게 뜬 민희주의 얼굴은 워낙 동안이라서 대학생이지만 고등학생이라고 해도 믿을 것 같았다. 그래서인지 얼굴에 '호기심 소녀'라고 쓰여 있는 느낌이었다.

"아닙니다. 오히려 물살이 센 곳은 물고기들이 많이 몰려요. 물살이 셀수록 물에 산소가 많이 녹아 있어서 숨쉬기도 편하고 플랑크톤도 많거든요."

"그럼 섬 부근의 물이 오염되기라도 했나요? 제주도 앞바다가 우리나라에선 꽤 청정한 편이라고 알고 있는데, 혹시 섬에서 폐수를 버리는 건 아닐까요?"

"그건 잘 모르겠습니다. 그 섬의 주인이 바뀌고 나서 그렇게 된 것 같기도 하고. 뭐 의심하기 시작하면 끝도 없겠지만요."

선장의 말이 끝나자마자 기다렸다는 듯이 문승진이 말했다.

"얼마 전에 저 섬 주변에서 어선이 한 척 실종되었다고 들은 것 같은데, 혹시 아시는 거라도……."

"승진아!"

갑자기 선실에서 한 남자가 그를 부르며 불쑥 나왔다. 이경준이었다.

"선장님한테 뭘 그렇게 꼬치꼬치 물어보는 거야."

"저 신경 쓰지 마시고 하시던 거나 하세요."

문승진의 차가운 태도에 이경준의 표정이 갑자기 굳더니 씁쓸한 미소를 입가에 그렸다. 그가 한마디 하려는데 선장이 말했다.

"두 분, 친한 사이신가 봐요. 그 사건에 관해서 궁금하시다면 아는 건 별로 없지만 그렇다고 숨길 것도 없으니 말씀드릴게요. 그날 실종된 배의 선장이 제 친굽니다."

선장의 말에 문승진과 이경준이 동시에 그를 향해 고개를 돌렸다.

"저랑 그 친구 둘 다 성산 일출봉 앞에서 태어났는데, 그 근처에 문주란이 흰 꽃을 피우면 섬이 하얗게 보여서 '토끼섬'이라고도 부르는 무인도가 있습니다. 그래서 이 배는 문주란호, 그 친구의 배는 토끼호라고 이름을 붙였죠."

"그렇군요. 사연이 좀 단순하지만 멋지네요."

"하지만 그 배가 왜 갑자기 유령처럼 사라졌는지, 그 이유는 아무도 모릅니다."

민희주가 질문 좋아하는 학생처럼 손을 번쩍 들었다.

"섬 주변에 안개가 꼈거나 어두워서 암초에 걸리기라도 한 거 아닐까요?"

"여기 바다는 그 친구랑 저한테는 집 안마당이나 마찬가지입니다. 암초에 걸렸다고 해도 SOS 정도는 칠 수 있었겠죠. 배가 완전히 가라앉기까지 시간이 생각보다 많이 걸리거든요. 그것뿐만이 아닙니다. 그 배에는 비상용 고무보트도 있었어요. 탈출을 시도했다면 생존자가 있었을 겁니다."

"다른 가능성은 없을까요?"

"모르겠습니다. 2차 대전 당시 묻혀 있던 기뢰 같은 게 떠오르는 바람에 당했을지도 모른다는 말도 있지만, 그렇다고 해도 구조 요청할 시간은 있었을 것 같아요. 배 안쪽에서 폭탄이 터져 배가 몽땅 날아갔다면 모를까. 아니, 그랬다고 쳐도 최소한 배의 잔해라도 발견되었을 겁니다. 사실 그 자체도 말이 안 되는 게, 애당초 누가 왜 거기에 폭탄을 설치하겠습니까? 평범한 낚싯배 하나에 도대체 무슨 원한이 있다고."

선장이 씁쓸한 표정으로 말을 이었다.

"심지어는 그 친구가 요즘 장사가 잘되지 않으니까 보험금이라도 가족들에게 남겨 주려고 자폭했다는 소문까지 돌았지 뭐예요. 승객들까지 희생시키면서. 그게 말이 됩니까?"

"에이~ 설마 그랬을 리가. 사망 처리가 돼야 보험금이 나올 텐데, 지금은 실종 상태잖아."

또 다른 남자가 선장의 이야기를 듣다가 끼어들었다. 느끼한 인상의 키 작은 중년의 남자, 고명수였다.

"제가 하려던 말을 대신 해 주셔서 감사합니다. 말씀이 맞습니다. 장사도 안 되고 빚도 있긴 하지만, 그런 걸로 자살할 사람은 절대 아닙니다. 손님들까지 끌어들일 친구는 더더욱 아니고요. 그러느니 차라리 배에 불내고 보험금 타는 게 낫죠. 저 역시 요즘 같아서는 이 낡아 빠진 배에 불이라도 나면 보험금이라도 탈 수 있지 않을까 하는 생각도 한답니다."

"안됐군. 그렇다고 지금 불내진 마슈. 하하하!"

고명수의 썰렁한 농담에 냉담한 반응을 보인 선장이 잠시 생각에 빠진 듯하더니 말을 이었다.

"배가 흔적 없이 사라지는 건 버뮤다 삼각 지대 같은 데서나 발생한다고 TV에서 본 거 같긴 한데, 설마 제주도 앞바다에 그런 게 있을 리는 없겠죠."

그 말을 들은 민희주가 눈을 반짝였다.

"버뮤다 삼각 지대란 버뮤다 제도, 미국 플로리다주 마이애미, 푸에르토리코를 세 점으로 한 삼각형 지대를 말하죠. 그 주변을 다니는 배나 비행기가 흔적도 없이 사라지는 일이 자주 일어나서 세계의 불가사의 중 하나로 꼽히고 있어요. 그곳에 강한 자기장을 발생시키는 뭔가가 있어서 그게 배나 비행기를 틀어지게 만든다는 설, 외계인의 짓이라는 설, 4차원 세계로 들어가는 입구가 있다는 설 등 여러 가지가 있으나 확실한 건 없는 것으로 알아요."

"헤~ 어려 보이는 아가씨가 아는 게 많네?"

"제가 전공은 고생물학이지만, 전 세계의 미스터리 현상에 아주 관심이 많기도 하고 이것저것 잡 지식들이 좀 있어요."

혀를 메롱 내밀던 민희주는 바로 뭔가 생각났는지 진지한 표정으로 바뀌었다.

"그거 혹시 메탄가스 폭발 때문 아닐까요?"

"메탄가스? 갑자기 바다 위에서 무슨 메탄가스 폭발? 배에서는 그 정도 폭발력 있는 메탄가스는 안 쓸 텐데."

"유기물이 썩으면 메탄가스가 발생하잖아요. 바다 밑에는 낮은 온도와 강한 수압 때문에 메탄가스가 얼음 형태로 깔리게 됩니다. 이걸 '메탄 하이드레이트' 또는 '메탄 수화물'이라고 하는데, 이것이 화산이나 지진 때문에 해저에서 유출되면 커다란 거품처럼 물 밖으로 끓어올라 오거든요. 그 위를 배가 지나가면 부력이 약해져 배가 그대로 가라앉고, 비행기가 지나가면 엔진에 불이 붙는대요. 버뮤다 삼각 지대도 실종 원인이 그것 때문일 가능성도 있다고 들었어요."

민희주에게 그만하라고 눈치를 준 문승진이 선장을 향해 어색한 미소를 지었다.

"얘가 저랑 학교에서 미스터리 연구 동아리에 있거든요. 전 그냥 심심풀이로 든 건데, 얘는 이렇게 묻지도 않은 것까지 주저리주저리 하면서 강의를 한답니다. '설명충'이에요. 원래 이런 녀석이니 선장님께 양해 부탁드립니다."

"아닙니다. 재밌는데요."

문승진이 다시 선장의 눈치를 보며 민희주를 팔꿈치로 쿡 찔렀다. 하지만 그녀는 조금도 기죽지 않았다.

"응?"

그때 뭔가 이상하다고 느낀 선장이 한주호를 불렀다.

"주호야, 아침에 엔진 점검하지 않았어?"

"했는데요."

한주호가 고개를 끄덕였다.

"엔진이 멈춘 거 같아. 이 거지 같은 배가 또 왜 이러지?"

문승진이 심상치 않은 선장의 얼굴을 보고 물었다.

"무슨 일 있나요?"

"아, 걱정 마십시오! 제가 가서 손 좀 보면 될 겁니다. 이 녀석 가끔씩 제가 만져 주지 않으면 이렇게 앙탈을 부리거든요."

히죽 웃으며 선장이 갑판 밑으로 내려갔다. 그런데 잠시 후 어디서 타는 냄새가 나더니 선장이 다시 올라왔다.

"여러분, 이 배 엔진에 불이 붙은 것 같습니다. 제가 어떻게든 해 볼 테니 만약의 경우를 위해 탈출 준비를 해 주세요. 주호야, 손님들 좀."

"아, 네."

승객들이 웅성거렸다. 선장이 다시 아래로 내려간 지 몇십 초 정도 지났을까.

쾅!

갑자기 커다란 굉음이 울렸다. 사람들이 모두 놀라 소리가 난 쪽을 보았다. 갑판 밑에서 불꽃과 함께 지독한 냄새가 나는 연기가 피어올랐다.

"이게 무슨 일이야?!"

고명수가 험악한 표정으로 호통치듯 물었다.

"제가 가 보겠습니다."

한주호가 서둘러 갑판 밑으로 내려갔다. 그리고 엔진실로 접근한 순간, 솟구치는 불길에 놀라 뒤로 물러섰다.

"선장님!"

더 이상 접근할 수 없었던 한주호가 기겁을 하며 갑판 위로 올라왔다.

"손님 여러분, 큰일 났습니다! 엔진이 곧 폭발할 것 같아요!"

"뭐라고?!"

"선장님은요?"

모든 승객들이 놀란 가운데 문승진이 선장의 행방을 물었다.

"불길이 세서 안으로 들어가 보지는 못했지만, 아무래도 선장님은 돌아가신 거 같아요. 폭발 때문에 배에 구멍이 났을 겁니다. 조금 있으면 배가 가라앉을 거예요."

"그럼 빨리 119 불러야 되는 거 아닌가요?"

이경준이 넋 빠진 얼굴로 말했다.

"지금 구조를 기다릴 시간이 없습니다. 구명조끼부터 입으세요! 그리고 짐도 무거운 건 버리셔야 됩니다."

한주호가 다급한 목소리로 외쳤다.

"아, 아니? 그런데 왜 핸드폰이 안 되죠?"

민희주가 고개를 갸우뚱했다. 그녀는 핸드폰을 꺼내서 119를 눌렀지만 전혀 연결이 되지 않았다.

"우선 구명조끼부터 입으세요! 고무보트로 옮겨 타야 합니다."

한주호는 조타실 한편에 있던 전기 펌프와 고무보트를 꺼냈다.

"그런데 어디로 가는 거죠?"

"일단 이 배에서 내려야 합니다!"

"고무보트 타고 가다가 상어라도 나오면 어떡하죠?"

박선주는 겁먹은 모습이었다.

"이 부근에 고무보트보다 큰 상어가 있을 리 없어요. 타고 계시면 안전하실 겁니다."

한주호는 서둘러 고무보트에 전기 펌프로 바람을 넣었다.

"이, 이런 젠장! 무슨 찜질방이야, 뭐야."

고명수가 배 밑에서 올라오는 열기에 놀라 투덜거렸다. 배 안의 불이 선체를 달구고 있었다.

"제가 소화기를 써 볼게요!"

문승진이 서둘러 갑판 밑을 향해 소화기를 분사했지만 이미 커진 불길을 잡기에는 역부족이었다.

“다 됐습니다. 저기, 누구 같이 좀 이거 바다에 던져요!”

한주호가 뱃전에 고무보트를 묶으며 말했다. 힘 좋아 보이는 고명수의 경호원이 오더니 한주호 그리고 문승진과 합세해서 보트를 문주란호 밖으로 던졌다.

“좋습니다. 이제 옮겨 타십시오. 한 분씩 뛰어내려야 합니다.”

“자, 대표님부터 타세요.”

경호원이 말하자 고명수는 당연하다는 듯 주저하지 않고 바로 뛰어내렸다. 그의 거만한 태도에 다른 사람들이 눈살을 찌푸렸다. 그다음으로 여성들부터 한 명씩 내려서 전원이 고무보트로 옮겨 타자 한주호는 뱃전에 묶인 줄을 풀고 고무보트 모터에 시동을 걸었고, 보트는 불타는 문주란호를 뒤로한 채 빠르게 이동했다.

“구조를 기다리려면 이 부근에 있어야 하지 않나요?”

이경준이 불안한 표정으로 한주호를 바라보았다.

“아닙니다. 이곳을 벗어나야 합니다. 큰 배가 가라앉을 때 그 주변에 있으면 물결에 빨려 들어갈 수도 있거든요. 될 수 있으면 멀리 떨어져야 해요.”

“그럼 어디로 갈 건데?”

고 대표의 목소리엔 불만이 가득했다.

“일단, 아귀도로 가야 될 것 같습니다.”

“그 근처에서 낚싯배가 침몰, 아니 실종됐다고 하지 않았나요?”

“지금은 가장 가까운 곳이 아귀도라 그게 최선입니다. 이걸로 서귀포항까지 돌아가는 건 무리구요.”

고무보트가 어느 정도 멀어졌을 때 기울어지면서 불타오르던 문주란호 선체가 커다란 입에 삼켜지듯 바닷속으로 침몰했다.

“저기가 바로 아귀돕니다.”

한주호의 말에 사람들은 모두 섬 쪽으로 시선을 돌렸다. 이름만 아귀도인 줄 알았더니 정말 아귀 같은 모습을 하고 있었다. 북쪽은 표면이 깔끔하고 경사가 완만한데 남쪽은 최근에 잘려나간 것처럼 가파르게 되어 있어서 바위덩어리처럼 보였다. 절벽 밑에는 암초가 많아서 마치 아귀가 입을 벌린 모습 같았다. 암초들의 형상이 아귀의 이빨을 연상시켰다.

“저, 저기!”

민희주가 한 방향을 손가락질하며 다급히 외쳤다.

“뭐죠?”

“저기 뭔가 움직이고 있어요!”

“어? 정말이네. 혹시 물개 아냐?”

물안개 속에서 뭔가가 불쑥 나타났다가 들어갔다. 그것은 정말 물개가 아닐까 생각될 정도로 빠르게 물속에서 나와 바위 위로 올라갔다.

“저기요!”

갑자기 여자 목소리가 들렸다. 사람들이 놀라며 그쪽을 보았다.

"이리로 오지 마세요!"

한주호가 큰 목소리로 외쳤다.

"누, 누구세요?!"

"전 이 섬에 사는 사람이에요! 혹시 저기 저 배에 탔던 분들이세요?"

그녀가 뒤를 가리키며 물었다.

"그렇습니다!"

"여긴 암초가 많아서 고무보트로 오시면 보트가 찢어질 거예요! 제가 안내할게요!"

그녀는 다시 물에 뛰어들어 고무보트 쪽으로 헤엄쳐 왔다. 한주호가 일어나서 그녀의 손을 잡고 끌어올렸다. 붙잡은 손등에 C자 형태의 독특한 모양의 물고기 문신이 있었다. 그녀가 보트에 오른 뒤 잠수 안경을 벗자 남자들은 물론이고 여자들까지 눈이 휘둥그레졌다.

한 치 앞도 볼 수 없는 어둠 속에서도 빛이 난다는 표현이 어울릴 만큼 그녀는 광채가 나는 미모의 소유자였다. 마치 인어가 바다에서 올라온 것 같았는데, 딱 붙는 스윔 슈트 차림이라 몸매까지 돋보였다. 고무보트 안엔 세 명의 여성이 있었지만 그중에 민희주 혼자만 갑자기 물속에서 나타난 미녀에게 홀린 듯 입을 다물지 못한 채 마치 정지 화면처럼 굳어 있었다.

그녀의 안내에 한주호는 일단 보트를 돌려 이동했다. 잠시 후 이들은 섬 북쪽에 있는 작은 선착장에 정박했다.

"고맙습니다. 덕분에 안전하게 도착할 수 있었습니다."

고명수와 여자 두 명은 쭈뼛쭈뼛했지만, 민희주를 포함한 남자들은 마치 연예인 앞에서 사인을 받는 팬들처럼 어색하지만 밝은 표정으로 감사 인사를 했다.

"갑작스러운 사고로 많이들 놀라고 무서우셨겠어요. 조금이라도 도움이 될 수 있어서 다행이네요."

그녀가 방긋 웃으며 보트에서 먼저 내렸다.

"저는 양서희라고 합니다. 현재 이 섬의 소유주고요, 집안일 도와주시는 분과 둘이 살고 있어요. 그럼 저희 집으로 가서 안정을 좀 취하세요. 가시면 구조 요청을 위해 육지랑 연락도 할 수 있을 거예요."

나머지 사람들도 고무보트에서 하나둘씩 내려 그녀를 따랐다. 안으로 조금 들어가자 저물어 가는 하늘을 배경으로 저택이 홀로 불빛을 발산하고 있었다. 갑작스러운 사태로 정신이 없는 상황에 바다에서 나타난 미모의 여성, 그리고 어느 판타지 호러 영화에서 본 듯한, 외딴섬에 있는 저택의 시각적 자극이 일행들에게 혹시 꿈을 꾸고 있는 건 아닌가 하는 착각을 하게 만들었다. 그래서인지 민희주의 얼굴은 몽유병 환자처럼 아직도 멍한 표정이었다.

하지만 문승진은 그런 환상에 빠져 있을 여유 같은 건 없었다.

구조선이 올 때까지 이 섬에서 이들과 함께 있어야 한다고 생각하니 마음이 더욱 불편해지면서 불길한 기분마저 들었다. 그런 그에게, 옆에서 마치 처음 놀이공원에 온 아이처럼 호기심이 가득한 얼굴을 하고 있는 민희주는 역시 상당히 부담스러운 짐이었다. 역시 같이 오는 게 아니었다는 생각이 들자 문승진은 자신도 모르게 한숨을 푸욱 쉬고 말았다.

5

“어머, 아가씨. 미리 말씀도 없이 갑자기 웬 손님들을?”

저택 안으로 들어가자 안쪽에서 한 중년 여성이 빠른 걸음으로 다가오며 말했다. 자신이 현재 아귀도의 소유주라고 밝힌 양서희는 가정부와 단둘이 살고 있다고 했으니 그녀를 아가씨라고 부르는 이 여성은 그 가정부인 듯했다. 그녀는 40대 후반 정도로 보였으며 아담한 체구였다.

“안녕하세요. 여기서 서희 아가씨와 같이 사는 윤세미라고 합니다.”

“이분들은 저쪽에서 바다낚시를 하시다가 배에 갑자기 불이 나서 피신하셨어요. 바다 위에서 큰일을 당하신 거죠. 많이 놀라

셨을 거예요. 아참, 다친 분은 없나요?"

양서희가 일행을 돌아보았다. 고개를 돌릴 때 머리카락이 나부끼면서 만들어진 상큼한 분위기에 민희주는 순간적으로 숨이 막히는 듯했다.

"네, 다친 사람은 없었지만……."

한주호가 말끝을 흐렸다.

"어머, 무슨 일이 있었나요?"

"선장님이 엔진실에 들어가셨다가 나오지 못하시고 그만……. 아, 죄송하지만 좀 앉을 수 있을까요?"

"어머, 내 정신 좀 봐라. 이분들 거실로 모시세요. 전 옷 좀 갈아입고 올게요."

문주란호의 승객들은 거실에 앉아서 윤세미가 가져온 음료수를 마시며 휴식을 취했다. 저택 안을 훑어본 문승진은 이 사람들은 이렇게 큰 집에서 왜 단둘이 살고 있을까 궁금했다. 잠시 후 양서희가 옷을 갈아입고 나왔다. 그녀는 다시 봐도 놀랄 정도로 아름다웠다.

"그나저나 사고로 충격이 크실 텐데 얼른 귀가하실 수 있게 도와드려야겠네요. 아줌마, 제주도에 연락을 좀 해 주실래요?"

"구조선이라도 불러야겠죠? 오늘 저녁부터 태풍이 북상하면서 비바람이 심하게 불 거라고 하니 당장은 오기 어려울 수도 있겠어요."

윤세미의 말에 이혜선이 고개를 끄덕였다.

"네, 저도 일기 예보 봤어요. 빨리 와 주면 좋겠네요."

그때 고명수가 뭔가 생각났다는 표정으로 물었다.

"여긴 핸드폰 되나? 아까 배에서는 신호가 안 잡혀서……."

"물론이죠. 이 섬에도 기지국이 설치되어 있어요."

"아, 내가 연락하면 특별 쾌속정이 올 거야. 그거라면 금방 와서 우릴 다 데려갈 수 있겠지."

그가 씨익 웃으며 양서희를 쳐다봤다. 자신이 대단한 사람이라는 것을 어필하면서 환심을 얻으려는 뻔한 속셈이었다.

"어? 여기도 안 되네."

핸드폰을 꺼내 보고 고개를 갸우뚱하는 고명수의 말에 다른 사람들도 각자의 핸드폰을 확인했다.

"정말이네."

"그럴 리가 없을 텐데요."

양서희가 자신의 핸드폰을 꺼내서 보더니 놀란 표정을 지었다.

"어머, 이걸 어쩌죠?"

전화를 하러 갔던 윤세미가 다급한 목소리와 함께 거실로 돌아왔다.

"아가씨, 전화가 안 되는데요?"

"전화도 안 된다고요?"

양서희는 당황한 표정으로 고개를 끄덕이는 가정부에게 다가

갔다.

"이상하다, 아까까지만 해도 제가 썼는데."

가정부의 말을 듣는 순간, 사람들의 표정이 굳었다.

"그래서 인터넷 전화를 시도해 봤지만 인터넷도 먹통이네요. 아무래도 이 섬 회선에 문제가 생긴 것 같은데 외부와 연락이 안 되니 확인해 볼 방법이 없네요."

조금 전에 거들먹거렸던 고명수가 화난 목소리로 말했다.

"아, 아니, 이게 대체 뭐가 어떻게 된 거야?!"

"기지국에 문제가 있나 봐요."

"갑자기 왜 이러지?"

사람들이 동요하는 가운데 문승진이 밖을 가리키며 물었다.

"참, 오는 길에 선착장에서 보니 배가 한 척 있던데, 혹시 그거 서희 씨 건가요? 보니까 여기 있는 사람 전부 탈 만한 크기던데."

"네, 여기 계신 분들은 전부 탈 수 있을 거예요."

"죄송하지만, 저희들을 그 배에 태우고 제주도까지 데려다주실 수는 없나요? 밤부터 날씨가 나빠진다면 서둘러야 할 것 같습니다."

"네, 상황이 이러니 어쩔 수 없네요. 그렇게 하시죠."

사람들이 일어나서 채비를 하고 나가려는 순간.

쾅!

무언가 폭발하는 소리가 섬 북쪽 해안에서 들려왔다. 놀란 사람들이 다들 창밖을 내다보았다. 저쪽에서 연기가 피어오르고 있었다.

"어머, 저긴!"

양서희가 믿을 수 없다는 표정으로 소리쳤다.

"저기 선착장 쪽 아닌가요?"

"자, 일단 나가 봅시다."

문승진의 말에 사람들이 서둘러 선착장으로 달려갔다. 양서희의 배가 불길에 휩싸여 있었다. 양서희를 포함해 모두 망연자실한 표정이었다.

"이를 어떡해……."

사람들이 너 나 할 것 없이 달려가 물도 뿌리고 저택에서 들고 온 소화기까지 써서 겨우 불길을 잡았지만 배는 이미 처참하게 타 버린 상태였다.

"배까지 이 모양이니 오늘 이 섬을 나가긴 틀렸네요."

한주호가 실망한 표정으로 중얼거렸다.

"아니, 왜 갑자기 배에 불이 났지? 하필이면 이럴 때……."

박선주가 주위를 두리번거리며 물었다.

"우리가 타고 온 그 고무보트는요?"

그 말에 이경준이 놀라서 소리쳤다.

"어? 없어졌잖아! 저쪽에 정박해 놨었는데."

박선주가 겁먹은 표정으로 말했다.

"도, 도대체 이게 어떻게 된 거죠? 여기 CCTV카메라 없어요?"

양서희가 선착장 끝에 위치한 기둥을 가리켰다.

"아, 저기 있긴 한데 고장이 나서……."

민희주가 씁쓸히 중얼거렸다.

"누가 이런 짓을……."

"혹시 당신들 중에 누가 그런 거 아냐? 나머지 이 섬에 묶어 놓고 혼자서 그걸 꿀꺽하려고? 아무튼 그렇게 퍼 줘도 결과를 못 낸 거 봐줬는데, 딴맘 먹고 뒤통수치기만 해 봐. 인생의 쓴맛을 제대로 보여 줄 테니까."

고명수가 험악한 표정으로 말하자 몇 사람들이 서로 눈치만 보았다. 이경준은 연거푸 헛기침을 했고 몇몇은 땅만 보고 있었다.

"대표님, 그게 무슨 말씀이세요?"

문승진이 어리둥절한 표정으로 묻자 고명수는 바로 활짝 웃어 보였다.

"아, 승진이랑 상관없는 거니까 신경 꺼."

"네……."

잠시 후 일행은 선착장을 떠나 다시 저택의 거실에 모였다.

"아니, 이거 도대체 어떻게 된 거지? 통신도 먹통에 섬을 나갈 방법도 없다니."

신석기가 투덜거리자 이혜선이 양서희를 보며 물었다.

"섬에 정기적으로 찾아오는 배는 없나요?"

"네, 개인 소유의 섬이라 다른 외부인은 찾아올 일이 별로 없어요. 순시선이 가끔 들르긴 하지만. 생활용품 공급이나 장비 점검차 오는 배도 있긴 한데, 그것도 한 달에 한 번 올까 말까 해요. 게다가 오늘밤부터 태풍 북상 소식이 있어 한동안 못 올 거 같아요."

양서희의 설명을 들은 사람들이 웅성거리기 시작했다.

"하지만 너무 염려하지 마세요. 오히려 이런 날씨기 때문에 조금 개면 확인차 순시선이라도 올 겁니다. 게다가 섬과 연락이 끊긴 상황이라 더 일찍 올지도 몰라요."

윤세미가 옆에서 말하며 사람들을 진정시켰고, 양서희도 다시 덧붙이듯 말했다.

"물도 식량도 충분합니다. 오늘은 폭풍이 오겠지만 하루 이틀이면 지나간다고 하더라고요. 그러니 그때까지만 여기서 편하게 기다리세요. 아줌마, 이분들 방 좀 준비해 주세요."

"잠깐!"

이경준이 손을 들었다.

"저 할 말 있어요. 이건 누가 의도한 게 분명합니다. 이 모든 게 우연일 리 없잖아요. 누가 의도적으로 우릴 여기에 가둔 거라고요!"

박선주가 떨리는 목소리로 물었다.

"누, 누가요?"

"그걸 알면 이렇게 가만히 있겠어요? 아무튼 누군가 어떤 목적으로 우리를 이곳에 묶어 둔 겁니다. 그게 우리 중에 있을 수도 있는데 마음 편히 쉴 수 있겠어요?"

이경준이 사람들을 노려보았다.

"뭐야, 그 눈은? 그러는 당신도 마찬가지야."

고명수가 쏘아붙이자 이경준이 눈에 힘을 풀었다.

"아이참, 대표님도. 제가 그럴 사람으로 보이십니까?"

"보여."

단칼에 잘라 버리는 대답에 이경준은 떨떠름한 표정만 지었다.

우르릉 쾅!

천둥소리와 함께 번개가 치더니 바람이 세지면서 비가 옆으로 내리는 것처럼 거세게 유리창을 두드렸다. 민희주가 창밖을 바라보았다.

"제주도 주변은 날씨 변화가 심하다고 듣긴 했지만, 신기하게도 금방 이렇게 폭풍우에 휩싸이네요."

고명수가 씁쓸한 표정으로 고개를 가로저으며 투덜댔다.

"아이 씨, 이게 뭐야. 태풍까지 와서 이 섬에 완전히 묶였잖아. 졸지에 섬에서 「삼시세끼」 찍게 생겼네. 이거 무슨 추리소설 속 설정도 아니고 말이야."

"맞아요. 정확하게 말하면 '클로즈드 서클' 상황이죠. '클로즈드 서클'이란 아무도 드나들 수 없는 상황에서 일어나는 살인 사건을 뜻하는 추리소설 용어예요."

"그게 무슨 소리야? 그럼 우리가 한 사람씩 죽게 된다는 말이야, 뭐야?"

민희주의 말에 성깔 있게 생긴 이혜선이 그녀를 노려보며 말했다.

"아, 저 아저씨가 먼저 추리소설 얘기를 하셔서……."

"우리 대표님한테 아저씨라니, 학생 말조심해."

고명수의 경호원인 심지윤이 주의를 주었지만 민희주는 가볍게 무시하고 말을 이었다.

"생각해 보세요. 배가 갑자기 폭발했고, 주변에 피할 곳은 이 섬뿐이었어요. 그리고 이 섬에서 나가려고 하자 하나밖에 없는 배까지 폭발해서 불타 버리고, 전화도 인터넷도 안 되고. 이게 전부 우연이라고 생각하세요? 게다가 선장님이 돌아가셨으니 이미 한 사람의 희생자가 나온 게 되네요."

"야, 민희주! 아무리 네가 그런 거 좋아한다지만 적당히 해. 불길한 일만 연달아 겪은 사람들한테 할 얘기는 아니잖아. 그리고 선장님은 배에서 사고로 돌아가신 거잖아. 네가 말하는 그 클로즈드 서클도 아니고 말이야."

문승진 역시 민희주를 질책하듯 말했지만, 그녀는 들은 척도 안 하고 바로 양서희에게 질문을 던졌다.

"혹시, 여기 우리뿐일까요? 다른 사람이 있을 가능성은 없나요?"

양서희가 의아한 표정으로 반문했다.

"네? 여자 둘이 사는 섬에 다른 사람이라뇨?"

"우린 서희 씨의 안내를 받고 저 선착장으로 왔고, 모두가 이곳에 있을 때 저 배가 폭발했잖아요. 전화나 인터넷이 안 되는 건 우리가 따로 어떻게 할 시간도 없었고, 그럴 수 있는 사람이 있다면 섬에 계신 두 분밖에 없는데……. 아무튼, 이 모든 일을 저지를 수 있는 사람은 우리 외에 누군가일 가능성이 있어요."

민희주의 말을 들은 신석기가 물었다.

"서희 씨의 배에 누군가 시한 폭파 장치 같은 걸 둔 게 아닐까요?"

"우리는 문주란호에 불이 나서 겨우 고무보트를 타고 빠져나왔고, 서희 씨를 만나게 되리라고는 전혀 예상하지 못했습니다. 그런데 우리 중에 누가 그런 장치를 미리 준비했다는 건 말이 안 되죠. 그리고 이 섬에 계신 두 여자분이 그런 거라면, 여건만 보면 가능할지 모르지만 솔직히 갑자기 나타난 저희들에게 그럴만한 이유를 못 찾겠습니다. 그것도 자신의 배를 불태워 가면서까지요. 게다가 서희 씨랑은 선착장에서부터 같이 움직였는데, 배에 폭탄을 설치할 시간이 어디 있어요."

민희주의 말이 끝나자 양서희가 단호하게 말했다.

"앞서 말씀드렸듯이 여기는 여자 둘만 사는 작은 섬입니다. 여긴 저랑 아줌마뿐이에요."

민희주가 의심스러운 눈초리로 이혜선을 보았다.

"이혜선 씨는 혹시 기자신가요? 아니면 사진작가거나?"

"네?"

"아까 보니까 배에서 내릴 때도 일안 렌즈 카메라를 들고 계셔서요. 아시다시피 요즘은 스마트폰 시대라 보통 사람들은 그런 카메라를 따로 가지고 다니지 않잖아요. 그런데 디지털 카메라를 따로, 그것도 그렇게 좋은 걸 가지고 다닌다면 사진작가이거나 기자일 확률이 높을 것 같아서요."

"마, 맞아요! 저는 기자예요."

이혜선이 민희주를 놀란 눈으로 보면서 대답했다.

"기자분이 이런 자리에 함께하셨다는 건 우연이라기보다는 뭔가 심상치 않은 일이 있어서가 아닌가요?"

"이 기자님이 그렇게 직업 정신이 투철한 분은 아니지. 딴 욕심이 난 게 아닐까 하는데."

"대표님!"

고명수가 끼어들며 비꼬는 투로 말하자 그렇지 않아도 날카로워 보이는 인상의 이혜선이 소리치며 고명수를 노려봤다.

"그렇게 받아먹고 이젠 아예 직접 드실라고? 인간은 참 욕심이 끝이 없어요, 그죠?"

"정말 계속 그렇게 말씀하시면 저도 가만히 안 있어요."

"가만히 안 있으면 어쩔 건데?"

한주호가 두 사람을 타이르듯 말했다.

"아, 두 분 지금 이럴 때가 아닙니다. 진정 좀 하세요. 일단 이 섬을 나가거나 외부와 연락을 취할 수 있는 방법을 생각해 봅시다."

가만히 이들을 지켜보던 문승진이 드디어 제일 묻고 싶었던 질문을 던졌다.

"아까부터 궁금했던 건데, 다들 어떻게 이 모임에 오신 거죠?"

"혹시 다른 분들도 초대 메일 받고 오신 건가요? 인터넷 '낚시의 제왕' 카페에 가입한 다음에 정모에 참가 신청을 하라는 초대 말입니다."

신석기가 문승진의 질문에 대답하는 대신 다른 사람들에게 물었다.

"네? 초대 메일요?"

문승진은 그 얘기를 듣고 놀랐다. 그리고 동시에 도대체 누가 왜 이 사람들에게 메일로 초대를 했으며, 그 초대에 응해서 온 이들의 목적이 무언지 궁금해졌다. 그는 문득 아까 고명수가 다른 사람들에게 한 말이 떠올랐다.

"참, 아까 고 대표님께서 '그것을 꿀꺽'이라고 하신 것 같은데, 다들 뭔가 찾으러 오신 건가요?"

문승진이 물었지만 고명수와 다른 사람들은 곤란한 표정으로 묵묵부답이었다. 한주호가 문승진에게 말했다.

"아참, 아까 보니까 문승진 씨랑 이경준 씨도 서로 잘 아는 사이 같던데……."

"제 아버지 회사 부대표님이셨죠. 그런데 덕분에 회사도 망하고 저희 집안도 망했어요."

문승진의 말에 당황한 이경준이 어색한 미소를 지었다.

"승진아, 그게 무슨 소리니. 나는 문 대표님을 도우려 했을 뿐이야. 투자랑 운영 문제로 부도가 난 건 전적으로 문 대표님 책임인 거야."

"제가 아버지 앞에서는 형님 형님하면서 뒤에서는 회사를 혼자 꿀꺽하시려고 했다는 거, 모를 줄 아세요?"

"아냐, 그건 네가 잘못 들은 거야. 난 정말 최선을 다했다고."

문승진은 발뺌하는 이경준을 노려보기만 했다. 한주호가 그런 그에게 물었다.

"아 참, 고 대표님이랑도 아는 사이시죠?"

문승진이 입을 열기도 전에 고명수가 끼어들었다.

"그냥 저 친구의 아버지랑 좀 아는 사이였지. 동종 업계에 있었거든. 물론, 나도 초대장을 받고 왔어. 내가 부산에서 해양플랜트라는 사업체를 운영하고 있는데, 아무리 회사 대표라지만 이 일은 더 이상 다른 사람에게 맡기면 안 되겠다는 생각에 이렇게 직접 찾아왔지."

"이 일요? 그거랑 관계된 일인가요?"

"무슨 소리지?"

"그러니까 아까 말씀하신 그걸 찾으러 오셨다는 거요. 그게 뭔지 말씀해 주세요."

문승진이 다시 질문을 하자 고명수는 귀찮은 표정으로 그를 슬쩍 흘겨봤다.

"그게 뭐긴, 바다낚시 왔으니 월척을 잡는 게 그거지."

고명수의 대답에 문승진은 어이가 없었다.

"그럼 승진 씨는 어떻게 오신 거죠? 사실 저는 그냥 뱃사람이고 여러분들 중 누구와도 인연이 없는 사람이지만, 이렇게 알 수 없는 함정에 같이 빠진 입장이라 아무래도 뭔가 정보를 공유해야 할 것 같습니다."

한주호가 묻자 문승진이 고개를 끄덕이며 대답했다.

"보름 전, 이 섬 근처에서 낚시를 하던 배 '토끼호'가 실종됐습니다. 구조 신호도 없었고 탑승객의 시체나 배의 잔해도 아직 찾지 못했어요. 제 아버지가 그 배에 타고 계셨던 것 같습니다. 그때도 내려와서 아버지 행방을 찾아봤지만 특별한 목격자도 없었다며 그냥 실종 처리하더군요. 그렇게 속수무책인 상황에서 우연히 아버지 서재에서 아버지의 포털사이트 아이디와 비번이 적힌 메모를 발견했고 무작정 로그인해 봤죠. 그리고 뭔가 찾기 위해 가입된 카페를 확인하던 중 오늘 정모에 참석할 예정이라는 걸 알게 되었습니다. 그래서 아버지 행방에 대한 어떤 단서라도 알게 되지 않을까 생각해서 모임에 참석하게 된 거죠. 아버지는 포털 메일 계정은 안 쓰고 별도 계정을 써서 초대 내용까지는 확인할 수 없었습니다."

민희주가 놀란 표정으로 물었다.

"그런 건 경찰에 얘기해 보지 그랬어?"

"사실은 네 말대로 혹시 몰라서 실종 사건 담당 형사에게 얘기는 해 봤지. 그런데 별 연관성이 안 보인다나. 바쁘다는 말만 했어, 조사도 안 해 보고……. 귀찮다 이거지."

문승진은 그렇게 대답한 다음 바로 사람들에게 질문했다.

"그 초대 메일은 누가 보낸 거죠?"

이경준이 즉시 대답했다.

"나는 장태민 팀장으로부터 메일을 받았어."

"네? 장태민 팀장?"

"어, 사실은 중요한 연구 자료를 찾고 있었는데, 그 연구를 진행했던 장태민 팀장이 이 모임에 참석하면 찾을 수 있을 거라고 했거든. 구체적인 건 모임에 와서 알게 될 거라고 하더라고."

그의 말을 들은 나머지 사람들의 얼굴색이 갑자기 바뀌었다.

"그러니까 정리해 보면, 승진 오빠를 제외하고 나머지 여러분들은 그 장태민 팀장님이란 분이 보낸 초대장 메일을 받았고, 정해 준 닉네임으로 낚시의 제왕이란 카페를 통해 바다낚시 정모에 오시게 된 거란 말이네요. 그것도 그 연구 자료라는 것을 얻겠다는 공통적인 목표를 갖고 말이죠. 그런데 제가 보기엔 여기 오신 분들은 각자 그 팀장님이란 분으로부터 받은 초대 메일은 자신만 받았다고 생각했었을 거 같아요. 제 말이 맞죠?"

민희주의 질문에는 아무도 대답하지 않았다. 어색한 침묵이 흐르는 가운데, 정모에서 느꼈던 불편한 분위기보다 더욱더 불편한 공기가 그들 주위를 감쌌다.

6

거실에 모여 있는 이들의 얼굴을 다시 한번 둘러보며 문승진이 말을 이었다.

"좋습니다. 그렇다면 그 초대장의 내용을 좀 말씀해 주세요."

"제가 먼저 얘기할게요."

박선주가 손을 들었다.

"저랑 여기 있는 신석기 씨는 문진플랜트의 연구원이었어요."

문승진이 놀라며 물었다.

"정말이세요? 그럼 아버지 회사 직원분이셨군요. 연구원이시라면, 뭘 연구하셨습니까?"

"천연가스 채취요. 해양 자원 개발 사업에 참여했습니다."

"그런데 무슨 일로 초대를 받으신 거죠?"

"초대 메일을 보내신 장태민 팀장님이 사실은 저희랑 문진플랜트에서부터 같이 일하셨거든요. 아시다시피 갑자기 회사가 도산하게 되어 저희를 포함한 연구원들은 모두 퇴사했구요."

옆에 있던 신석기가 바통을 이어받듯 설명했다.

"그런데 어느 날, 장태민 팀장님이 연락하셔서 새로운 업체에서 연구를 계속하시게 되었다며 일손이 필요하니 와서 좀 도와달라고 하시더라고요. 그 연구가 바로 이 섬에서 진행되었고, 지금 섬 주인이신 서희 씨가 오시기 전에 저희는 팀장님의 연구 보조를 위해 이곳에 한동안 머물렀었답니다. 장 팀장님이 실종되시기 한 달 전까지였을 거예요."

그때 이경준이 불쑥 끼어들었다.

"이분들은 문진플랜트에서부터 인연이 있었고, 이 섬에서의 연구도 내가 사업을 지원하던 입장이라 잘 알고 있었지. 그런데 갑자기 양 박사님이 돌아가시고 장 팀장님이 실종되어 곤란한 상황에 빠져 버렸지 뭐야. 그러다가 장 팀장님으로부터 메일이 와서 놀랐는데…… 다른 분들도 비슷한 내용의 초대를 받으신 거였군요. 두 분도 그런가요?"

"맞아요. 연구 자료를 팔고 싶은데 도와달라고 하시더라구요. 일단 낚시 모임에 참석하라고 해서 이상하다 싶어 전화도 해 봤는데 안 되고…… 뭔가 사정이 있겠다 싶어서 와 본 거죠."

"그렇군요. 그렇다면 고 대표님은? 같은 내용으로 초대를 받으신 건가요?"

문승진이 고명수를 바라보았다.

"응, 비슷해. 장태민 팀장이 어디서 돈을 모았는지는 몰라도 이 섬을 산 다음 새로운 메탄가스 채취 연구를 하고 있었다는 소식을 듣고 궁금했어. 그 연구가 문진플랜트에 있을 때부터 진행되었던 거라면 그 회사를 인수한 나한테도 권리가 있을 것 같았거든. 그런데 제대로 알아보기도 전에 양 박사가 죽었다잖아. 그렇게 그 자료를 구할 길이 막혔다고 생각하고 있었는데, 장태민 팀장으로부터 메일이 온 거야. 자료를 사고 싶으면 나오라고 말이야. 그래서 시키는 대로 모임에 나가면 만날 수 있을 줄 알았는데. 에이 씨, 완전히 엿 먹었네."

"그쪽은요?"

문승진이 이혜선에게 물었다.

"전…… 특종이 될 만한 것이 있다고 해서 왔습니다. 연구와 관련해서 제보할 게 있다고 했어요. 솔직히 저만 부른 줄 알았는데 여러분이 오셔서 좀 당황스럽네요."

고명수가 피식 웃었다.

"특종 같은 소리 하네. 언제는 자연 환경에 악영향을 준다고 비난하는 기사를 쓴 주제에. 그때도 그랬지만 이번에도 돈 냄새 맡고 온 게 뻔하지 뭐."

"대표님! 정말 계속 이러실 거예요?"

분위기가 험악해지자 한주호가 끼어들었다.

"자~ 일단 여기서 우리끼리 이러는 건 도움이 되지 않습니다. 그만들 하시고 잠시 쉬시죠."

그때 가정부가 차와 함께 먹을 것을 가져왔다. 문승진은 커피를 마시면서 양서희에게 질문을 던졌다.

"서희 씨는 언제부터 이 섬에서 사셨어요?"

"몇 달 됐어요. 휴학하고 왔거든요."

"그럼 지금 나이가……?"

"스물두 살이요."

화려하고 빼어난 미모 때문인지 문승진은 생각보다 나이가 어리다는 생각이 들었다.

"어, 그럼 나랑 동갑이네. 친구해도 돼요? 서로 말 놓고?"

옆에서 얘기를 듣던 민희주가 활짝 웃는 얼굴로 물었다.

"아…… 네."

"네가 뭐야, 네가. 응, 해야지."

"으, 응."

양서희가 곤란한 표정을 짓자 문승진이 팔꿈치로 민희주를 쿡 찔렀다.

"계속 말씀해 주세요, 이 섬에 관해서."

"아빠는 큰돈을 투자받았다고 하시면서 이 섬을 사셨어요. 이

곳은 주거 공간 겸 연구소로 사용하셨죠. 그런데 갑자기 사고로 돌아가셔서……."

양서희가 울먹거리자 문승진은 서둘러 다른 질문을 했다.

"아버님 연구에 대해서 좀 아시나요?"

"전 전혀 몰라요. 오랫동안 투병하시던 엄마가 돌아가신 후 해외에서 유학 생활을 했는데, 갑자기 아빠까지 돌아가셔서 급히 귀국했거든요. 이 섬에는 유품을 정리하고 관리하기 위해 왔는데, 전에 집안일을 도와주시던 가족 같은 아줌마가 저 혼자 둘 수 없다며 오셔서 당분간 같이 지내고 있어요. 섬은 일단 팔려고 내놓긴 했는데, 시간이 걸린다면 관리를 따로 맡길 생각입니다."

"승진아, 너 꼭 무슨 형사가 탐문하는 것 같다. 문 대표님 실종 건도 그렇고 궁금한 게 많은 건 알겠는데, 그보다 지금 우리가 처한 상황이 우선 아닐까? 일단은 여길 안전하게 나갈 방법을 찾아야지."

문승진이 그렇게 말한 이경준을 노려봤지만 뭐라고 반박할 순 없었다.

"그리고 승진아, 아까도 말했지만 나 때문에 회사가 망했다고 오해하지 말았으면 좋겠어."

"오해는 무슨, 아버지가 사업 망하고 폐인처럼 사시면서 전화로 어느 분에게 한탄하듯 말씀하시는 걸 들었어. 회사의 명운이 걸린 실험에 실패하면서 언론에서 천연자원 파괴했다고 비난성 기사를 쏟아냈고, 투자자들이 떨어져 나가 버렸다고. 그런데 그 와중에 당신은 투자자들을 빼 가는 건 물론 공금까지 횡령해서 아버지를 사업에서 손 떼게 하려 했다고 말이야. 모르게 했다고 생각했겠지만, 결국 다 아셨던 거야. 내 말이 틀려?!"

문승진의 기에 눌린 이경준이 얼굴을 붉히면서 변명하듯 말했다.

"그, 그건 문 대표님이 잘못 아신 거야. 공금 횡령은…… 결국 증거 없음으로 혐의도 벗었다고."

쓴웃음을 지은 그가 말을 이었다.

"문 대표님이 힘들어서 누군가 원망의 대상이 필요했나 보다. 그 정도는 뭐, 나도 이해해."

"이 사람이 정말 끝까지……."

"오빠, 진정해."

민희주가 흥분하는 문승진을 진정시키며 화제를 돌렸다.

"그런데 참, 회사의 명운이 걸린 그 실험이란 게 뭐죠?"

"아, 그건 제가 설명드릴게요."

박선주가 손을 들었다.

"문진에서는 천연 자원 개발 사업의 일환으로 해저 1000m 깊이에 있는 메탄 수화물 채취 기술을 개발 중이었어요. 메탄가스가 미래 에너지로 주목받고 있는 건 다들 아시죠?"

"그럼 같이 일하시던 장태민 팀장님이란 분과 그 기술을 연구하셨던 건가요?"

"네, 그런데 문진플랜트에서 연구한 방법으로 채취 실험을 시도했다가 작은 무인도가 가라앉아 버렸거든요."

"아, 그건 저도 뉴스에서 본 것 같습니다."

"제가 알기로는 장 팀장님이 그 후로 새로운 방법을 발견했는데, 그 방법에는 유전자 전문가가 필요했던 겁니다. 그래서 학계 권위자이신 양성준 박사님을 영입했던 거죠. 이 섬은 일제 때 군사 기지라 저 아래 쓸 만한 연구와 실험 공간이 있습니다. 장 팀장님은 일단 이 섬 전체를 연구 공간으로 자유롭게 활용할 수 있도록 연구비 겸 대가로 양성준 박사님 명의로 구입을 했다고 들었습니다."

"그 새로운 채취 방법이란 게 어떤 거죠?"

"아, 그것까지는 대외비라 말씀드리기가……."

"양성준 박사님의 연구라면 생명공학을 이용한 것일 테니, 미생물을 이용해서 메탄가스를 생산하는 건가요? 그 방법이라면 아버지 회사에서도 개발을 진행하지 않았나요?"

"그런 방법이 아니에요. 해저에 깔린 메탄 수화물을 직접 빼낼 수 있는 방법입니다."

"직접 빼내요? 어떻게?"

"그건 말씀 못 드려요. 아무튼 그에 관한 연구가 막바지에 다다랐고 약간의 문제만 해결하면 된다고 하셨는데, 무슨 일이 있었는지 양 박사님은 돌아가시고 장 팀장님은 행방불명되셨어요.

물론 양 박사님은 사고사라고 들었지만, 장태민 팀장님과 무슨 일이 있었고 그분이 양 박사님을 돌아가시게 한 게 아닌가 하는 의심도 들긴 합니다."

"두 분 사이에 문제가 생겼단 건가요?"

"네, 잘은 모르지만 안정성에 대해서 얘기가 좀 있었던 것 같거든요. 물론 전부 저의 추측입니다만……."

고개를 끄덕이며 잠시 생각하던 문승진이 양서희를 바라보았다.

"아버님은 어떻게 돌아가셨죠?"

"벼랑에서 추락사하셨어요. 이 섬에 있는 기지국 점검하러 정기적으로 방문하시는 분이 최초 발견자라고 들었습니다. 저는 당시 미국에 있었기 때문에 귀국 후 들은 얘긴 그게 전부예요. 경찰에서도 실족사하신 것 같다고 했습니다."

그때까지 가만히 있던 고명수가 한마디 했다.

"그렇다면 양 박사님의 연구 자료를 내게 좀 보여 줄 수 있나? 아니, 이왕 온 김에 내가 그걸 사지. 이 섬도 내가 매입해 줄 수 있어."

"전 그 연구에 대해서 아는 게 없는데……."

"그럼 그 연구실이라도 공개해 줄 수 있나?"

고명수가 활짝 웃으며 물었다. 하지만 양서희는 고개를 저었다.

"그게 좀……."

"뭐가 문제지? 돈이라면 걱정 말고. 이 섬도 내가 살 수 있어."

"아버지 연구실은 지하실에 있는데, 그 방문 비밀번호를 몰라요. 저도 유품 정리 때문에 전문가 분을 불러서 시도해 봤지만, 비밀번호를 모르면 못 열도록 특수 주문 제작된 거라고 하더라고요."

"그 문 부수고라도 못 들어가나?"

"그것도 물어봤는데요, 문 자체가 금고 형태라 어렵구요. 만약 폭발물을 사용한다면 문뿐 아니라 연구실 전체가 날아가게 될 거라고 했어요."

"그 전문가란 작자, 엉터리 아냐? 금고문 하나 못 열면서 무슨 전문가야."

고명수의 말에 사람들의 표정이 굳어졌다. 그를 한심하다는 눈빛으로 보던 이경준이 말했다.

"그거 독일의 전문 업체에 의뢰한 설비예요. 양 박사님이 직접 지정하신 곳이고 제가 발주했습니다. 저도 비밀번호를 지정한 사람 이외에는 열지 못하는 것으로 알고 있습니다."

"그 방에 연결된 환기구로 들어갈 수는 없을까요?"

"내가 알기론 업체에서 환기구까지 보안 장치를 해 놔서 괜히 들어가려고 했다가는 전기구이가 될걸."

문승진의 질문에 이경준이 단호하게 대답했다.

"전기를 차단하면요?"

"전기가 끊기면서 자동으로 막혀 버리게 되어 있어."

"그럼 그 비밀번호를 알아낼 방법이 없을까요?"

민희주가 묻자 바로 신석기가 대답했다.

"양 박사님은 정기적으로 번호를 바꿨어요. 저희가 같이 연구할 때는 그 번호를 공유했지만, 새롭게 바꾼 번호는 저희도 알 길이 없죠. 아참, 박사님이 번호 바꿀 때 도감을 봐야겠다고 한 건 기억나네요."

"도감요? 어떤 도감요?"

"그건 저도 잘……. 서재에는 전문 서적이나 도감들이 많아요. 박사님이 개인적으로 수집하시는 것도 있는 걸로 압니다."

"이런, 눈앞에 두고도 못 먹는 꼴이잖아."

고명수가 머리를 긁적거렸다.

*

날이 어두워지자 하늘에서 폭우가 더욱 거세게 쏟아졌다. 창문에는 마치 자동차 세차 장치처럼 사방에서 비가 뿌려졌다. 문승진은 불안한 표정으로 거실에서 혼자 창밖을 바라보며 생각에 잠겨 있었다.

"오빠!"

문승진이 뒤를 돌아보니 어울리지 않게 앞치마를 두른 민희주가 서 있었다.

"응?"

"저녁 식사 하라고 그렇게 불렀는데, 못 들었어?"

"너도 식사 준비를 거든 거야?"

"본의 아니게 신세 지게 됐으니까 조금이라도 도와야지. 어려서부터 엄마랑만 살아서 집안일은 아주 익숙하거든. 흠, 뭐 자랑 같지만 웬만한 요리는 혼자서 할 수 있다고 보면 돼."

민희주가 뒤를 한번 돌아보더니 말했다.

"당분간 식량이나 물 걱정은 안 해도 될 것 같아. 냉장고까지 다 체크해 봤거든."

식탁에는 얼큰한 해산물 전골은 물론이고 갈비찜과 구이 등이 놓여 있었다. 둘러앉은 사람들은 이미 식사를 시작한 상태였는데, 배에서 내린 뒤 아무것도 먹지 못한 터라 정신없이 아구아구 먹고 있었다.

"이거 맛 죽이는데? 떡 본 김에 제사 지낸다고 한잔하면 좋을 것 같은데, 술이……."

고명수가 뻔뻔한 얼굴로 말하자 양서희가 미소를 지었다.

"그렇지 않아도 아버지가 즐겨 드시던 와인이 좀 있어서 준비했습니다."

이처럼 거한 음식에 고급 와인까지 들어가자 분위기가 사뭇 부드러워졌다. 식사 후 사람들은 모두 각자 배정된 방으로 갔다. 생각보다 큰 집이라 두세 명씩 한 방을 쓸 수 있었다. 1층에 있는 방들은 남자들이 쓰기로 했고, 2층의 방들은 여자들이 쓰기로 했다.

"문승진."

화장실에 다녀오는 문승진을 이경준이 슬쩍 붙잡았다. 문승진은 그를 무시하려고 했지만 바싹 다가온 그가 목소리를 낮추며 말했다.

"너 이리 좀 와 봐."

"왜요?"

"왜요? 너 이 새끼 내가 우습지? 아까는 반말도 잘하더라?"

"아저씨 취했어요?"

"흥, 내가 주량이 얼만데 와인 몇 잔 가지고 취하긴. 멀쩡하다, 이 새꺄."

얘기하는 것과 달리 혀 꼬인 소리를 하는 것으로 봐서 이미 취한 듯했다.

"왜 자꾸 새끼새끼 하세요."

문승진이 이경준을 노려봤다.

"어쭈, 너 이 새끼 그러다 사람 치겠다."

문승진과 눈싸움을 하던 이경준이 갑자기 환하게 웃었다.

"아, 이 새끼 까칠하긴. 알았어, 알았어. 그 눈에 힘 좀 풀어라. 내가 그래도 문 대표님, 아니 형규 형하고는 한때 정말 사이 좋았잖냐. 그래서 승진이 네가 조카 같은 느낌이야. 그러지 말고 좀 친하게 지내자, 응?"

"아무래도 많이 취하신 거 같은데 주정 그만하시고 가서 조용히 잠이나 자세요."

"뭐?"

순간 얼굴이 굳었던 이경준이 금방 다시 웃으며 말했다.

"에헤헤, 너 금방 쫄았지?"

"쫄긴 무슨……."

이경준의 표정이 갑자기 능글맞아졌다.

"야, 넌 어떻게 생각하냐?"

"뭘요?"

"뭐긴, 여기 주인이라는 그 여자 말이지. 양 박사한테 저런 딸이 있었는지 몰랐네."

"서희 씨가 왜요?"

"야, 솔직히 너도 남자 아니냐. 저런 여자 보면 군침이 넘어가냐, 안 넘어가냐."

"지금 무슨 말씀 하시는 거예요?"

"이런 외딴섬에서 저런 여자가 혼자 산다니 쏠리지 않냐 이거야."

"뭐가 쏠려요. 아저씨 이상한 소리 이제 그만하세요."

"에라, 이 새꺄, 다 알면서 모른 척하기는. 관둬라, 관둬. 솔직히 저도 쏠리면서."

"아저씨!"

문승진이 다시 이경준을 노려봤다.

“아참, 그 눈 좀 풀라니까. 그러다 눈깔 튀어나오겠다.”

“조용히 가서 주무시라구요.”

“근데 말이야, 난 아무래도 여기 사는 저 두 여자가 수상해. 뭔가 꿍꿍이가 있는 거 같은데……. 오늘 밤 그 둘을 꽁꽁 묶어 놓고 왜 그런 건지 족쳐서 실토시켜 볼까? 아, 양서희는 그러긴 좀 아깝긴 하지만……. 혹시 저렇게 생긴 여자를 미끼로 우리를 홀려서 새우잡이 배에 팔아 버리는 거 아냐? 진짜 양 박사 딸인지도 알 수 없고 말이야.”

“그럼 진짜 양 박사님 따님은 어디 가구요?”

“진짜는 이미 어디 팔려 갔는지도 모르지.”

이경준과 말도 섞기 싫은 문승진이 비꼬는 투로 핀잔을 주었다.

“제가 보기엔 아저씨보다는 좋은 사람들 같은데요. 이렇게 신세까지 지는 처지에 좀 심한 생각 아닌가요?”

“신세는 무슨, 이렇게 해서 방심하게 만들어 놓고 언제 돌변할지 누가 알아. 우리가 먹은 음식에 이상한 약을 탔을 수도 있잖아.”

“이상한 약이요?”

문승진은 식탁에서 누구 못지않게 게걸스럽게 먹던 이경준의 모습을 떠올렸다.

“이곳 연구실에선 미생물 연구도 하거든.”

“미생물 연구실요?”

"그래, 바다 환경 조사에 필요하거든. 미생물 연구를 위해 여러 가지 약품을 구입해 놓은 것으로 아는데, 그중에 인간에게 해로운 것도 있을 거야. 그걸 음식에 넣었다면……."

"그렇다면 이미 우리들은 죽었어야 하는 거 아닌가요? 게다가 연구실 비밀번호를 몰라서 들어가지도 못하는데 그걸 어떻게 가져와요."

"야, 연구실 비밀번호를 모른다는 말을 너는 믿냐? 알면서 모르는 척하는 건지 누가 알아."

"아저씨 말씀이 맞는다고 치자구요. 도대체 우리들에게 왜 그런 짓을 하는 거죠?"

문승진의 말에 이경준이 눈을 크게 뜨며 멈칫했다.

"그 사람들이 그런 짓을 할 동기가 어디에 있냐고요."

"나도 모르지. 그러니까 족쳐서 알아내자는 거 아냐."

문승진은 이경준과 더 이상 대화를 계속하기 싫어서 고개를 돌렸다. 그때였다.

"아유~ 이런 데서 뭐 하는 짓이야."

갑자기 민희주가 새빨개진 얼굴로 나타났다.

"희주야, 갑자기 무슨 일이야?"

"아, 아무것도 아니야."

민희주는 부엌으로 가더니 곧장 물을 따라 마셨다.

"자다가 악몽이라도 꿨니?"

민희주의 이상한 행동에 의아해하던 문승진은 다시 이경준 쪽으로 몸을 돌렸지만, 그는 그 자리에 없었다. 자기 방으로 들어가 버린 것이다.

“다 들리게 꼭 그러고 싶을까?”

민희주는 손으로 자기 뺨을 때리면서 머리를 저었다.

“너 도대체 왜 그래?”

“아, 말도 마.”

“얘기해 봐, 뭐 때문에 그래?”

“그 연구원인가 있잖아, 두 사람.”

“응, 신석기 씨하고 박선주 씨?”

“그래, 그 사람들이 2층에 빈방에서…….”

“아…….”

“자다가 깨서 화장실 다녀오는데 이상한 소리가 나잖아.”

민희주는 두 사람의 애정 행각 소리를 들었던 것이다.

“난감했겠구나.”

잠시 후 신석기가 쿵쿵거리며 계단을 내려왔다. 민희주가 눈을 동그랗게 뜨며 부엌에서 나왔다. 신석기는 문승진과 민희주의 놀라는 반응에 아랑곳하지 않고 냉장고에서 물을 꺼내 따르더니 단숨에 마셨다.

“칫, 여긴 맥주는 없나?”

신석기가 문득 문승진을 쳐다보았다.

“문형규 대표님 아드님이라고 했죠?”

“네.”

“대표님 좋은 분이셨는데. 저도 문진플랜트에서 근무했다는 거 아까 말씀드렸죠?”

“아, 네…….”

“그나저나, 저 아가씨 꽤 괜찮지 않아요? 솔직히 같은 남자로서 말해 봐요. 저런 여자 보고 눈 안 돌아가는 사람이 어디 있냐고. 양 박사님한테 저렇게 예쁜 딸이 있는 줄은 몰랐네. 아까 수영복 입은 몸매 정말 죽여주지 않았어요?”

“네? 네, 그렇죠.”

“예쁜 걸 예쁘다고 하는 게 그리 죄가 되나? 갑자기 사람 뺨을 때리고 말이야.”

옆에서 신석기의 얘기를 듣고 있는 민희주의 표정이 점점 험악해졌다. 양서희의 외모가 지나칠 정도로 뛰어난 건 민희주도 인정하지만, 고명수와 이경준에 이어 신석기까지 탐욕스러운 눈으로 양서희를 훑어보는 것을 알아챈 그녀는 같은 여자로서 심한 불쾌감을 느꼈다. 게다가 같은 여자인 그녀가 듣고 있는데도 아무렇지 않게 저런 얘기를 하다니, 기가 막히고 화가 나서 손이 부르르 떨렸다.

그사이 문승진이 뭐라고 해야 할지 몰라서 우물쭈물하는데 안경 너머 음흉한 눈빛의 신석기가 씨익 웃으며 말했다.

"승진 씨도 저런 여자 보면 좋잖아, 안 그래요?"

"아, 뭐……."

"저런 여자가 여기서 살아도 괜찮을까 모르겠네. 이 근처에서 불법으로 조업하는 어부들이 지나가다 보면 가만히 안 둘 텐데."

걱정하는 듯 말하지만 정작 그녀에게 눈독을 들이는 건 신석기 본인 같다는 생각에 문승진은 씁쓸한 미소를 지었다.

"지금 그런 얘기 할 때는 아닌 것 같은데요."

문승진의 말에 신석기는 순간 차가운 눈빛으로 그를 보더니 바로 미소를 지었다.

"잠깐 바람 좀 쐬고 올게요. 담배도 좀 피우고 싶으니 겸사겸사."

"비가 이렇게 오는데 나가시려고요?"

"우산 쓰면 되죠, 뭐."

신석기가 우산을 들고 밖으로 나가자 민희주가 문승진을 바라보았다.

"오빠, 저런 남자가 하는 말 뭐라고 다 들어 줘. 연구원이 아니라 어디 시정잡배 같은 인간이 말이야."

씩씩거리며 신석기가 나간 문을 노려보는 민희주에게 문승진이 말했다.

"솔직히 오늘 모임에 나온 사람들 중에 제대로 된 인간은 없다고 봐야 할 것 같아. 그 연구 자료인가 뭔가 상당한 금전적 가치가 있는 것 같던데, 다들 그것 때문에 모였으니 뻔한 거 아니겠어. 그나저나, 그 장태민이란 분은 무슨 목적으로 이들을 한자리에 모이게 했을까? 아버지가 왜 이 모임 참석을 신청했는지도 모르겠어. 설마 그 연구 자료인가 뭔가를 찾으러? 믿고 싶지는 않지만 그럴 가능성이 높겠지?"

"그러게. 이 섬에 고립되게 된 것도 누군가의 의도인 것 같은데 말이야. 태풍이 지나가고 외부에서 구조선이 오기 전까지 더 이상 나쁜 일이 생기지 않았으면 좋겠어."

"저기, 신석기 씨 못 보셨나요?"

두 사람이 비 오는 창밖을 보며 대화를 하고 있는데 박선주가 흐트러진 옷차림에 산발한 머리로 2층에서 내려오며 물었다.

"아, 그분 조금 전에 바람 쐬러 간다고 나가셨는데요. 무슨 일 있으세요?"

"아까 저랑 얘기를 하다 말았는데, 아무리 기다려도 안 와서요."

"곧 오시겠죠. 조금만 더 기다려 보세요."

7

결국 신석기는 나간 지 한 시간이 넘어도 돌아오지 않았다. 박선주는 비바람이 몰아치는 밤에 나갔다가 실족이라도 했을까 봐 걱정이라며 안절부절못했다. 그때 현관문이 열리며 누군가 들어왔다.

"다들 안 주무시고 뭐 하세요? 무슨 일 있으세요?"

집 안으로 들어온 양서희가 비옷의 후드를 벗으며 묻자 민희주가 답했다.

"신석기 씨가 나간 지 한참 됐는데 안 오고 있어. 혹시 밖에서 못 봤어?"

"신석기 씨? 못 봤는데. 나는 통신이 왜 안 되는지 궁금해서 이 섬에 설치된 기지국 탑에 다녀오는 길이거든. 겉으로 보기엔 모르겠더라고. 아무래도 통신 회사에서 기술자가 와야 할 것 같아. 돌아오는 길에는 아무도 못 봤어."

"그랬구나."

민희주는 고개를 끄덕였지만 박선주는 양서희를 노려보며 따지듯 말했다.

"석기 씨가 이런 날씨에 밖으로 나간 건 당신이 외출하는 것을 알았기 때문인 것 같은데, 못 봤다는 말을 믿으라고요?"

"네? 그게 무슨 말씀이세요? 갑자기 왜들 이러시는 건지 저는 도무지……."

양서희가 난처한 표정을 지었다.

"이 섬에 어디 갈 만한 곳이 없을까요?"

"글쎄요, 여긴 특별히 갈 데가 없어서……. 제가 오는 길에 창고에 들러서 뭘 좀 챙겨 오긴 했지만 거긴 잠겨 있거든요."

문승진의 질문에 양서희가 손에 든 봉투를 들어 보이며 답했다.

"아참, 이 섬 밖에서 보니까 등대가 보이던데, 거기는요?"

"등대요? 거긴 잠겨 있지 않아서 비를 피할 수 있긴 한데, 이 빗속에 저 위까지 가셨을지는 모르겠네요."

"그걸 못 참고."

박선주가 신경질적인 말투로 중얼거리자 민희주가 물었다.

"그걸 못 참고? 그게 무슨 뜻이죠?"

"아, 네. 그…… 그러니까 담배를 못 참고 이런 날씨에 밖에 나간 것 같아서요. 좌우간, 혹시 제가 쓸 수 있는 비옷이랑 손전등 있나요?"

양서희가 고개를 끄덕였다.

"찾으러 가시게요? 그럼 저도 같이 갈게요. 혹시 모르니까 다른 남자분들도 불러서 같이 가죠."

저녁때 마신 술에 곯아떨어진 이경준, 고명수와 깊이 잠든 이혜선과 윤세미를 뺀 나머지 사람들은 비옷을 입고 등대 쪽으로 갔다. 비는 여전히 세차게 내리고 있었다.

잠시 후 이들은 등대에 도착했다. 양서희는 이 등대는 운영하지 않은 지 오래되었고 양 박사가 서재 및 휴게실로 개조해서 사용하고 있었다고 설명했다. 등대 안으로 들어가자 위로 향한 나선형 돌계단이 보였다. 안에는 잡다한 물건들과 허드레 공간이 있었지만 사람의 인기척은 전혀 느껴지지 않았다. 이들은 먼저 신석기의 이름을 큰 소리로 불러 보았다. 대답은 전혀 없었다.

"저 돌계단 위가 서재야?"

민희주가 양서희에게 물었다.

"응, 맞아. 그런데 아버지 돌아가신 후 줄곧 잠가 두고 있어서 외부인은 출입을 못 할 거야."

"그렇구나. 여기 말고 갈 만한 데가 또 있을까?"

"글쎄…… 이 빗속에 선착장에 갔을 리는 없을 테고, 갈 데가 없는데."

문승진은 등대로 들어오기 전에 봤던 절벽을 떠올렸다.

"요 밖에 가로등 쪽에 절벽이 있던데. 이렇게 어둡고 비바람 부는 밤엔 잘못하면 저 아래 암석들 위로 떨어질 것 같던데요. 가로등 불빛이 있어서 밤에 그쪽으로는 안 가겠지만, 보호용 울타리조차 보이지 않던데……."

문승진의 말에 박선주가 날카롭게 반응했다.

"그럼 석기 씨가 절벽 아래로 떨어지기라도 했단 말인가요?"

"걱정되실 텐데 죄송합니다. 그럴 리야 없겠지만 한번 확인해 보는 것도 나쁘지 않을 거 같아서요."

자신 없는 말투의 문승진에게 한주호가 말했다.

"네, 제 생각에도 확인할 수 있는 건 다 해 보는 게 좋을 것 같습니다. 다 같이 가시죠."

일행들은 등대에서 나와 절벽으로 이동했다. 절벽 끝에 도착해서 아래쪽으로 손전등을 비춰 보던 문승진은 파도 소리만 들려오는 저 아래의 어둠 속에 빨려들 것 같은 느낌에 살짝 몸을 떨었다.

검푸른 어둠에 묻혀 있는 그 밑은, 불빛에 반사된 물거품을 두른 거센 파도가 사정없이 날름거리고 있었다. 여기서 떨어졌다가는 날카로운 바위에 부딪쳐 죽을 수도 있고, 다행히 물에 빠진다고 해도 강한 물살에 버틸 수 없을 터였다. 결국 어디로 떨어지나 살 가능성은 없어 보였다.

"혹시 이 절벽에서 떨어진 건 아닐까요? 바다에 빠진 건 아닌지……."

"그 사람 성격에 혼자서 이런 위험한 곳에 왔을 리 없어요. 누군가를 따라갔다면 모를까."

박선주가 양서희를 노려보며 말했다.

"혹시 이 섬에는 동굴 같은 건 없니?"

주위를 둘러보던 민희주가 당황스러워하는 양서희를 향해 물었다.

"절벽에 동굴같이 생긴 구멍들이 나 있는 것 같은데, 어디로 연결된 건지도 모르겠고 나는 무서워서 가 보지도 못했어."

"그럼 저 아래 해변 쪽으로 돌아서 내려가 이 밑을 확인해 보는 게 어떨까요?"

심지윤의 말에 고개를 끄덕인 일행들은 즉시 이동해 해변을 지나 벼랑 아래쪽으로 가까이 접근했다. 이리저리 둘러보던 한주호가 말했다.

"역시 여기도 신석기 씨의 흔적은 없는 것 같네요. 더 이상 갈 곳도 없는 것 같은데, 이미 돌아와 계실지 모르니 일단 집으로 가시죠."

일행이 다시 한번 주변을 둘러보며 돌아가려는 순간.

"저것 좀 보세요!"

문승진이 무언가 발견했는지 사람들에게 외쳤다. 그가 가리키는 곳을 보니 벼랑 아래에 위치한 바위 사이에서 무언가가 손전등 불빛을 반사하며 반짝이고 있었다. 민희주가 놀란 표정으로 물었다.

“오빠, 저게 뭘까?”

“무슨 카메라 같기도 하고, 한번 가 봐야겠어.”

“바람 부는 이 밤에 저걸 어떻게 가서 가져와요. 내일 아침에 좀 잠잠해지면 다시 와 봐요.”

“지금 안 가면 파도에 휩쓸려 갈지도 몰라요.”

한주호가 만류했지만 문승진은 의지를 굽히지 않고 그쪽으로 걸어갔다.

“오빠, 괜찮겠어?”

“걱정 마. 암벽 등반 많이 해 봐서 이 정도는 문제없을 거 같아.”

“어두운 데다 바닷물에 비까지 내려서 미끄러울 텐데, 부디 조심하세요.”

양서희의 말에 문승진이 옅은 미소를 지었다.

“네, 걱정 마세요.”

문승진은 걸리적거리는 비옷과 웃옷을 벗고 신발도 벗었다. 그리고 해변 끝에서 벼랑 아래 지점, 파도가 넘실거리는 바위들까지 헤엄쳐 갔다. 그 부분은 물이 그리 깊지 않았다. 그는 가장 가까운 바위 위에 올라 바위 사이를 넘어서 자신이 발견한 물건이 있는 곳으로 다가갔다. 그 와중에도 빗물은 그의 등을 마구 때리고 있었다. 뿐만 아니라 계속 밀려오는 파도에 밀려서 미끄러질 뻔하기도 했다.

가까스로 그것이 걸려 있는 바위에 도착한 그가 그것을 집어 들었다. 손전등으로 비춰 보니 카메라였다. 그 카메라는 심하게 긁힌 데다 불에 탄 부분도 있었다. 카메라를 이리저리 살펴보던 문승진은 뭔가 이상한 낌새를 느꼈다. 고개를 들어 주변을 둘러보는데 시선을 위로 향한 순간, 어두운 절벽 쪽에서 뭔가가 움직이는 것 같았다.

"응?"

문승진이 그쪽으로 손전등 불빛을 돌리며 몸을 움직이려는데 갑자기 강한 파도가 그를 강타했다. 그 바람에 카메라를 놓칠 뻔한 그는 카메라를 다시 꽉 쥐고 옆에 있는 바위에 몸을 밀착시켜 파도의 충격을 버텨 냈다. 저편을 보니 일행이 뭐라고 소리를 치는 것 같았다. 파도 소리와 빗소리 때문에 잘 안 들렸지만 문승진은 일단 그들 쪽으로 돌아가기로 했다. 파도와 비바람이 거세고 바위는 미끄러웠지만 겨우 그곳을 빠져나올 수 있었다. 그가 해변에 도착하자 양서희가 달려왔다.

"괜찮으세요? 어둡고 잘 안 보여서 다 같이 소리쳐 불러 봤는데, 무사하신 것 같아서 다행이네요."

"어? 저게 뭐지?"

민희주가 문승진이 온 방향을 가리키며 외쳤다. 사람들도 그 쪽으로 일제히 시선을 돌렸다. 벼랑 위쪽에서 뭔가 불빛이 번쩍였다. 심지윤이 눈을 크게 뜨며 말했다.

"저거 혹시 신석기 씨일까?"

"우리가 저 위에 있다가 왔는데 어느새……. 그분이 다른 데 있다가 저기로 간 걸까요?"

문승진이 주변을 둘러보더니 물었다.

"어? 그런데 박선주 씨는 어디 있죠?"

"자기 혼자라도 신석기 씨를 찾아보겠다고 섬 이곳저곳을 둘러보러 갔어요. 같이 가 주겠다고 했더니 혼자 찾는 게 낫다며 거절해서……."

양서희가 난감한 표정으로 대답했다.

"일단, 고생하신 승진 씨를 제외한 남자들은 불빛이 보인 벼랑 위로 한번 가 보기로 하고 나머지 분들은 숙소로 가 계시죠."

한주호가 말한 후 심지윤과 벼랑 위로 향했고, 문승진과 나머지 여성들은 저택으로 발길을 돌렸다.

8

이혜선이 현관 쪽으로 나오며 돌아온 사람들을 맞이했다.

"고생들 많으셨어요. 나도 같이 갈걸 그랬네."

"날씨도 험하고 곤하게 주무시는 것 같아서 일부러 깨우지 않았어요."

비옷을 벗고 수건으로 젖은 머리와 얼굴을 닦으며 민희주가 말했다. 안쪽을 보니 거실에 박선주가 심각한 표정으로 앉아 있었다. 그런 박선주를 가리키며 이혜선이 말했다.

"저분한테 말씀은 들었는데요, 신석기 씨가 나가서 안 들어오고 있다고."

"어? 박선주 씨는 먼저 와 계셨구나. 찾아볼 만한 곳은 다 찾아본 것 같은데, 부디 무사하셨으면 좋겠네요."

문승진이 말하자 이혜선이 고개를 끄덕였다.

"그러게요. 어디서 사고를 당하지 않으셨다면 곧 들어오시겠죠. 이런 날씨에는 밖에서 오래 있지도 못할 테니."

거실로 들어와서 자리를 잡고 잠시 쉬고 있는데 벼랑 위로 확인하러 갔던 두 남자가 돌아왔다. 심지윤이 고개를 저으며 말했다.

"아무것도 없었어요. 우리가 무슨 도깨비불이라도 본 건가 봐요."

이혜선이 눈을 가늘게 뜨고 그에게 말했다.

"참 분위기에 어울리는 말씀 하시네요."

"무슨 일이야? 뭔 일 있었어?"

자다가 깬 이경준이 방에서 나오며 묻자 한주호가 자초지종을 설명해 줬다. 그러자 풀려 있던 그의 눈에 힘이 들어갔다.

"아니, 그 사람은 이런 날씨에 무슨 정신으로 나간 거야? 사람들 괜히 고생시키고 말이야."

넋이 나간 표정으로 거실 소파에 앉아 있던 박선주가 그의 말을 듣더니 째려보며 소리쳤다.

"뭐라구요! 지금 사람이 죽었는지 살았는지도 모르는데 그 따위로 말씀하실 거예요?!"

"아이 참, 박 연구원. 지금 그렇게 화낼 입장이야? 두 사람 때문에 민폐를 끼쳤으면 사죄를 해도 모자랄 판에 말이야."

"사죄는 저 여자가 해야지, 내가 왜 해! 그 사람한테 무슨 일만 생겼어 봐, 내 가만 안 둬!"

박선주가 양서희를 노려보며 소리치더니 울음을 터뜨렸다. 이혜선이 다가가서 티슈를 건네며 그녀의 등을 두드려 주었다. 그러는 동안 문승진은 가져온 카메라를 찬찬히 훑어보았다.

"아무래도 이거, 아버지 거 같아."

민희주가 놀란 얼굴로 물었다.

"뭐? 그럼 아버님이 정말 그 배를 타셨다는 거야?"

"그런가 봐. 여기 붙어 있는 홀로그램 스티커 보이지? 이거 아버지가 본인 거 구분하기 위해 주문 제작한 거야."

"카메라가 보기에도 손상이 심한데, 이 안에 있는 메모리 카드가 무사할까?"

"글쎄, 일단 확인해 보면 알겠지."

카메라는 발견 당시 어두운 상황에서 볼 때보다 손상이 더 심한 상태였으며 렌즈까지 금이 가고 망가져 있었다. 문승진은 조심스럽게 물기를 닦아 낸 뒤 메모리 카드를 빼냈다.

"일단 메모리 카드는 괜찮아 보이네. 여기 뭔가가 찍혀 있다면 단서를 얻을 수 있을 거야."

민희주가 고개를 갸우뚱하며 말했다.

"이 카메라 도대체 어쩌다가 이 모양으로 그 바위 사이에 끼어 있었던 거지? 불에 탄 부분이 있는 거 보면 아버님이 타고 계시던 배도 폭발했거나 불이 났을지도……."

문승진의 표정이 어두워졌다. 그 역시 같은 생각을 한 모양이었다.

"일단 메모리 카드가 읽히는지 확인해 보죠."

양서희가 자신의 노트북과 메모리 카드 리더기를 가져왔다.

"오, 인식이 됩니다."

다행히도 메모리 카드 안의 데이터를 확인할 수 있었다. 문승진은 폴더를 열고 그 안에 있는 이미지와 동영상 파일을 하나씩 확인해 보았다.

"어!"

그리고 자신도 모르게 소리쳤다. 노트북 화면에 영상이 하나 켜져 있었는데, 배 안에서 찍힌 것 같았다. 영상에서 사람들이 웅성거리는 소리가 나자 거실에 있던 사람들이 모두 노트북 앞으로 모여들었다.

"저 사람 누구지? 그 문주란호 선장님 친구분인가 하는 그분인가?"

"네? 아, 네."

이경준이 묻자 한주호가 머뭇거리는 태도로 대답했다.

[와! 이놈, 되게 힘센데!]

영상 속의 한 사람이 무언가 큰 걸 낚았는지 낚싯대가 심하게 휘어졌다.

[좋아, 누가 이기나 해 보자!]

[힘내세요!]

[그런데 이놈, 뭔데 이리 꿈쩍도 안 하지?]

이윽고 낚싯대를 잡고 있던 사람이 모두 갑판에 엉덩방아를 찧고 말았다.

[아이고, 엉덩이야~.]

그때 갑자기 화면이 흐려졌다. 바닷물이 배 안으로 쏟아진 것이다. 그리고 화면에 뭔가가 보였다.

"저게 뭐지?"

민희주가 놀란 목소리로 말했다.

"뭔데? 어? 저게 뭐야?"

심지윤이 화면 쪽으로 다가왔다.

[바, 방금 뭐였죠?]

[글쎄요, 저도 뭔지 잘 못 봤습니다.]

선장으로 여겨지는 남자의 목소리가 들렸다.

[고래라도 튀어나왔나?]

여자의 목소리가 들렸다.

[고래는 아니고, 뭔가 난생 처음 보는 이상하게 생긴 거던데…….]

다른 승객들이 옥신각신하는 소리가 났다.

[뭔지 보셨나요? 어떻게 생긴 놈이었죠?]

[어, 억?]

찢어지는 비명과 함께 정신없이 흔들리는 화면이 배 밖의 수면을 향했다. 그 화면에 비친 수면의 일부가 끓어오르듯 하더니 주변에서 거품이 올라오기 시작했다. 심지윤이 놀란 얼굴로 중얼거렸다.

"저거, 왜 저래?"

카메라를 떨어뜨리기라도 했는지 화면은 바닥에서 위를 향하는 시점으로 바뀌었다. 그리고 뭔가 검은 것이 화면 안으로 들어오는 듯하더니 문득 영상이 끊겼다. 영상을 보고 있던 사람들은 한동안 멍한 표정으로 말을 잇지 못했다.

"도대체 저 배에서 무슨 일이 벌어진 거지?"

"혹시 메탄가스 때문일지도 모르겠네요."

민희주의 표정이 자못 심각했다.

"메탄가스?"

"제가 버뮤다 삼각 지대에서 사고가 자꾸 일어나는 원인에 대한 해석 중 가장 유력한 건 메탄가스 때문이라고 했잖아요. 같은 일이 벌어진 게 아닐까 해요."

문승진이 뭔가 떠오른 표정으로 맞받아쳤다.

"그러고 보니 생각나. 토끼호 실종 사고 때 방송에서 언론이나 해양 전문가들이 메탄가스 분출 가능성에 대해 말했던 것 같아."

"이 주변 메탄가스 층에 이상이 생겼단 말이야?"

자고 있던 고명수가 어느새 일어나 거실로 나와 있다가 질문을 던졌다. 영상의 시끄러운 소리를 듣고 온 것이다.

"메탄가스 층은 해저에 아주 널리 퍼져 있습니다. 그런데 이게 무서운 점이, 언제 어디서 그런 거품이 올라올지 예측이나 대비가 불가능하다는 거죠."

문승진이 화면을 한 부분에서 정지시킨 후 물었다.

"그럼 이건 뭘까?"

화면은 거칠었지만 이상한 형태가 눈에 들어왔다.

"응?"

"배가 가라앉기 직전에 배 앞으로 튀어 올라온 이거 말이야."

민희주가 고개를 끄덕였다.

"글쎄……. 커다란 뱀 같기도 하고, 정말 용이라도 나온 건가?"

문승진은 문득 낮에 만났던 그 어부 노인의 말이 떠올랐다.

"희주야, 메탄가스가 폭발하기도 하지?"

"메탄가스? 응, 농도만 적당하면 강력한 폭탄이 돼."

"적당한 농도라고?"

"응, 하지만 자연 상태에서 적당한 농도가 되긴 힘들어. 4% 미만일 경우에는 농도가 너무 옅고, 15% 이상이면 산소가 부족해서 폭발하지 않아. 그런데 갑자기 메탄가스 폭발은 왜?"

"아, 아니야, 그냥 궁금해서."

"그나저나 그 이후를 찍은 동영상은 없을까?"

이혜선의 질문에 문승진이 다시 한번 동영상 데이터를 확인했지만 그런 영상은 없었다.

"우연이지만, 이걸 확보한 것만도 기적이나 다름없습니다."

"저…… 저기."

"네?"

이혜선이 갑자기 자신의 주머니에서 USB를 꺼내서 내밀었다.

"미안하지만, 이 동영상 좀 복사해 주실 수 없을까? 보도 자료로 쓰고 싶어서."

"아니, 지금 사람들이 다 죽었을지도 모르는 상황에 기사 쓰실 생각만 하는 건가요? 기자님이 바다에서 빠져 죽게 생겼는데 언론에서 구경거리로만 생각하면 좋겠어요?"

"오빠, 진정해."

화를 내는 문승진에게 민희주가 타이르듯 말했다.

"만약을 위해 복사해 두는 것도 나쁘지 않아. 이런 건 사본을 만들어 두었다가 나중에 경찰에 증거로 제출할 수도 있잖아."

"그런데 어떻게 바다에서 메탄가스가 올라오는 거지?"

양서희가 묻자 민희주가 대답했다.

"그건 보통 해저 지진이나 산사태 같은 것이 원인인데, 지구 온난화 때문에 그럴 수도 있다고 해."

"온난화?"

"응, 메탄가스는 산소와 만나면 이산화탄소와 물로 변하기 때문에 산소 농도가 낮아지거든. 이산화탄소가 지구 온난화의 주

범인 건 알지? 메탄가스는 이산화탄소보다 23배나 지구 온난화에 영향을 준대. 그 온난화로 빙하나 심해에 갇혀 있던 메탄가스가 공기 중으로 나오고, 또 그 가스 때문에 온난화가 더 심해지고. 그렇게 악순환이 이어지고 있는 셈이지."

민희주의 말을 들은 이혜선이 미간을 찌푸렸다.

"그래서 좀 더 경각심을 주기 위해 과장을 좀 한 것뿐인데, 기사 때문에 회사가 망했다느니 그러면 곤란하지."

"네?"

"전에 문진플랜트의 메탄가스 실험에 대해 아주 비판적인 기사를 쓴 적이 있거든. 그때 문형규 대표님이 직접 찾아와서 항의하고 난리였어. 과장 기사를 써서 여론 때문에 투자자들이 손을 떼게 생겼다나. 아무튼 고소를 한다 어쩐다 장난 아니었지."

"아, 그 기사 읽었어요. 성함이 익숙하다 했더니, 그 기사 쓰신 기자님이시군요."

민희주는 이제 생각났다는 듯 환한 표정으로 얘기를 계속했다.

"독도 주변 해저에 상당한 양의 메탄 수화물이 깔려 있다고 알고 있어요. 하지만 500m 이상 수심의 해저에서 채취하는 데는 특별한 기술이 필요하죠. 승진 오빠의 아버님, 즉 문형규 대표님의 회사인 문진플랜트에서 개발한 채취 기술은 전 세계 플랜트 사업가들의 이목을 끌 만큼 획기적인 것이라고 들었어요. 하지만 실험 도중 갑자기 해저 지진이 일어나는 바람에 작은 무인도가 가라앉는 사고와 함께 실패하고 말았죠."

"맞아."

이혜선이 고개를 끄덕였고, 민희주는 계속 말을 이었다.

"원격 장비로 진행되어 인명 피해는 없었지만, 엄청난 자금이 투입된 로봇 장비들이 전부 수몰됐고, 지진의 재발 위험 때문에 아무도 접근하지 못해서 회수도 어려운 상태가 된 것으로 알아요. 어차피 심해에서 다 망가져 못쓰게 되었겠지만 말이에요. 아무튼 그 일로 국가 지원 등이 중단되고 언론에서도 비난을 했는데, 이혜선 기자님의 기사에서 부실 장비와 하청 업체 불법 로비 의혹까지 제기해서 문진플랜트의 이미지가 바닥을 치게 되었고, 당시 기술 개발팀에 있던 핵심 인원들이 사퇴했다고 들었어요. 그래도 문형규 대표님은 새 개발 인력과 검증된 장비 업체를 재정비해서 회사를 회생시키려고 했는데, 그만 아내분의 사고로 충격을 받고 회사 경영에서 물러나면서 해양플랜트에 인수된 것으로 압니다."

"이야~ 승진이 여친은 참 머리가 똑똑하군. 걸어 다니는 '지식인'이네. 키워드 입력하면 줄줄 정보가 나오는 검색 엔진 같아."

문승진이 비꼬는 말투의 이경준을 노려보며 쏘듯이 말했다.

"희주는 제 여자 친구 아닙니다. 그리고 아저씨는 이 얘기를 듣고 그렇게 웃을 처지가 아니실 텐데요."

민희주는 이들의 신경전에 전혀 신경 쓰지 않고 얘기를 계속

했다.

“그런데 참, 이번 모임을 초대한 분이 그 장태민 팀장님이란 분이라고 했죠? 장태민 팀장님이 문진플랜트 퇴사 후 유전공학자인 양성준 박사님을 영입하여 개발한 연구 기술, 그 기술 때문에 다들 오신 거구요. 흠……. 승진 오빠 아버님의 실종, 장태민 팀장님 초대의 낚시 모임, 아귀도에서의 고립, 이 모든 게 연결된 느낌이 드네요.”

그녀의 말을 들은 문승진은 머릿속으로 일련의 상황들을 되짚어 보았다.

“승진아!”

이경준이 부르는 소리에 문승진이 깜짝 놀라며 생각에서 깨어났다.

“네?”

“야, 난 네가 졸고 있는 줄 알았다. 뭘 그렇게 곰곰이 생각하는 거야?”

“그냥 현재 우리들이 처한 상황에 대해서 좀 생각해 봤어요. 그나저나 저 영상에 찍힌 게 뭔지 궁금하네요.”

“글쎄, 설마 그건 아닐 거 같은데…….”

“그거요?”

“아, 아무것도 아니야. 내가 아는 건 그렇게 크지 않거든.”

“대체 무슨 소리를 하시는 거예요?”

"그런 게 있어. 저기, 희주 학생?"

"네?"

"희주 학생은 화면의 저게 뭐라고 생각해?"

"글쎄요, 저도 잘……."

민희주는 다시 한번 화면을 돌려 보다가 한 장면에서 정지시켰다.

"여기 보이는 이건 이빨 같은데요?"

"이빨이라고?"

"그럼 이빨 달린 것이 물속에서 튀어나왔다는 거야? 이빨 달린 거라면……."

이혜선이 이경준의 말이 끝나기도 전에 끼어들었다.

"큰 상어 아닐까요?"

"상어는 아니에요. 상어 이빨은 독특해서 금방 알아볼 수 있어요. 상어 이빨은 납작하고 전부 톱니 모양으로 되어 있잖아요. 제가 보기에 이건……."

민희주가 고개를 몇 번 갸우뚱했다.

"제가 보기에는 심해어같이 생겼는데요?"

"심해어? 바다 위에 심해어가 왜 나타나지?"

"그건 저도 모르겠어요. 게다가 저렇게 큰 심해어가 존재한다는 것도 들어 본 적이 없어요. 물론 바닷속에는 우리가 모르는 생명체가 존재할 수도 있지만요."

고명수가 불만스러운 표정으로 투덜거렸다.

"이제는 괴물 물고기냐? 무슨 SF 스릴러 영화 찍니? 바쁜 와중에 바다 낚싯배 탔다가 섬에 고립된 것도 짜증 나 죽겠는데 무슨 실없는 소리 하고 있어, 정말. 신석기인가 하는 그 친구가 나가서 안 들어오고 있다며? 혹시 이거 몰래카메라 같은 거 아니야? 이러다가 그 친구 짠하고 나타나서 다 자기가 장난친 거라고 하면 정말 가만 안 둬."

사람들의 시선이 전부 고명수에게 쏠렸다. 그들의 표정에는 웃음과 분노가 섞여 있었다.

*

우산을 든 신석기는 거세게 내리는 빗줄기를 뚫고 저 앞에 비옷을 입고 가는 여성을 열심히 쫓아갔다. 한참을 걸어가던 여성이 어떤 작은 창고 같은 데로 들어가는 것을 본 그는 서둘러 그 건물로 다가가서 문을 열고 안으로 들어갔다.

그 안에서 눈에 들어온 것은 희미한 백열등 조명 아래 여기저기 널려진 옷가지들과 이불들이었다. 그곳에 비옷을 입은 여성이 뒤돌아 서 있었다. 그가 안으로 들어온 것도 알아차리지 못했는지 아무런 반응도 없이 그냥 우두커니 서 있는 모습이 왠지 으스스하게 느껴졌다. 하지만 이렇게 좋은 기회를 놓칠 수 없다고 생각한 그는 그녀에게 다가가며 말을 걸었다.

"저…… 서희 씨? 이런 데서 혼자 뭐 해요?"

"……."

여전히 반응이 없는 그녀에게 한 걸음씩 다가간 신석기가 그녀의 어깨를 잡아 돌아서게 했다.

"제 얘기 안 들려……. 어?"

신석기는 깜짝 놀랐다. 비옷을 입고 모자를 뒤집어쓴 그녀는 젖은 긴 머리를 늘어뜨린 채 고개를 숙이고 있었는데, 희미한 조명이었지만 그녀가 입고 있는 반투명한 비옷 속으로 그녀의 속살이 비친 것이다. 자세하게 보이지는 않았지만 비옷 속은 알몸이라는 것을 알 수 있었다. 놀라움과 함께 강한 성적 충동을 느낀 신석기가 미소를 지었다.

"아이참, 여기서 날 기다리고 있었던 거예요? 그럼 내가 가만히 있을 수 없지."

고개를 숙인 여자는 여전히 말이 없었지만, 그가 내민 손에 대해 조금의 반항도 하지 않았다. 여자를 확 끌어안은 신석기는 그대로 그녀를 뒤로 넘어뜨린 다음 환한 얼굴로 말했다.

"이게 꿈이야 생시야. 여기서 이런 행운을 얻게 되다니, 하하."

그는 여자의 비옷을 활짝 열어젖혔다. 물론 여자는 전혀 반항의 기색이 없었다. 희미한 조명 속에 비친 매끄럽고 흰 속살을 본 그는 더 이상 참을 수 없는 충동에 부드러운 그녀의 살결을 입으로 마구 탐했다. 그리고 그녀의 입술까지 탐하려고 하는데.

"어? 뭐야?"

무표정한 여성의 얼굴은 언뜻 보기에 분명 양서희였다. 하지만 그 얼굴은 마치 고무로 만든 인형처럼 전혀 생기가 느껴지지 않았다. 신석기는 그런 그녀가 좀 이상하다는 생각에 가까이 들여다보려고 얼굴을 내렸다.

바로 그때, 순간적으로 눈을 뜨며 웃듯이 크게 벌린 그녀의 입 속에 이상한 것이 보였다. 그것은 사람의 이빨이라고는 도저히 생각할 수 없는 기괴한 모양의 송곳처럼 날카롭고 촘촘한 형태를 하고 있었다. 게다가 그녀의 눈 역시 사람의 것 같지 않았다. 마치 물고기의 눈처럼 검고 공허했다.

"으악!"

놀란 그가 소리를 질렀지만 누운 그녀 위에 올라타서 몸을 밀착하고 있었기 때문에 몸을 뒤로 뺄 시간적 여유가 없었다. 그녀가 놀라서 뒤로 빠지려는 그의 어깨를 두 손으로 잡았다. 그녀의 손에 잡힌 신석기는 도저히 여자의 힘이라고는 느껴지지 않는 강한 악력에 묶여 꼼짝할 수 없었다.

"으아아, 살려 줘!"

그가 소리침과 동시에 여자가 날카로운 이빨로 그의 어깨를 꽉 물었다.

"으아아악!!"

신석기는 알 수 없는 장소에서 겨우 눈을 떴다. 맨 처음 드는 생각은 방금 뭔가 끔찍한 악몽을 꾸었다는 것이었다. 아주 잠깐이었지만 그는 그것이 꿈이라서 다행이라는 생각을 했다. 겨우 정신을 가다듬은 그는 의식을 잃기 전 상황을 떠올려 보았다. 박선주랑 다투고 방에서 나오다가 창문을 통해 양서희를 발견하고 그녀를 몰래 따라갔었다. 빠른 걸음으로 뒤를 쫓고 있는데 갑자기 뭔가 묵직하고 단단한 것이 날아왔고, 반사적으로 팔을 올리면서 손목을 강타당했다.

'으아악!'

그는 팔에 엄청난 통증을 느낀 것과 동시에 격한 분노에 사로잡혔다.

'어떤 새끼야!'

험악한 얼굴로 고개를 들던 신석기는 또다시 날아온 둔기에 머리를 세게 얻어맞으며 정신을 잃었다. 그가 기억하는 건 거기까지였다. 그로부터 얼마나 시간이 지났는지, 자신이 지금 어디에 있는지 감을 잡을 수 없는 그는 아직도 꿈을 꾸는 기분이었다. 하지만 묶여 있는 한쪽 손목의 통증이 이것이 현실임을 증명하고 있었다.

"뭐, 뭐야?"

주위를 둘러본 그의 눈에 들어온 것은 비옷을 입은 사람의 실루엣이었다. 그는 어딘가 창고 같은 곳에 있었고, 비옷 입은 사람은 희미한 조명 아래에서 무슨 산소통 같은 것을 만지작거리고 있었다. 신석기는 그 사람이 뿌옇게 보였기 때문에 자신이 안경을 안 쓰고 있다는 것을 깨달았다.

"어? 내 안경, 내 안경 어디 갔어?"

신석기는 몸을 일으키려 했지만 손이 움직이지 않았다. 케이블 타이가 손목은 물론 발목까지 감겨 있었다.

"이봐! 당신 누구야?!"

비옷 입은 사람은 아무런 대꾸도 없이 열심히 자기 일에 집중하고 있었다.

"당신 누구냐니까!"

산소통을 든 사람이 휙 돌아서자 신석기는 움찔했다. 역광이라 그 모습이 잘 보이지 않았다. 안경도 안 쓰고 있는 데다 비옷을 푹 뒤집어쓰고 있어서 상대가 남자인지 여자인지도 잘 구별이 되지 않았다. 비옷 입은 사람은 고개를 푹 숙인 채 말없이 다가오더니 신석기를 묶은 타이를 칼로 끊었다. 그는 상대의 얼굴을 보고 싶었지만, 시력도 안 좋은데 상대가 불빛까지 등지고 있어 도저히 알아볼 수 없었다. 다만 얼핏 느껴지는 상대방의 얼굴 윤곽이 왠지 익숙하다는 느낌은 들었다.

자신을 풀어 준다고 생각한 신석기가 물었다.

"아, 저를 구하러 오신 건가요? 도대체 이게 무슨 일인지……."

비옷 입은 사람은 대답 대신 능숙한 솜씨로 칼을 휘둘러 신석기의 어깨를 베었다.

"아악! 이게 무슨 짓이야!"

비옷 입은 사람은 씩 웃더니 칼을 고쳐 잡았다. 신석기는 시야는 흐렸지만 문이 바로 그 사람의 뒤에 있다는 건 알 수 있었다. 상대는 나를 뚫고 나가 봐라 하는 태도였다.

"이익!"

손발이 자유로워진 신석기는 옆에 있던 삽을 한 손으로 잡고 비옷 입은 사람에게 휘둘렀다. 다친 다른 쪽 손은 물건을 쥘 수 없는 상태였다. 비옷 입은 사람은 가볍게 피한 후 민첩하게 옆으로 파고들면서 그의 허리를 찔렀다.

"으악!"

신석기가 허리를 찔린 고통에 괴로워하는데 칼날이 그의 등을 그었다. 흥분한 신석기는 계속해서 삽을 휘두르며 반격했지만 한 대도 맞히지 못했다. 그는 헛스윙을 하면서 창고 안의 물건들을 깨부수며 마구 어지럽혔다.

미친 듯 날뛰던 와중에 창고 안의 기둥에 팔을 세게 부딪치면서 차고 있던 손목시계의 유리가 깨졌다. 그는 팔목이 부러지는 듯한 통증을 느끼며 삽을 떨어뜨렸다. 결국 양손 모두 제대로 쓸 수 없는 상태가 되어 버린 것이다.

비옷 입은 사람은 즐거운 표정을 하며 춤추는 듯한 동작으로 신석기를 베고 또 베었다. 여기저기 베어서 피투성이가 된 신석기는 비옷 입은 사람을 제치고 문 쪽으로 달려가려 했다.

"사, 살려 줘!!! 악!!"

하지만 덜미를 붙잡히고 말았다. 날카로운 칼이 이번에는 그의 목에 꽂힐 것 같았다. 그런데 그 사람은 신석기를 찌르지 않고 얼굴에 비닐봉지를 씌웠다.

"왜, 왜 이러는 거야!"

신석기가 소리쳤지만, 비닐봉지 때문에 웅얼웅얼하는 소리만 들렸다. 숨이 막힌 그는 격렬하게 몸부림을 쳤다. 생존 본능에 의해 자신의 두 손으로 비닐을 벗겨 내려 했지만 의지와는 다르게 손끝에 힘이 들어가지 않았다. 신석기의 눈에서 눈물이 마구 흘러내렸다.

그가 살고 싶어서 버둥거리며 몸부림치는데도 비옷 입은 사람은 그 모습을 감상하듯 보다가 얼굴에 씌운 비닐의 입 부분에 구멍을 뚫었다. 살았다고 생각한 신석기는 그 구멍을 통해 거칠게 산소를 흡입했다. 그렇게 겨우 숨을 쉴 수 있다고 생각했는데, 비옷 입은 사람은 그 구멍에 산소통 같은 것에 연결된 호스를 꽂더니 밸브를 열었다. 그 산소통에는 NO_2라고 쓰여 있었다.

"우, 읍!"

신석기는 황급히 호스를 입에서 떼어내려 했지만 비옷 입은 사람이 그의 뒤통수를 붙잡고 한쪽 손으로 강제로 호스 끝을 입에 붙여서 꼼짝도 할 수 없었다. 신석기는 어쩔 수 없이 그것을 들이마셨는데 느낌이 이상했다. 입 안 점막에 강한 고통이 느껴졌지만 몸이 마비되었는지 도저히 움직일 수도 없었다.

신석기는 계속 반항하며 몸부림치고 싶었지만, 그가 할 수 있는 건 자신을 향해 즐겁게 웃고 있는 그 비옷 입은 사람의 얼굴을 보는 것뿐이었다. 하지만 그런 시간도 그리 길지 않았다. 곧 그의 의식이 멀어지며 시야가 어두워졌다.

9

날이 밝아 아침이 되었다. 비는 약간 잦아들었지만 어둑어둑한 건 여전했다. 바다의 파도 역시 거칠었고 잠을 제대로 못 이룬 사람들은 몽롱한 상태로 아침을 맞이했다. 신석기는 여전히 감감무소식이었다. 그를 밤새 기다렸는지 박선주가 거실 소파에 기대어 잠들어 있었다. 어젯밤에 일부러 깨우지 않은 가정부 윤세미는 일찍 일어나 아침 준비를 했는데, 양서희로부터 지난밤의 이야기를 듣고 걱정스러운 얼굴로 말했다.

"이를 어째요, 비바람이 몰아치는 밤에 나가서 아직도 안 들어오다니. 어디서 사고라도 난 게 아닌지 모르겠네요."

"비를 피할 만한 곳은 다 확인해 봤는데, 혹시 모르니 아침 식사 후에 다시 찾아보는 게 좋을 것 같아요."

주방에서 아침 준비를 같이하던 양서희가 그렇게 말하고 거실 쪽을 바라봤다. 그곳에는 늦게 잠든 박선주 외에 이혜선이 나와 있었다. 잠시 후 민희주가 오늘도 식사 준비를 돕겠다며 나타났다.

"굿모닝……이라고 하는 게 맞는지 모르겠네. 잠 좀 잤어? 오늘 날씨를 보니 어렸을 때가 생각나네."

"어렸을 때?"

민희주의 말에 의아한 표정으로 양서희가 물었다.

"응, 그날 아침도 날씨가 이랬거든. 아빠와 작별 인사도 못 하고 헤어진 그날, 그날은 평생 못 잊을 것 같아. 지금도 생생하거든."

"그렇구나. 나 역시 아직도 아버지가 돌아가신 게 믿기지 않아. 돌아가시기 바로 전날도 화상 통화를 했었는데……."

"나도 그래. 내 기억 속엔 어렸을 때 아빠의 모습 그대로 남아 있으니까."

민희주와 양서희는 서로를 마주 보며 미소를 지었는데, 둘 다 눈에는 슬픔이 담겨 있었다. 양서희가 글썽한 눈으로 한탄하듯 말했다.

"아버지의 한을 풀어 드리고 싶은데……."

"양서준 박사님의 한?"

"아, 그…… 그러니까 아버지의 과학자로서의 꿈을 내가 이루고 싶어."

민희주는 양서희의 말과 표정에서 어색함을 느꼈지만 그냥 흐뭇한 미소만 지었다. 잠시 후 남자들도 차례로 거실로 나왔고 아침 식사가 준비되었다. 식탁 앞에 모인 사람들은 묵묵히 아침 식사를 했지만 여전히 불안한 표정이었다.

"등대에 있는 등을 켜서 구조 신호라도 보내 보는 게 어떨까요?"

이경준이 식사를 하며 말하자 한주호가 고개를 끄덕였다.

"그것도 좋은 생각이네요. 비도 덜 오고 날도 좀 밝았으니 누군가 신호를 볼 수도 있을 거 같아요. 발견되면 혹시 헬기라도 보내 줄지 모르겠네요. 문제는 등대의 불이 켜지냐는 건데……. 그건 사장님이 여기 연구소를 세우신 분이니 아시겠네요?"

"아, 전 솔직히 연구 시설 외엔 관심이 없어서 확인 못 해 봤습니다."

이경준의 곤란해하는 대답은 들은 척도 않고 문승진이 바로 양서희에게 물었다.

"서희 씨, 등댓불은 켤 수 있나요?"

"글쎄요. 아빠가 서재로 개조하셔서 쓰신 건 아는데, 등댓불이 켜지는지 어떤지는 들은 적이 없어요."

"그럼 일단 확인해 봐야겠군요."

식사가 끝나자 사람들은 모두 등대에 가 보기로 하고 나갈 채비를 했다. 등대로 가는 길은 어젯밤과 달리 비바람도 세지 않았다.

"어?"

문승진이 등대 문을 열자 등탑 위로 올라가는 나선 계단 뒤에 뭔가 있는 것이 눈에 들어왔다.

"저게 뭐지?"

"꺄악!"

그것을 향해 다가서는 문승진의 바로 뒤에서 따라오던 가정부 윤세미가 비명을 질렀다.

"왜 그러세요?"

"아가씨! 보지 마세요!"

"뭐가 있는데요?"

"응? 저게 뭡니까?"

"이, 이건!"

"꺄악!!!"

뒤에서 쫓아오던 남자들이 그것을 보고 경악을 하고 박선주와 이혜선은 비명을 질렀다.

그곳에는 피투성이가 된 남자의 시신이 있었다. 그의 몸은 온통 칼에 베이고 찔려서 피범벅이었고, 머리에는 비닐을 뒤집어쓰고 있었다. 그 비닐에는 입 부분에 작은 구멍이 나 있었는데 입에 뭔가 꽂혀 있었던 흔적이 남아 있었다. 끔찍함 그 자체였다.

"이게 뭐야! 우욱!"

속이 거북해진 이경준이 구역질을 했다.

"제가 좀 볼게요."

민희주가 입과 코를 한 손으로 가린 상태로 침착하게 시체에 다가가서 뒤집어쓴 비닐을 들여다보았다. 고통스럽게 일그러진 표정이 눈에 들어오자 참혹함이 배가되었다.

"칼로 치명상을 입은 것 같지는 않고 질식사를 한 것 같네요. 얼굴을 보니…… 안경은 안 쓰고 있지만 신석기 씨가 맞는 것 같습니다."

박선주는 그 자리에서 정신을 잃고 주저앉았다. 사람들이 놀라서 박선주를 붙잡았다. 민희주가 다시 시체를 살펴보더니 말했다.

"옷이 젖어 있고 바닥에 혈흔이 없는 것으로 봐서 살해 현장은 이곳이 아닌 것 같아요. 그리고 좀 이상해요."

민희주의 표정을 본 문승진이 물었다.

"뭐가?"

"칼로 이 정도로 상처를 냈으면 치명상으로 죽일 수 있었을 텐데, 굳이 머리에 비닐을 씌우고 입에 뭔가 꽂아 넣을 필요가 있었을까?"

민희주가 다시 한번 시신을 들여다보더니 사람들에게 말했다.

"제 생각엔 무슨 독가스 같은 걸 흡입시킨 것 같은데요. 신석기 씨를 죽인 이유는 알 수 없지만, 아무래도 살인범은 일련의 살해 과정을 즐겼고, 피해자가 죽을 때까지 고통스러워하는 모습을 보고 싶었던 것 같아요. 그리고 자신의 살인을 과시하고 싶었던 것 같아요. 일부러 눈에 띄게 하려고 이곳으로 옮긴 것을 보니…….”

문승진이 또 질문을 던졌다.

“그런데 왜 여기다 갖다 놨을까?”

“글쎄, 이유는 모르겠지만 비에 젖어 있는 것을 보니 밖에서 당했든지 다른 곳에서 살해당한 다음 옮기면서 젖은 것 같아.”

“그 폭우 속에서 이렇게 당했다고?”

“아냐, 폭우 때문에 칼로 공격하다가 이렇게 질식사시킬 여유는 없었을 거야.”

“그럼?”

“어딘가 실내에서 살해당했겠지.”

민희주의 말에 사람들은 어리둥절한 표정으로 말없이 서로를 쳐다보기만 했다.

“시체는 어떻게 하는 게 좋을까요?”

한주호의 물음에 심지윤이 제안했다.

“일단 이곳에 뭐로 덮어서 놓아 두는 게 어떨까요? 나중에 경찰에게 전달하기에도 최초 목격 현장을 보존해 두는 것이 좋을 거 같아요.”

심지윤의 말에 별다른 이견이 없었기 때문에 일단 그의 말대로 하기로 했다. 서서히 정신이 든 박선주가 신석기의 끔찍한 시체를 보며 소리를 질렀다.

"누구야! 누가 석기 씨를 저렇게 만들었어! 도대체 왜! 왜!"

문승진이 울부짖는 박선주를 안쓰러운 표정으로 바라보았다.

"어제 신석기 씨랑 다투셨죠? 너무 자책하지 마세요."

"그, 그래! 이게 다 저 여자 때문이야!"

울먹이던 박선주가 양서희를 노려보며 말했다.

"저, 저요?"

"석기 씨가 당신을 보고……. 아, 아니다, 당신 수영복 입은 모습 보고 헬렐레해 가지고 속상해서 뭐라고 좀 했더니 남자가 그럴 수도 있지 않냐며 화나 내고……."

"저기, 지금은 그런 얘기보다 더 중요한 게 있는 거 같은데요. 사람이 살해당했어요. 그리고 그 살인범이 누군지 모르는 상태예요. 이런 짓을 한 사람이 우리 중의 하나일 수도 있고 아니면 이 섬 어딘가에 숨어서 다음 희생자를 노리고 있을지도 모릅니다."

민희주가 그렇게 말하자 다들 땅을 보며 어두운 표정을 지었다.

"그러니 무엇보다 그 살인범을 찾아내는 일이 중요하다고 생각합니다. 물론 다음 희생자가 나오지 않게 경계할 필요도 있고요."

"그럼 우선 이 등대 안을 좀 살펴보는 게 어떻겠습니까?"

심지윤이 수색을 제안했다. 사람들은 흩어져서 등대 안 이곳저곳을 살펴보기 시작했다.

"뭐 좀 찾은 거 있나요?"

"여긴 특별한 게 없어 보이는데요. 위층도 올라가 볼까요?"

"네, 올라가 보죠!"

"잠깐, 우르르 다 올라갈 필요 없잖아. 몇 사람만 가고 나머지는 돌아가자. 난 돌아갈래."

고명수가 말하자 팀을 둘로 나누기로 했다. 문승진과 이경준, 한주호 그리고 민희주와 양서희는 위층을 살펴보고 나머지는 숙소로 돌아가기로 했다.

문승진이 앞장서서 돌계단을 올라갔다. 나선형 돌계단을 올라가자 작은 문이 나왔고 양서희가 가져온 열쇠로 열고 들어가자 방 안이 눈에 들어왔다. 그곳의 천장은 둥그렇게 뚫려 있었는데, 한쪽에는 바다 위로 불빛을 비추는 등명기가 있는 곳으로 올라가는 사다리가 붙어 있었다.

방은 등탑에 해당하는 곳으로 사방으로 창이 나 있어서 바다의 전경이 보였다. 이곳에서 날씨가 좋은 날의 일출이나 일몰 전의 노을을 본다면 정말 장관일 것 같았다. 서재로 꾸며진 그 공간에는 책꽂이와 탁자 그리고 휴식용 긴 의자도 있었다. 등대에 서재를 만들 생각을 하다니 조금 유별나지만, 이 경치라면 그럴 가치가 있을 것 같았다. 여기서 경치를 감상하며 분위기에 젖는 것을 즐겼는지, 고가의 오디오까지 있었다.

"생물학 책이랑 에너지 사업에 대한 책이랑……. 오빠, 이거 좀 봐."

책꽂이를 살펴보던 민희주가 문승진을 불렀다. 그와 양서희가 그녀 쪽으로 다가갔다.

“어류에 대한 전문 서적들이네.”

문승진은 책꽂이로 다가가서 민희주가 말한 책들을 펼쳐 보았다. 심해어들에 관한 자료, 가물치에 대한 자료, 망둥이에 대한 연구 자료와 논문이 있었다.

“양성준 박사님은 유전공학자인데 이런 물고기 자료들이 많은 걸 보면 이 섬에서 주로 물고기에 대한 연구를 하셨나 봐.”

“그러게 말이야. 이 물고기 연구가 메탄가스 채취와도 어떤 관련이 있는 거겠지? 설마 메탄가스를 몸에서 만들어 내는 물고기라도 개발한 건가?”

“이건 페어, 이건 앨리게이터 가아, 그거 말고도 아프리카 메기, 아마존 메기가 있는 페이지마다 꼬리표를 달았네.”

문승진이 민희주가 보고 있는 책을 들여다보며 물었다.

“이게 다 뭘 의미하는 거지?”

“민물고기 중에서 가장 큰 것들이야.”

민희주는 잠시 생각하다가 말을 이었다.

“이 물고기들의 공통점이라면…… 민물에서는 거의 적이 없다는 것. 우리나라에서는 가장 큰 민물고기인 가물치가 1m 정도지만 가아나 웰스메기, 피라루쿠, 피라이바는 3m가 넘고 몸무게도 200kg이 넘어. 아, 가아는 북아메리카에 살아. 플로리다를 비롯한 남부에 사는 앨리게이터 가아가 3m 정도로 제일 크지만 캐나다에 사는 것도 있어. 그리고 웰스메기는 유럽이랑 중앙아시아에 살고 3.5m 정도까지도 자란다고 해. 피라루쿠는 아마존에서 살고 민물고기 중에서 가장 크지. 4.5m까지도 자라거든. 피라이바도 3m쯤 되며 아마존에서 살고."

"망둥이도?"

문승진이 망둥이 그림을 보이며 물었다. 그러자 민희주가 고개를 갸우뚱했다.

"망둥이는 손가락만 하고, 아무리 커도 25cm를 넘지 않아. 당연히 대형 물고기 부류에 들어가지 않지."

잠시 후 한주호와 함께 등명기 쪽으로 올라갔던 이경준이 투덜거리며 내려왔다.

"에이, 글렀어. 역시 안 켜지네."

그러더니 그들에게 다가와 언짢은 표정으로 말했다.

"아니, 이런 게 여기 있으면 곤란한데."

"역시 이 자료들이 그 연구 자료와 관련 있는 거죠?"

"그건 말해 줄 수 없다니까."

냉정하게 잘라 말하는 이경준을 힐끗 쳐다본 문승진이 시선을 돌려 다른 자료들을 살펴봤다.

"여기 희주가 좋아하는 자료도 있네. 고고학 관련 서적이야."

문승진이 민희주에게 고대 물고기에 대한 논문을 내밀었다.

"이건…… 유스테노프테론, 이크티오스테가네."

"유스……, 뭐?"

"데본기, 즉 약 4억 년 전에서 3억 6천만 년 전에 나타난 육기어류, 그러니까 가슴과 배지느러미를 다리처럼 사용하기 시작한 물고기 종류야. 이 종류 중 하나인 틱타알릭은 육지와 물을 오가기 시작했고, 이크티오스테가는 처음으로 발가락이란 걸 갖게 된 동물이지. 하지만 양서류가 본격적으로 나타난 건 3억 6천만 년 전부터 2억 8천만 년 전까지인 석탄기부터야. 양 박사님은 고생물학에도 조예가 깊으셨나 봐?"

민희주가 양서희에게 물었다.

"유전공학이 전공이지만 해양 생태계를 좀 연구하시긴 했어."

"아, 그러고 보니……."

민희주가 손뼉을 치며 뭔가 생각난 표정을 지었다.

"웰스메기, 앨리게이터 가아, 피라루크, 폐어, 망둥이의 공통점이 있긴 하네. 고대 어류들도 그렇고."

"공통점?"

문승진이 동그랗게 뜬 눈으로 민희주를 쳐다봤다.

"그건 바로, 물 밖에서도 오랜 시간 생존이 가능하단 거야."

두 사람의 얘기를 듣고 있던 한주호가 물었다.

"육지에서도 다닐 수 있는 물고기? 그게 공통점인가요?"

"폐어나 메기 같은 것들은 대개 강 하류 탁한 물에서 사는데, 탁한 물은 용존 산소량이 부족하기 때문에 이것들은 부레를 폐처럼 호흡하는 데 써요. 아가미와 폐를 함께 가지고 있는 겁니다. 하지만 그렇다고 물 밖에서 먹이 활동을 하지는 않거든요. 폐어는 단지 건기에 구멍을 파고 들어가 우기까지 기다리는 일종의 여름잠을 자고, 다른 물고기들은 물 밖으로 나와 다른 물로 기어서 이동하기도 하죠."

"그렇군요."

"망둥이 종류는 물을 아가미에 흠뻑 축이면 산소통 메고 물에 들어간 사람처럼 되기 때문에 습도에 따라 최대 60시간까지 물 밖에서도 살 수 있어요. 갯벌에서 벌레나 갯지렁이 등을 먹으면서 사니까 이 녀석은 물 밖에서도 먹이 활동을 한다고 볼 수 있죠. 그러니까 물 밖에서 가장 오래 살 수 있는 건 역시 망둥이예요. 또한 망둥이는 전 세계 극지방을 제외한 어디에서든 살 수 있어요. 염도가 옅은 곳, 짙은 곳 어디서든 말이죠."

"그렇다면 여기 심해어 자료와도 공통점이 있을까?"

문승진이 다른 자료를 내밀었다.

"심해어라, 아귀, 도끼고기, 슬로아니아 매퉁이, 보쌈장어……."

"글쎄, 제대로 된 연구 자료를 보려면 역시 연구소 안에 들어가 봐야 할 것 같아."

민희주는 안타까운 표정으로 고개를 저었다.

10

등대 위의 서재를 살펴보던 나머지 인원들까지 집으로 돌아왔다. 먼저 와 있던 일행들은 거실에 조용히 앉아 있었는데, 고명수만 따분해하는 표정이었고 나머지는 어둡고 심각한 얼굴을 하고 있었다. 모두 한자리에 모인 것을 확인한 민희주가 한마디 했다.

"아무래도 다들 일련의 사건들과 관계가 있으신 분들인 것 같으니 가장 객관적으로 볼 수 있는 입장인 제가 총대를 메고 상황을 정리해 보겠습니다. 어떠세요?"

"희주야, 네가 나서기엔 너무 심각한 상황이잖아. 좀 더 연장자분이 나서 주시는 게……."

문승진이 그녀를 타이르듯 말리자 옆에 있던 이경준이 말했다.

“아냐아냐, 희주 학생 말대로 현재 가장 객관적으로 볼 수 있는 입장에다가 나이가 어리긴 해도 괜찮을 거 같다. 난 솔직히 놀랐어. 신석기 씨 시체 보고도 침착한 태도도 그렇고, 생긴 것과는 달리 무슨 형사 같더라니까. 게다가 하는 얘기 들어 보니까 아는 것도 많고 상황 분석 능력도 뛰어난 것 같아. 가장 적임자가 아닐까 해. 어때요, 여러분들은?”

가장 연장자인 고명수는 전혀 관심 없는 표정으로 아무런 반응이 없었다. 그리고 나머지 사람들은 고개를 끄덕이거나 말하는 것을 심각한 표정으로 바라보기만 했다.

“그럼 이의 없는 것으로 알고 제가 계속 말씀을 드릴게요. 아시다시피 문주란호의 화재와 침몰로 탈출한 우리들은 이 섬으로 피신을 했고, 그 후에 마치 누군가 준비해 놓은 덫에 걸린 것처럼 교통과 통신 수단이 마비되었습니다. 그리고 불안했던 예감이 들어맞기라도 하듯 신석기 씨가 누군가에게 처참하게 살해당했어요. 이런 일련의 상황들을 생각해 보면 이 모임의 인원들을 노린 계획적 사건들일 가능성이 높다고 봅니다.”

“아니, 그럼 장태민 그 인간이 우리를 모아 놓고 다 죽이려고 그랬다 이 말이야? 내 혹시 몰라서 경호원을 데리고 오길 잘했군. 그럼 그렇지.”

민희주의 말에 끼어든 사람은 계속해서 따분한 표정을 짓고 있던 고명수였다.

“고 대표님은 꼭 이렇게 될 줄 알았다는 투로 말씀하시네요.”

“아, 그…… 그건 말이야, 내가 원래 장태민 팀장하고 사이가 안 좋아서…….”

“네? 장태민 팀장님을 원래부터 잘 아셨어요? 장태민 팀장님은 고 대표님이 문진플랜트 인수하시기 전에 퇴사한 분으로 아는데.”

“아, 그야 이전 해양 개발 책임자였으니 인수 후에 재영입하려고 만난 적이 있으니까 알지. 단칼에 거절하더라고. 나 같은 사람 밑에서는 일하고 싶지 않다나. 건방진 인간 같으니라고.”

그때의 기분이 떠올랐는지 고명수가 인상이 쓰며 말을 이었다.

“아무튼 그랬는데, 이번에 연락이 와서 역시 돈에는 장사가 없구나 하고 생각했지. 그렇게 지조 있고 잘난 척하더니 말이야. 그런데 결국 이런 식으로 앙갚음하겠다 그건가?”

“네? 앙갚음이라뇨? 하시는 말씀이 이해가 안 가네요.”

“아, 뭐…… 나 때문에 회사를 그만두게 되었다고 생각하나 보지.”

“잘 모르겠지만, 말씀하신 것은 사람을 죽일 만한 동기로 보이지 않는데요.”

“그걸 내가 어떻게 알아! 세상에 말도 안 되는 이유로 사람 죽이는 사람들이 얼마나 많은데.”

고명수는 차갑게 쏘아붙이고는 얼굴을 획 돌렸다. 민희주가 고개를 갸우뚱하고 다른 사람들을 보니 고명수의 태도 때문에 다들 짜증 섞인 표정을 짓고 있었다. 민희주는 문득 자신도 거울을 봤다면 비슷한 표정일 거라는 생각이 들었다. 그녀는 작게 기침을 하고 나서 얘기를 계속했다.

"제 생각엔 이것이 누구의 짓이라고 속단하기는 아직 이른 것 같습니다. 물론 이 모임을 초대한 장태민 팀장이 꾸민 일일 가능성도 높긴 합니다만, '적은 가까운 곳에 있다'라든가 '적은 내부에 있다'는 말이 있듯이, 우리들 중에 이 상황을 꾸미거나 아니면 이 상황을 이용해서 신석기 씨를 살해한 사람이 있을 가능성도 생각해 봐야 합니다. 그리고 현재로서는 가장 먼저 확인할 수 있는 것이 그것이라고 생각합니다."

민희주는 잠시 말을 멈추고 사람들의 얼굴을 둘러봤다. 별도의 발언은 없었지만 표정을 보면 다들 민희주의 말에 수긍하는 눈치였다.

"아까 충격적이고 정신없는 상황이긴 했지만 저는 신석기 씨 손목의 시계를 봤습니다. 범인과 몸싸움을 했는지 아니면 어디에 세게 부딪쳤는지 유리가 깨지고 시계가 멈춰 있더군요. 저는 그 시곗바늘이 가리킨 시각을 확인했습니다. 그것으로 추정할 수 있는 신석기 씨의 사망 추정 시간은 새벽 한 시경으로 여겨집니다. 여러분들은 그 시간에 뭘 하고 계셨을까요?"

"그 시간이면 당연히 자고 있었지."

고명수가 말하자 다른 사람들도 모두 같은 대답을 했다. 어제 문주란호에서 겪은 일로 피곤하기도 했지만, 저녁때 마신 술 덕분에 일찍 잠이 든 사람도 있었고 신석기의 행방을 찾으러 다니느라 지쳐서 곯아떨어진 사람도 있었을 것이다. 물론 그 와중에 누군가 몰래 빠져나갔을 가능성도 있었다.

"참, 박선주 씨는 거실에서 혼자 신석기 씨를 기다리다가 새벽에 잠이 든 것 같던데, 그렇게 따지면 박선주 씨가 누군가 나가는 것을 봤거나 박선주 씨 본인이 몰래 나갔을 수도 있지 않을까요?"

이혜선이 말하자 그동안 정신 나간 사람처럼 멍하니 있던 박선주가 그녀를 죽일 듯이 노려봤다.

"당신 지금 뭐라고 했어!"

"아니, 뭐 말이 그렇다 이거죠. 남자친구의 바람기 때문에 싸운 것 같던데, 밖에서 다투다가 죽였을 가능성도 생각할 수 있지 않을까요?"

"이 여자가 듣자 듣자 하니까 못 하는 소리가 없네. 불난 집에 부채질하는 거야, 뭐야! 그게 가장 힘들어하는 사람한테 할 소리야! 그래, 당신 말대로 말다툼하다가 저지른 우발적 살인이라고 쳐. 그런데 저렇게 칼로 난도질하는 것도 모자라서 고문하듯이 죽인 게 내가 한 짓이라는 거야!"

이혜선은 아무 말 없이 시선을 돌리면서 입을 삐죽 내밀었다.

"아, 그만들 하세요. 제가 보기에도 박선주 씨가 직접 저지른 범행은 아닌 거 같아요. 적어도 신석기 씨보다 완력이 강한 사람의 범행일 가능성이 높고, 만약 박선주 씨의 범행이라고 해도 공범이 있어야 하는 상황입니다."

민희주의 설명에 이경준이 손뼉을 쳤다.

"와~ 희주 학생 똑똑하네. 그럼 이제 어떻게 하는 게 좋을 것 같아?"

"아무래도 안에만 있으면 해결이 안 될 것 같고, 일단 이 섬을 한번 돌아보는 게 좋을 것 같습니다. 우선 살인이 벌어진 장소를 찾아보고 우리 말고 누군가 또 있는지도 확인해 보는 게 좋겠어요. 아무래도 날씨가 갠 다음 외부에서 구조선이 찾아오기 전까지는 버텨야 하니 그동안 할 수 있는 건 다 해 봐야죠."

민희주는 사람들의 얼굴을 둘러본 후 다시 말을 이었다.

"먼저 이 섬에 우리 말고 누군가 숨어 있는지 찾아보면 좋겠습니다. 동굴이 있을 수도 있고, 이 집에도 어딘가 숨을 수 있는 비밀 공간이 있는지 철저히 살펴보는 게 좋을 것 같습니다. 이 섬의 주인인 양서희 씨에게도 물어보긴 했지만, 갑자기 물려받은 섬이라 아무것도 전달받은 것이 없고 본인도 아직 모르는 곳이 많다고 하더라고요."

민희주의 얘기를 듣고 고개를 끄덕이던 심지윤이 손을 들었다.

"제 생각에 범인은 칼 솜씨가 대단한 사람 같습니다. 제가 직업상 무술에 관심이 많아서 유심히 봤거든요."

"칼 솜씨요?"

"네, 상흔으로 봐서 특수부대 같은 데서 훈련을 잘 받은 사람이 빠르고 정확한 자세로 상대를 벤 것 같아요. 전혀 주저함 없이 짧은 시간 안에 여러 부위에 칼질을 한 겁니다. 절대 보통 솜씨는 아닙니다. 칼이 군용이었는지, 그냥 식칼이었는지는 잘 모르겠지만요."

"그렇군요. 말씀을 듣고 생각난 건데, 어제 입었던 여러분들의 옷을 보여 주실 수 있나요?"

"갑자기 옷은 왜요?"

민희주의 말에 이혜선이 불만스러운 표정으로 물었다.

"신석기 씨를 저 정도로 베었다면 범인의 옷에도 피가 많이 묻었을 테니까요. 여러분들의 짐 검사를 제안합니다. 배에서 탈출하면서 간단한 개인 짐들은 챙기셨을 테고, 대부분 어제 입었던 옷은 갈아입으신 것 같군요."

한주호가 손을 들고 사람들의 얼굴을 둘러보며 말했다.

"저는 여행객이 아닌 선원이라 따로 짐도 없고 옷도 어제 입었던 것 그대로입니다. 그런데 만약에 범인이 우리 내부에 있다면 그런 건 벌써 어디 버리지 않았을까요?"

"버리다니요?"

"저 같으면 그런 옷은 진즉에 벗어서 처분했을 것 같아요."

"그래도 일단은 각자의 짐 가방을 확인했으면 좋겠습니다. 부탁드립니다."

"우리는 어떻게 하죠?"

윤세미가 자신과 양서희를 가리키며 물었다.

"음, 두 분은 어제 입었던 옷만 보여 주시면 될 것 같아요."

잠시 후 사람들은 자신들의 가방을 꺼내 놓았다.

"여자 속옷 같은 것도 보여야 되나?"

이혜선이 불쾌한 표정을 지었다.

"여자 가방은 여자끼리 남자 가방은 남자끼리 확인하면 되죠."

민희주의 말에 여자들과 남자들은 나누어서 다른 방에서 서로의 가방을 검사했다.

"그러고 보니……."

이혜선이 방에서 민희주의 가방을 검사하다 뭔가 생각난 듯 말했다.

"내가 기자이다 보니 뉴스를 꼼꼼히 챙겨 보는 편인데, 요즘 제주도에서 칼로 사람을 죽이는 연쇄 살인 사건이 가끔 일어난다는 기사를 봤거든. 혹시 신석기 씨 살해범이 그 살인마 아닐까?"

"그럴 가능성도 없지는 않죠. 그런데 문제는, 그게 사실이라면 왜 이런 섬까지 쫓아와서 이런 날씨에 힘들게 죽여야 하냐는 거죠. 제 생각에는 특별한 목적이 없다면 여기까지 안 왔을 것 같아요."

"듣고 보니 희주 씨 말이 일리가 있네. 하지만 한편으로 같은 시기에 같은 지역에서 칼을 쓰는 살인마가 두 명이 존재한다는 것도 우연치고는 좀 그렇지 않나?"

"역시 기자님이시라 예리하시군요. 말씀대로 범인에게 살인 외에 별도의 목적이 있었다면 충분히 가능하다고 봐요."

"여자분들은 확인 다 끝났어요? 저희는 확인 완료입니다."

밖에서 문승진이 노크하며 묻자 민희주가 문을 열었다. 그때 문승진의 뒤에 있는 한주호가 상의를 갈아입고 있는 것이 그녀의 눈에 들어왔다. 나름 단단한 몸매인 그의 어깨에 민희주의 시선이 고정되었다. 그곳에는 C자를 옆으로 뒤집은 익숙한 형태의 문신이 있었다.

"희주야? 뭐 있어?"

문승진이 그녀의 시선이 향한 뒤를 힐끗 돌아보았다.

"아, 아무것도 아냐. 그쪽은 어땠어?"

"다들 어제 입은 옷 그대로 갖고 있었어."

여자들의 경우 양서희나 윤세미는 어제 입은 옷을 아직 빨기 전이라 확인이 끝났고, 나머지도 자신들의 가방에 넣어 둔 옷을 꺼내 보여 주었다. 그 결과, 여자들은 물론 남자들의 옷 중에 버렸거나 피가 묻은 것은 발견하지 못했다. 잠시 후 전원이 거실로 다시 모였다.

"이제 다 확인된 건가?"

이경준이 민희주를 보며 물었다.

"네, 일단은요."

"그래도 다행이네요."

한주호가 희미한 미소를 지었다.

"최소한 우리 중에는 범인이 없단 말이 되잖아요. 괜히 서로를 의심하고 경계할 필요도 없어졌다고 봐야 하지 않을까요?"

"꼭 그렇지도 않아요. 공범의 가능성도 배제할 순 없다고 보거든요."

"역시 장태민 아냐?"

고명수가 잔뜩 인상 쓴 얼굴로 말했다.

"혹시 장태민이 저 지하 연구실에 숨어 있다가 나와서 그런 거 아닐까?"

사람들이 약속이라도 한 듯 동시에 고명수를 쳐다봤다.

"잘 생각해 봐. 장태민은 비밀번호도 알고 있을 것이고, 그 안에 숨어 있다가 몰래 나와서 범행을 저지르면 누가 알겠어?"

"대체 왜요?"

이경준이 따지듯이 말했다.

"장태민 팀장이 왜 이런 짓을 하는 거죠? 제가 투자자들 모으러 돌아다닐 때 두 분은 연구의 마무리 단계라고 했어요. 그래서 자료 정리한다고 이 섬에 돌아와 있던 사이에 양 박사님은 사고로 돌아가시고 장태민 팀장님은 실종되었단 말입니다. 제가 얼마나 당황했는지 아십니까? 그러다 겨우 장 팀장님 연락받고 문제가 수습되겠구나 했는데, 저뿐 아니라 여러분들까지 불러 모아 놓고 이 외딴섬에서 살인을 해요? 도대체 무엇 때문에 그래야 하는 거죠?"

고명수가 가소롭다는 표정을 지었다.

"주는 돈 넙죽 받아먹을 때는 언제고 참 자신만만하다고 해야 할지 뻔뻔하다고 해야 할지, 적반하장이 따로 없군. 이보쇼, 부대표. 아니, 이제 부대표도 아니지. 아무튼, 기껏 공들여서 회사를 인수했더니 회사 자산인 연구 핵심 인력을 빼돌려? 내가 국내 해양 산업을 독점하려고 경쟁 기업인 문진을 흡수하긴 했지만, 당신이 도와준다고 돈만 먹고 껍데기만 넘겨받게 한 것에 얼마나 열 받았는지 알아?"

"고 대표님, 도대체 무슨 말씀을 하시는 거예요? 저는 몇 가지 도움이 되는 정보만 드렸을 뿐이고 돈은 처음부터 요구하지도 않았어요."

"뭐가 어째?"

"만약 회사가 인수되면 저는 경영권을 갖고 싶어서 도와드렸는데 무시하셨잖아요. 회사가 도산 위기에 처해서 쉽게 인수할 수 있을 것 같으니까 필요 없다고 내친 사람이 누군데 그런 말씀을 하시는 거죠? 그리고 저도 먹고살아야 할 것 아닙니까. 말이야 바른 말이지, 장 팀장님은 인수 전에 퇴사하신 것이고 그 기술도 회사에서 진행하던 것과는 전혀 다른 방법이라고요. 저를 그렇게 파렴치한 사람으로 만들지 마시란 말입니다."

이경준이 조목조목 따지고 들자 고명수는 큰기침만 연거푸 했다.

"당신 파렴치한 사람이 맞잖아!"

문승진이 이경준을 노려보며 소리쳤다.

"회삿돈 빼돌린 것도 모자라서 경쟁 업체로부터도 돈을 받아 먹어?!"

당장이라도 한 대 칠 것 같은 기세의 문승진에게 이경준은 어색한 미소를 지었다.

"승진아, 말했잖아. 회사는 실험 실패로 그냥 있어도 얼마 못 갈 운명이었다고. 나도 살아야 하잖아. 회삿돈 얘기도 그렇고, 대가로 돈을 요구하고 그런 적도 없어."

문승진은 이들에게 느끼는 거부감의 정체를 겨우 깨달았다. 그것은 같은 인간으로 느끼는 혐오감이었다. 부에 대한 인간의 끝없는 욕망에서 오는 혐오감. 그리고 그는 생각했다. 아버지도 이들처럼 그 연구 자료에 현혹되어 있었던 걸까? 이 모임에 참가 신청을 한 것으로 그 가능성은 부정할 수 없었지만 믿고 싶지 않았다.

"하긴, 이유는 모르겠지만 장 팀장이라면 신석기 씨를 유인할 수 있었을 거야. 따라오라고 하면 따라갔을 테니까."

"가긴 어딜 가요!"

이경준의 말을 들은 박선주가 갑자기 소리를 질렀다.

"신석기 씨는 장 팀장님이 오란다고 오고 가란다고 가는 사람이 아니에요. 물론 문진에서 상하 관계이긴 했지만 이번 연구 지원은 어디까지나 도와드리기 위해……."

"내가 '팀장님, 팀장님' 하면서 아부 떠는 거 다 봤는데 무슨 소리야. 물론 그것도 다 뭔가 바라고 그런 거라는 거 알지만."

박선주는 이경준의 말에 반박하지 못하고 그를 죽일 듯이 노려봤다.

"참, 그러고 보니 장 팀장님이란 분이 초대를 한 모임인데 왜 그분은 나타나지 않으신 거죠? 그분과 만날 것을 기대한 거 아닌가요?"

어색하고 싸늘한 분위기 속에서 민희주가 불쑥 물었다.

"다른 사람도 같은 내용이었다고 생각하는데, 초대 메일에 일단 바다낚시 모임에 참석하고 배를 타면 그 이후에 자신을 만날 수 있을 거라고 했어요."

이혜선이 말하자 고명수가 인상을 쓰며 끼어들었다.

"아이 씨, 그러다가 갑자기 배에 불이 나서 이 지경까지 온 거잖아. 나는 문주란호 선장이 장 팀장 메시지를 전해 줄 줄 알았는데……. 참, 한주호 씨는 뭐 들은 얘기 없어?"

갑작스런 질문에 한주호가 놀란 얼굴로 답했다.

"아, 네……. 저는 그냥 선원이라."

민희주가 뭔가 생각난 듯 말했다.

"혹시, 양 박사님이 연구실 문 비밀번호를 어디 적어 놓거나 하지는 않았을까요?"

이혜선이 맞장구를 쳤다.

"비밀번호를 어디 수첩 같은 곳에? 혹시 모르니까 한번 찾아 볼 필요는 있을 것 같네."

"그런데 범인은 왜 굳이 등대에 시체를 옮겨 놓았을까요? 마치 우리가 등대로 가기로 한 것을 미리 알고 있었던 것처럼 말이죠."

이혜선이 따지듯 한마디 했다.

"그렇게 해서 원하는 게 뭔데?"

민희주는 침착한 목소리로 말을 이었다.

"우리에게 조금이라도 빨리 신석기 씨의 시체를 보여 주고 싶었던 거죠. 이건 마치, 니네도 이렇게 죽여 줄 테니까 어서 보고 떨고 있어라, 라고 하는 거 같지 않나요? 상대가 공포에 떠는 것을 즐기는 거죠."

민희주의 말을 들은 사람들은 표정이 더욱 어두워졌다. 그리고 '죽음의 미로'에 빠져 버린 자신들의 생명이 언제 위협받을지 모른다는 불안함과 공포의 늪에 잠식되어 가는 것을 느꼈다.

11

"이거, 부술 수도 없고……."

상의 끝에 일단 모두 지하실로 내려가 보기로 했다. 하지만 묵직하게 잠긴 연구실 문 앞에서는 모두 무력감을 느낄 수밖에 없었다.

"총으로 쏴도 뚫리지 않겠지?"

고명수가 문을 이리저리 살펴보며 말하자 옆에 있던 심지윤이 당황한 표정으로 되물었다.

"네? 대표님, 그게 무슨 말씀이세요?"

고명수는 대답은 안 하고 투덜거렸다.

"무슨 문을 이 따위로 만들었어? 여기가 은행이야 뭐야."

지하실을 둘러보던 민희주가 말했다.

“이 연구실이 사건 현장이고 시체를 우리들에게 보여 주는 것이 목적이라면 굳이 등대로 시체를 옮길 필요는 없었을 거예요. 게다가 지하 연구실로 내려오려면 이 집에 다시 들어와야 되잖아요. 그랬으면 범인이나 신석기 씨나 눈에 띄었을 겁니다. 아무리 한밤중이라고 해도 시체를 끌고 아무도 모르게 집 밖으로 나갈 수 있었을까요?”

고명수가 빈정거리는 말투로 물었다.

“그래서, 하고 싶은 말이 뭔데?”

“에휴, 그걸 꼭 일일이 설명해 드려야 하나요? 만약 범인이 장태민 팀장님이고 그가 비밀번호를 알고 신석기 씨를 안으로 데리고 들어가서 살해했다고 해도, 이 집 정문으로 나가지는 않았을 거란 얘깁니다.”

고명수는 콧방귀를 뀌었고 다른 사람들은 고개를 끄덕였다.

“아 참, 어제 등대 말고 비를 피할 수 있는 곳이 창고밖에 없다고 했지?”

민희주가 양서희에게 물었다.

“응, 하지만 거긴 잠겨 있는데.”

“신석기 씨 시체 발견했을 때 말이야. 아무래도 다른 장소, 즉 실내에서 살해된 후 옮겨졌을 거 같다고 했잖아.”

“응.”

“그렇다면 생각할 수 있는 데가 창고밖에 없는 거 같거든.”

문승진이 눈을 크게 뜨며 힘주어 말했다.

“그럼 일단 창고로 먼저 가 보자.”

간단하게 늦은 점심 식사를 마치고 나온 일행은 양서희의 안내로 창고로 갔다. 일행들은 모두 섬 서쪽으로 이동했다. 서쪽으로 가니 아귀도 옆에 찰싹 달라붙은 듯한 바위섬이 보였다.

“여기가 그 창고야.”

“문 좀 열어 줄래?”

“응.”

민희주의 요청에 양서희는 가지고 있는 열쇠로 문을 열려고 창고 쪽으로 다가갔다.

“어?”

“왜 그래?”

“분명히 열쇠로 잠가 놨는데.”

“문이 안 잠겼어?”

양서희가 고개를 끄덕였다.

“자물쇠가 부서져 있어.”

“일단 들어가 보자.”

문이 열리자마자 문승진과 한주호가 먼저 내부의 안전을 확인하러 들어가서 실내등의 스위치를 찾아서 켰다.

“여기 왜 이래요?”

문승진이 놀란 목소리로 묻자 양서희가 난처한 표정을 지었다. 바닥에는 무언가 묶었던 타이가 여러 개 끊어져 있었고, 물건들이 마구 어지럽혀져 있었다. 큰 삽이 하나 뒹굴고 있었는데 그것으로 마구 헤쳐 놓은 듯했다.

"어? 어제 제가 식재료를 가지러 왔을 때는 안 이랬는데, 언제 이렇게……."

벽에는 마구 비벼 댄 핏자국까지 여러 군데 있었다.

"이게 뭐지?"

문승진은 구석에 떨어져 있는 물체를 보았다. 잠수용 산소통처럼 생겼는데 겉에 스프레이로 NO2라고 쓰여 있었다.

"이산화질소네. 강력한 독가스지. 역시 추측대로 그걸 입에 주입해서 죽였나 봐. 그런데 이런 게 원래 이곳에 있었니?"

민희주가 양서희에게 물었다.

"난 처음 보는 건데."

"그렇구나. 흠……. 아무튼, 신석기 씨가 여기서 당한 건 확실한 거 같아."

문승진이 심각한 표정으로 말했다.

"도대체 이렇게까지 하는 이유가 뭘까? 살인을 저지른 다음 이를 숨기려면 차라리 바다에 시신을 던져 버리는 편이 나았을 텐데."

"얘기했잖아, 숨기고 싶은 게 아니라 빨리 보여 주고 싶었던 거라고."

민희주의 가설이 점점 더 신빙성을 갖게 되자 사람들의 마음은 더욱 무거워졌다. 잠시 흐르던 침묵을 깨며 심지윤이 말했다.

"일단 창고 안을 좀 조사해 봅시다. 범인에 대한 단서가 있을지 모르니까요."

조사 결과, 처음에 발견한 물건들과 핏자국 이외에 특별히 범인의 정체를 확인할 수 있을 만한 흔적이나 증거는 발견하지 못했다. 사람들은 창고에서 나와 다시 숙소로 돌아가기 전에 문 앞에 앉아서 잠시 쉬었다.

"거 참, 오래 살다 보니 별걸 다 경험하네. 이런 곳에서 살인마에게 위협을 받다니. 혹시 이거 무슨 깜짝쇼 버라이어티 방송 같은 거 아냐?"

고명수의 말을 들은 이혜선이 비꼬듯 말했다.

"그러게요, 대표님이 너무 오래 사셨나 봐요."

"이 기자, 터진 입이라고 말 참 함부로 한다, 그치? 아직 내가 어떤 사람인지 모르는 모양인데……."

"이런 상황에서 적당히 좀 하세요. 살해된 시체가 나왔는데 이게 장난일 리 없잖아요. 그러지 말고 앞으로 어떻게 살아서 이 섬을 나갈지나 고민해 봅시다."

마치 학교에서 애들을 타이르는 선생님처럼 말하는 이경준을 고명수는 아니꼬운 눈으로 쳐다봤다. 창고 구석에서 커다란 천

조각을 들고 나타난 한주호가 말했다.

"저……, 여기 보니까 비상용 구조 깃발이 있네요. 이걸 등대에 달아 보는 건 어떨까요?"

문승진이 고개를 끄덕였다.

"아, 좋은 생각입니다. 날씨 상태가 어제보다 좋아졌으니 멀리서 지나가던 배가 망원경으로 발견하면 구조하러 올 수 있겠네요."

민희주가 문득 뭔가 떠오른 표정을 지었다.

"그럼 겸사겸사 다 같이 등대에 다시 한번 가서 단서를 찾아보는 건 어떨까요? 어쩌면 우리가 놓쳤던 것이 있을 수도 있고, 살해 장소는 이곳인데 굳이 저 위의 등대까지 시체를 옮긴 이유도 알아낼 수 있지 않을까 합니다만."

민희주의 말에 다들 그녀의 얼굴을 바라봤다. 그중에 고명수가 인상을 쓰며 말했다.

"희주 학생이 똑똑해 보여서 어쩌다가 우리들의 리더 역할을 하게 되긴 했지만, 그렇다고 무슨 똥개 훈련도 아니고 창고를 뒤져 보자는 둥 등대를 뒤져 보자는 둥 사람을 너무 혹사시키는 거 아냐? 게다가 아직 어린 학생한테 우리 목숨을 맡겨도 되는지 모르겠네."

"고 대표님, 불만이 있으신 건 알겠지만 지금 당장은 우리가 섬을 빠져나갈 방법이 없는 상황입니다. 그래서 가능하다면 범인의 정체를 밝혀내는 것이 최선이라고 생각합니다."

“저도 일단 하는 데까지는 해 보는 것이 좋다고 생각합니다.”

문승진이 민희주의 말에 맞장구를 치자 고명수가 못마땅한 얼굴로 투덜거렸다.

“이건 장태민 그 인간 짓이라니까. 그냥 숙소에서 며칠 버티고 있으면 구조선이든 뭐든 올 텐데 왜 사서 고생을 하냔 말이야.”

“맞는 말씀입니다. 얌전히 구조선을 기다리는 것이 최선이라는 생각도 이해합니다. 하지만 일단 범행 수법이 살인을 많이 해 본 사람의 솜씨라는 점, 장태민 팀장이란 분의 함정이라고 해도 공범이 있을 수 있다는 점, 그 공범이 우리 내부에 있다면 가만히 있다가 다음 희생자가 나올 수 있다는 점 등을 생각해 보세요.”

“그럼 전부 한자리에 모여서 지내면 되잖아?”

“단체로 안에 틀어박혀 있다고 해도 안전할 순 없습니다. 음식에 독극물을 탄다든가 실내에 독가스를 주입한다든가 방법은 얼마든지 있으니까요. 지금 상황으로 봐서는 신석기 씨를 죽인 범인이 다음 희생자를 노릴 가능성이 높다고 봅니다.”

고명수가 한숨을 내쉬었다.

“좋아, 그럼 등대만 조사해 보고 바로 돌아가는 거다?”

“네.”

민희주의 대답과 동시에 사람들이 일제히 자리에서 일어나 걷기 시작했다. 밖은 여전히 흐렸고 오후 시간이 지나서인지 좀 더 어두워진 느낌이었다. 잠시 후 등대에 도착한 사람들은 시체가 발견된 곳 부근과 위층의 서재를 다시 살폈다. 심지윤과 한주호는 창고에서 가져온 깃발을 등대 끝에 다는 작업을 했다. 그 와중에 고명수는 위층 서재의 긴 의자에 앉아서 거들먹거리며 담배만 피우고 있었다.

"조금 있으면 해가 질 것 같으니까 빨랑 해."

"네."

고명수의 말에 대답하는 건 경호원인 심지윤밖에 없었다. 깃발을 단 후 밖에 나가서 확인하고 돌아온 한주호가 문승진 일행에게 말했다.

"박선주 씨가 컨디션이 안 좋은 것 같아요. 신석기 씨 시신이 있는 이곳에 와서 정신적으로 더 안 좋아진 것 같습니다."

"박선주 씨는 지금 어디에 있죠?"

"등대 안으로 들어오지 못하고 밖에 앉아 있어요. 아무래도 숙소에 가서 안정을 취하는 게 좋을 것 같습니다."

"지금 상황에 혼자 있는 건 위험하니 누군가 같이 있어 줘야 할 것 같아요."

민희주가 걱정스러운 얼굴로 말했다.

"그럼 여자인 제가 같이 있어 줄게요. 아무래도 제 집이니 제가 데리고 가는 게 좋을 듯해요."

옆에서 얘기를 듣고 있던 양서희가 자청했다.

"박선주 씨가 서희를 미워하는 것도 그렇고, 여자들만 있는 건 불안한데…….”

“그럼 저도 동행하겠습니다.”

“아, 주호 씨가요? 그럼 세 분이 먼저 가 계시면 될 것 같군요.”

이렇게 해서 양서희와 한주호는 박선주를 데리고 숙소로 돌아가려고 밖으로 나갔다. 그리고 5분 정도가 지났다.

“안 돼!!!!!”

여자의 찢어지는 비명 소리가 들렸다. 얼핏 듣기에는 양서희 목소리 같았다. 놀람과 동시에 걱정된 마음에 민희주가 급히 뛰쳐나갔다. 등대에서 약간 내려간 곳의 가파른 벼랑 쪽에 남녀가 서 있었다. 가까이 가 보니 양서희가 겁에 질린 표정으로 서 있었다. 같이 있는 남자는 한주호였다.

“서희, 무사했구나. 소리 듣고 난 너한테 무슨 일이 생긴……. 어? 박선주 씨는? 박선주 씨는 어디 있어?”

“저, 저기 밑에요.”

양서희는 충격을 받아 얼어붙은 채 말이 없었고, 한주호가 겨우 입을 열어 민희주에게 말했다. 민희주를 따라 뛰어나온 문승진, 이경준, 심지윤이 이쪽으로 다가왔고 등대 쪽에서는 이혜선과 윤세미가 문을 열고 나오고 있었다.

사람들이 모두 한주호가 가리키는 쪽을 보았다. 벼랑 밑에 있는 그것의 정체를 알아보는 데는 그리 시간이 걸리지 않았다. 그것이 무언지 깨달은 순간부터 사람들은 놀란 표정으로 그것을 응시했다.

"박선주 씨!!!"

"아니, 어쩌다가!"

문승진과 이경준이 소리쳤다.

"가, 갑자기 같이 가다가 벼랑 쪽으로 달려가더니 몸을 던졌어요. 순식간에 일어난 일이라 붙잡을 겨를도 없이 그만……."

한주호가 침울한 표정으로 말했다.

"자살이란 말이군요. 신석기 씨가 자신과 싸우고 나가서 변을 당했다는 생각에 죄책감과 우울 증세로 극단적인 선택을 한 건가?"

문승진의 말에 민희주가 고개를 저었다.

"아무리 그래도 그렇지, 갑자기 이런 선택을 하다니 믿기지 않아. 신석기 씨의 죽음이 서희 때문이라며 남 탓을 하던 사람이……."

민희주는 양서희를 쳐다보며 그렇게 말했지만, 그녀는 여전히 제정신이 아닌 표정이었다.

내려다보니 절벽 아래쪽은 안으로 움푹 들어가 있었고 그 주변에는 암초가 많아서 떨어지면 물보다는 바위 위에 떨어질 확률이 높았다. 그런 단단한 바위 위에 머리가 으깨져 피범벅이 된 데다 추락할 때 충격으로 팔다리가 이상한 방향으로 꺾여 있는 박선주의 끔찍한 시체가 있었다. 그녀의 몸은 바위 위에 아슬아슬하게 걸쳐져 있었다.

심지윤이 갑자기 눈을 크게 뜨며 외쳤다.

"어? 저거 왜 저래! 움직이잖아?"

"정말, 시체가 움직이는 거 같네."

이경준의 말에 민희주가 고개를 저었다.

"아니에요. 저건 시체가 움직이는 게 아니라 무언가가 시체를 움직이게 하는 거 같아요."

"도, 도대체 뭐가 시체를 움직이게 하는 거지?"

"혹시 파도에 밀려서 움직이는 거 아닐까요?"

"제가 내려가 볼게요."

문승진이 문득 말하자 다들 그를 쳐다보았다.

"무슨 말씀이시죠?"

"절벽 밑으로 내려가서 박선주 씨 시신을 들고 올라올게요. 저대로 두면 바다에 빠져서 찾기 힘들어지잖아요. 제가 줄을 타고 한번 내려가 볼게요. 배도 없지만, 저긴 배로도 접근할 수 없는 곳이니 이 방법밖에 없을 것 같아요. 바다에서 사고를 당해 시신도 수습 못 한 아버지를 생각하니 박선주 씨 유족을 위해서라도 그냥 두면 안 될 거 같아요."

"그럼 제가 갈게요."

문승진보다 체격 조건이 좋은 심지윤이 나섰다.

"아닙니다. 이래 봬도 제가 나을 거예요. 산악부였거든요."

"꼭 가야겠어? 위험할 텐데."

민희주가 걱정스런 얼굴로 물었다.

"응, 가야지."

"아빠도 여기서 떨어져 돌아가셨는데……."

그제야 입을 연 양서희가 울먹이는 목소리로 말했다. 그 얘기를 들은 문승진은 이곳에 사람을 죽음으로 유혹하는 귀신이라도 붙어 있는 게 아닐까 하는 생각에 몸이 약간 떨렸다. 하지만 굳게 마음먹은 그는 벼랑 근처 바위에 끈을 묶고 그 끈을 붙잡은 상태에서 벽을 차고 밑으로 뛰어내렸다.

조금 더 내려가자 젖은 바위가 더 미끌미끌했다. 바닷말들 때문이었다. 게다가 경사가 거의 직각에 가까웠기 때문에 균형 잡기가 더욱 어려웠다. 다시 정신을 가다듬고 한 발씩 내려가서 겨우 바위에 발이 닿자 그는 일단 끈을 풀고 박선주의 시신을 향해 몸을 돌렸다.

그 순간, 무언가 낚아채듯 쏴아 하고 물보라를 튀겼고 박선주의 시체가 있어야 할 위치에서 사라졌다. 문승진은 물론이고 벼랑 위에서 이를 지켜보던 사람들은 귀신에라도 홀린 듯한 표정으로 잠시 말을 못 했다.

"금방 뭐였죠? 식인 상어?"

"승진아! 금방 뭐였어?"

이경준이 문승진에게 큰 소리로 물었다.

"저도 모르겠어요!"

문승진이 절벽 위의 사람들을 올려다보는데 눈에 들어오는 것이 있었다.

“어?”

그가 있는 곳에서 약간 위쪽 절벽에 동굴이 뚫려 있었다. 그리고 전날 밤 이 절벽에 뭔가 있는 것을 본 것이 떠올랐다.

“저기요! 저 동굴 좀 확인하고 갈게요!”

그렇게 말한 문승진은 이번엔 암벽을 타고 올라갔다. 그는 왼편에 있는 동굴로 들어간 후 자신을 묶은 밧줄을 풀었다. 그리고 주머니에서 작은 손전등을 꺼내서 켠 다음 동굴 안으로 들어갔다. 바닥이 해초 때문에 미끄럽긴 했지만 조심만 하면 들어가기에 그다지 무리는 없었다. 천천히 걷고 있는데 이상한 것들이 눈에 들어왔다. 바닥과 벽 등에 붙은 해초에 야구공보다 약간 큰 동그란 것이 다닥다닥 붙어 있었다. 게다가 안으로 들어갈수록 이상하게 점점 두통이 느껴졌다.

“이것들이 다 뭐지?”

문승진은 일단 그 이상한 물체들을 핸드폰으로 찍었는데, 어두운 곳에서 자동으로 켜지는 핸드폰 스포트라이트에 알 속의 무언가가 움찔했다. 자세히 보니 반투명한 구체 안에 살색의 생명체가 있었다. 문승진은 벽에 붙은 그 구체 중 하나를 떼어서 허리에 찬 가방에 집어넣었다. 바로 그때.

“앗!”

문승진은 옆으로 돌다가 미끄러지면서 벽에 손을 짚었다. 그리고 그 벽면이 좀 날카로웠는지 손에서 피가 났다. 따가움을 느끼며 좀 더 들어가고 있는데 이상한 소리가 들렸다.

꾸……꾸……꾸……꾸……꾸……꾸륵…….

동굴 안쪽으로 손전등을 비추자 뭔가가 벽에 붙어 기어오면서 해초에 붙은 그 구체를 어적어적 씹어 먹는 것이 보였다.

"저건 뭐야?!"

갑자기 어둠 속에서 뭔가가 튀어나오더니 방금 상처 난 그의 손목을 덥석 물었다. 순간, 온몸이 마비되는 듯한 감각이 팔을 타고 그의 뇌를 직격했다.

"으악!"

그것은 흉측하게 생긴 물고기였다. 놀란 문승진은 손목을 문 그 물고기를 흔들어 떨어뜨리곤 힘껏 밟아 죽였다.

끼익!!

문승진에게 밟힌 물고기가 기분 나쁜 비명 소리를 내자 동굴 속에서 수많은 물고기들이 '끼룩! 끼룩!' 하며 떼거지로 외치는 소리가 들렸다.

"뭐, 뭐지?"

손전등을 안쪽으로 비췄더니 셀 수 없이 많은 물고기들이 우글우글 움직이고 있었다. 어둠 저편에서 그 물고기 같은 것 여러 마리가 동시에 문승진을 향해 팔딱팔딱 움직이며 기어오는 것이 눈에 들어왔다.

"헉!"

문승진은 황급히 몸을 돌려 달리기 시작했다. 그러다가 바닥이 미끄러워서 넘어졌다. 그 상태에서 앞서 오던 물고기 몇 마리가 달려들어 바짓가랑이를 물었다. 문승진은 괴성을 지르며 손전등으로 그것을 마구 때리고 털어 낸 다음 벌떡 일어섰다. 그리고 필사적으로 달려서 동굴 입구에 보이는 밧줄을 붙잡았다.

뒤돌아보니 조금 전까지 달려들던 물고기들이 더 이상 쫓아오지 않고 저편에서 꿈틀거리고 있었다. 자세히 보니 벽과 바닥에 붙은 구체들을 게걸스럽게 씹어 먹고 있는 것이 아닌가. 조금 안도한 문승진은 줄을 놓고 무심코 아래로 시선을 옮겼다.

크아악!!!

뭔가가 바닷속에서 튀어 올라왔다. 흐리고 어둑했지만 커다란 그것의 모습은 분명히 보였다. 그것은 짙은 갈색의 몸에 녹색 점이 있었고 역시 물고기의 형태였다. 믿어지지 않을 정도로 덩치가 컸다.

"으아아아!"

그 괴물은 송곳처럼 뾰족한 이빨이 가득 난 큰 입을 벌리고 점프를 하며 곧장 문승진에게 달려들었다. 그 동작이 마치 쥐를 잡는 뱀 같은 느낌이었다.

"아악!"

문승진은 너무 놀라 뒤로 넘어졌고, 그 바람에 겨우 괴물의 입을 피할 수 있었다. 동굴 입구 높이까지 점프한 괴물은 다시 풍덩 물속으로 떨어졌다.

"승진아! 무슨 일이야?"

문승진의 비명을 들었는지 위에서 이경준의 목소리가 들렸다.

"어서 줄을 당겨요!"

문승진이 재빨리 손을 뻗었지만 줄은 주욱 올라가 버렸다.

"아, 아니! 다시 내려요!"

문승진이 소리쳤지만 줄은 그대로 올라가고 말았다. 아래를 내려다보니 어느새 그 괴물이 물속에서 나와 그를 올려다보고 있었다.

"빠, 빨리!"

문승진이 기겁하며 소리쳤다. 그것이 가슴지느러미로 벼랑 밑 바위를 짚고 물 밖으로 나왔는데 보이는 부위는 상체였고 아래쪽은 아직도 물에 잠겨 있었다. 몸통이 긴 것을 보니 뱀 같았지만 지느러미가 있는 것을 보면 역시 물고기 같았다.

'혹시 저것들의 어미?'

문승진은 이 동굴은 저 괴물의 둥지이고 자신은 침입자라는 것을 깨달았다. 그야말로 위급한 상황에 빠진 것이다.

"에잇!"

문승진은 급한 대로 동굴 입구에 있는 돌을 주워서 아래로 던져 보았다. 하지만 그 정도는 턱도 없었다. 금방이라도 그를 두 동강 낼 정도로 뾰족한 이빨을 가진 괴물이 그를 노려봤다. 그때 퍽 소리와 함께 뭔가가 문승진의 왼쪽에 떨어졌다. 위에서 줄을 다시 내렸는데, 그 줄 끝에 커다란 콘크리트 덩어리가 매어져 있었다.

"오빠! 어서 줄 붙잡아!"

위에서 민희주의 목소리가 들렸다.

꾸웨엑!

괴물이 다시 튀어 오르며 덤벼들자 문승진은 줄 끝에 달린 콘크리트 덩어리를 풀어서 있는 힘껏 괴물의 입을 향해 냅다 던졌다.

켁!!

괴물이 이번에는 어느 정도 타격을 받은 것 같았다. 문승진은 서둘러 그 줄을 잡고 오르기 시작했다. 올라가면서 아래를 보니 괴물은 다시 바다에 빠졌다.

"휴~ 다행이다."

그 순간, 바닷물 속에서 괴물이 확 솟아올랐다.

"헉!"

놀란 문승진이 숨을 들이켰다. 하지만 다행히도 그가 있는 높이까지는 미치지 못했다.

"그 큰 몸집이 이토록 가볍게 뛰어오르다니……. 빨리 올려요!"

문승진이 소리치자 위에서도 줄을 당기기 시작했다. 벼랑 위에 가까워지자 그는 있는 힘을 다해 몸을 던졌다. 그리고 바닥에 구르듯이 쓰러졌다.

"도대체 저게 뭐야?"

이경준이 황당한 표정으로 묻자 민희주가 말했다.

"저도 저런 건 처음 보지만 혹시 제가 찾던 것인지도 모르겠어요."

"찾던 거?"

"네, 우리 아빠를 죽인 괴물."

"아빠? 괴물? 그게 다 무슨 소리야?"

"네, 설명하려면 얘기가 길지만……."

사람들이 얘기하는 동안 문승진은 쓰러져서 헉헉대며 거친 숨을 몰아쉬었다.

"갑자기 바다 괴물? 이거 무슨 영화도 아니고……."

고명수가 보고도 못 믿겠다는 듯, 황당한 표정으로 혀를 끌끌 찼다.

"서희? 저런 게 이 섬에 있다는 거 몰랐어?"

"어? 어……. 저런 건 처음 봐."

"그게 말이 됩니까? 저렇게 큰 놈을 그동안 못 보다니."

이경준의 추궁에 양서희는 곤란한 표정으로 힘없이 대답했다.

"저도 잘 몰라요."

"아니, 도대체 뭐가 어떻게 된 거야? 저게 뭔지 아는 사람 아무도 없어? 똑똑한 희주 학생도 몰라?"

고명수가 따지듯 말하자 민희주가 대답했다.

"네, 생긴 건 커다란 장어 같기도 하고 몇 가지 물고기의 형태를 닮긴 했는데, 저 정도 크기면 물고기라고 하기에도 좀……."

그때 겨우 정신을 차린 문승진이 허리에 찬 가방에서 무언가를 꺼냈다.

"제가 이걸 가져왔어요!"

"그게 뭐야?"

"무슨 알 같은데?"

그것은 문승진이 동굴 벽에서 떼어 온 알이었다. 하지만 도망치다 넘어지는 바람에 짓눌렸는지 찌그러져 있었다. 터진 알 내부는 수분으로 가득 차 있어서 가방까지 젖어 있었다.

"어이, 고생물학자. 이게 뭔지 좀 얘기해 보시지?"

이경준이 민희주를 바라보았다.

"껍질이 이렇게 말랑말랑한 것을 보니 물고기거나 양서류의 알 같은데요?"

"무슨 물고기 알이 그렇게 커?"

양서희가 눈을 크게 뜨며 물었다.

"그러게 말이야. 상어 알도 이보다는 작을 텐데."

"그런데 다른 물고기들이 그걸 먹고 있었어."

"뭐?"

놀라는 민희주를 보며 문승진이 손목을 내밀었다. 그 손목에는 피가 맺힌 선명한 이빨 자국이 나 있었다.

"나는 동굴에서 저 괴물의 새끼로 보이는 물고기들이 수없이 많이 있는 걸 봤어. 놈들은 마치 피라냐처럼 포악하게 생겼는데, 벽을 타고 다니며 폴짝 뛰어오르면서 나에게 달려들더라고. 조금만 늦었어도 물어뜯겨 죽었을 거야."

"그랬구나. 오빠, 정말 십년감수했네."

민희주가 고개를 끄덕이며 말을 이었다.

"먼저 태어난 그 괴물의 새끼가 다른 알을 먹었다는 얘긴데, 먹을 것이 제한된 환경에서는 충분히 있을 수 있는 일이야."

양서희가 입을 가리며 얼굴을 찡그렸다.

"어머, 끔찍해."

이혜선이 진지한 표정으로 말했다.

"대체 그게 어디서 온 걸까?"

"글쎄요, 저게 제가 찾고 있던 놈인지는 모르겠지만, 기존에 알려진 종은 아닌 것 같아요. 마치 여러 종을 섞어 놓은 듯한………."

"그래, 저놈이, 저놈이 아버지를 죽게 했어. 토끼호가 실종된 것도 저놈 짓이 분명해."

문승진은 분노에 찬 표정이었다.

"그런데 저 정도 크기로 배를 침몰시킬 수 있었을까? 토끼호는 문주란호와 거의 비슷한 크기일 텐데 말이야. 아무리 생각해도 저 정도는 배를 박살 내지 못할 것 같은데."

민희주의 말에 문승진은 혼란스러운 표정을 지었다.

"그럼 저놈보다 더 큰 놈이 있다는 거야?"

"그러게, 저 크기도 믿기지 않는데……."

이혜선이 문득 질문을 했다.

"물고기가 동굴에서 뛰어다녔다는 건 무슨 말이지? 양서류도 아니고."

"등대에서 본 그 자료들 생각나시죠? 물고기 중에서 육지에 올라와서 먹이 활동을 하는 건 망둥이 종류가 있어요. 지느러미를 세워서 위협하는 건 망둥이의 습성이죠. 그리고 절벽에 굴을 파고 알을 낳는 거라면 말뚝망둥이가 있어요. 그런 유전자가 섞여 있는 거 같아요."

"그럼 저 괴물이 망둥이의 한 종류란 건가요? 무슨 망둥이가 그렇게 커?"

"아뇨, 망둥이의 한 종류도 아닌 거 같아요. 외형에 가물치의 특징도 있었거든요. 가물치는 영어로 '스네이크헤드'라고 하죠. 머리가 납작하고 뱀처럼 생겼거든요."

이경준이 비꼬듯 말했다.

"나 참, 그럼 가물치랑 망둥이랑 닮은 괴물이 우리 목숨을 노린다는 얘기야? 말도 안 돼. 안줏거리한테 당할 수는 없지, 그럼."

민희주가 무언가 생각난 듯 중얼거렸다.

"아, 박선주 씨를 물고 간 것도 저놈이겠네요. 제 생각에 박선주 씨의 시신은 먹이가 되었을 거 같아요."

고명수가 코웃음을 쳤다.

"사람이 잡아먹던 물고기가 사람을 잡아먹는다 이 말이야? 거 참, 기막힌 얘기구먼."

*

아귀도의 바다 밑 물속, 거대한 상어만 한 괴물 두 마리가 마치 악어와 같은 몸놀림으로 빠르게 이동하고 있었다. 그들이 향하는 곳은 바다 밑으로 뚫린 동굴. 그곳을 통해 물 밖으로 나오자 커다란 실내 풀장만 한 공간이 펼쳐진다. 먼저 나온 놈이 포효를 했다.

크아아아아~.

그러자 벽면에서 동굴 속 박쥐를 연상시키는 수많은 물체들이 꿈틀거렸다.

꾸룩 꾸룩 꾸룩 꾸룩 꾸룩 꾸룩 꾸룩 꾸룩 꾸룩.

문승진이 발견했던 바로 그 치어들이 엄청난 수를 자랑하며 동굴 벽과 천정에 빽빽이 붙어서 괴상한 소리를 냈다.

이윽고 다른 놈이 물속에서 나왔는데 그놈의 입에는 뭔가가 물려 있었다. 그것은 마치 인형의 팔다리처럼 괴물이 움직일 때마다 덜렁덜렁 흔들렸다. 괴물의 입은 그것으로부터 흘러나온 피로 붉게 물들어 있었다. 그놈 역시 펄떡펄떡 뛰더니 안쪽으로 들어가서 입에 물고 있던 것을 머리를 마구 흔들며 뱉었다. 내던져진 그것은 형체를 알아볼 수 없을 정도로 찢긴 인간의 시신이었다. 그 시신이 내던져진 곳으로 근처에 있던 치어들이 모여들기 시작했다.

꾸룩 꾸룩 꾸룩 꾸룩.

치어들이 이동하는 바닥에는 수많은 물고기와 인간의 것으로 보이는 뼈들이 널려 있었다. 치어들은 시신을 덮더니 게걸스럽게 살을 뜯어 먹었다. 그것을 본 커다란 괴물이 다시 안쪽으로 포효를 했다.

크아아아~.

그 소리에 반응했는지 안쪽 깊은 곳의 어둠 속에서 무언가 움직이기 시작했다. 그것은 커다란 덩어리 형태였다.

쿠웅 쿠웅.

육중한 느낌의 그것이 정체를 드러내자 두 괴물은 동시에 포효했다.

크아아~~ 크아아~~~.

그것은 두 괴물을 합친 크기의 또 다른 괴물이었다.

크아아아아앙~.

놈이 커다란 소리통을 울리며 동굴이 흔들릴 정도로 포효를 했다.

바닥에서 정신없이 뜯기고 있는 시신의 팔이 툭 튀어 올라왔다. 치어들이 마구 비집고 모여들면서 튕겨서 올라온 것이었다. 그 팔의 손목에는 여성용 시계가 채워져 있었다.

12

등대에 갔던 일행은 모두 양서희의 집으로 돌아왔다. 거실에 모여 앉은 그들은 한동안 침울한 표정으로 말이 없었다.

"혹시, 이렇게 된 건 아닐까?"

이혜선이 침묵을 깨고 말을 꺼냈다.

"박선주 씨가 신석기 씨를 죽인 다음에 자살한 건 아닐까?"

"박선주 씨가 신석기 씨를 죽여요?"

"응, 둘이 밖에서 다투다가 우발적으로 신석기 씨를 죽였는데, 외부인의 소행으로 보이게 하려고 꾸민 건 아닐까? 그런데 시체를 다시 보고 죄책감이 생겨서 자살을……."

"그렇다면 박선주 씨가 그 이산화질소 통을 어떻게 구했으며,

여자인 박선주 씨가 어떻게 신석기 씨처럼 무거운 남자를 그 폭풍우 속에서 등대까지 옮길 수 있었을까요? 저는 그랬을 가능성은 적다고 봐요."

이혜선은 입을 꼭 다물고 고개를 끄덕였다. 민희주의 얘기는 계속되었다.

"범인은 신석기 씨를 창고로 유인한 다음에 죽이고 등대로 옮겼어요. 역시 시체를 우리에게 보여 주려고 했던 것 같아요. 그렇다면 우리가 외부에 구원을 요청하기 위해 등대로 갈 거라는 걸 알았다는 얘긴데……."

"어머, 그럼 우리 중에 범인이 있을 수도 있다는 거야?"

양서희가 몸을 부르르 떨었다.

"응, 그럴 가능성도 있지."

"옷의 혈흔까지 다 확인해 봤잖아."

"살해 당시 전혀 다른 옷과 신발을 착용했을 경우도 생각해 볼 수 있어."

"도대체 누가 이런 짓을……."

이혜선이 사색이 되어 있는 양서희를 보며 말했다.

"그러는 서희 씨 역시 가장 의심되는 사람 중 하나라는 거 아세요?"

"네? 제가요? 저는 여러분을 도와드리려고 했던 것뿐인데…… 너무하시네요."

양서희가 울먹거렸지만 이혜선은 전혀 동요하지 않았다.

"양성준 박사님 따님이시니 일련의 사건들과 무관하다고 할 수도 없다고 봐요. 도와주신 건 감사하지만 누구도 믿을 수 없는 지금은 어쩔 수 없어요."

"저도 그렇게 생각합니다."

이경준이 손을 들었다.

"배에 불이 나서 급히 탈출했는데 올 곳은 여기뿐이었죠. 게다가 모인 사람들이 전부 양성준 박사, 장태민 팀장이랑 관련이 있는 사람들이고. 그렇다면 이런 일을 꾸민 사람은 뻔하지 않습니까?"

그가 양서희 쪽을 보며 말을 이었다.

"여기서 살면서 그런 괴물의 존재를 몰랐다는 것도 말이 안 되고, 이 섬에 대해서도 가장 잘 아는 사람들이니……."

"잠깐만요, 하고 싶은 말씀이 뭐죠?"

윤세미가 이경준을 노려보았다.

"그러니까, 가장 의심스러운 이 두 사람을 구조가 올 때까지 격리시키자 이겁니다. 어디 방이나 창고에 가둡시다."

"뭐라고요? 기껏 곤경에 처한 걸 구해 줬더니 너무하는 거 아니에요?!"

"지금은 누구도 믿을 수 없으니 어쩔 수 없습니다. 댁들이 장태민 팀장과 한패일 수도 있고……. 아무튼 나머지는 경찰에게 맡겨야죠."

"잠깐만요."

문승진이 손을 들었다.

"이 섬에서 무슨 일이 일어난다면 섬 주민이 제일 의심받게 된다는 건 누구라도 생각할 수 있는 거 아닌가요? 설마 이분들이 그렇게 뻔한 짓을 하겠어요?"

"승진아, 너도 저 여자한테 반한 거야?"

"네? 그게 무슨 소리죠?"

이경준의 말에 문승진은 얼굴이 확 달아올랐다.

"이 섬에 살인을 즐기면서 끔찍한 일을 저지르는 놈이 있어! 지금으로서는 살기 위해 할 수 있는 건 뭐라도 해야 한다고."

잠시 침묵이 흘렀다.

"저기, 이혜선 기자님?"

문승진이 문득 고개를 들더니 이혜선을 쳐다봤다.

"네?"

"기자님은 이 일과 어떤 관련이 있으신 거죠? 기자님이 쓰신 기사 얘기를 하신 것 같은데……."

"사실 전……."

이혜선이 말끝을 흐리다가 다시 입을 열었다.

"저는 3년 전에 메탄 수화물 채취 실험을 했을 때 취재를 했습니다. 그 실험이 실패한 다음에 좀 비판적인 기사를 썼어요. 그 당시 문진플랜트의 장태민 팀장이 책임자라 회사를 그만두시게 되었죠."

이혜선이 고명수를 힐끗 봤다. 그리고 고명수는 큰기침을 하며 모르는 척했다.

"기사를 좀 과격하게 쓴 건 미안하게 생각해요. 그 기사 때문에 여론은 물론 투자자들에게도 파장이 생겨서 결국 회사가 도산하는 결과로 이어졌으니까요. 하지만 해양 개발 사업을 하는데 태풍이나 해일, 해저 지진 같은 걸 제대로 대비하지 않고 실험을 하는 건 분명한 잘못이라고 생각합니다."

그녀의 말을 들은 문승진의 얼굴이 어두워졌다. 문득 윤세미가 억울한 표정으로 말했다.

"저희는 정말 그 괴물에 관해 전혀 몰랐어요. 여기서 살면서 한 번도 본 적이 없어요. 아가씨도 그렇죠?"

"네, 저런 괴물이 이 섬에 있을 줄은 정말……."

"믿을 수 있는 얘기를 해요, 믿을 수 있는 얘기를."

이경준이 따지듯이 말하자 양서희와 윤세미는 당황한 표정으로 아무 말도 못 했다. 곤란해하는 두 여자를 지켜보던 민희주가 손을 들었다.

"가물치의 일종이라면 그럴 수도 있죠. 가물치는 야행성이니까요. 게다가 이런 날씨에는 밤같이 어두운 편이라 출몰할 수 있지만, 바다에서 수영은커녕 물가에도 가지 않았다면 볼 일이 없었겠죠."

"대체 아까부터 왜 가물치, 가물치 하지? 바다에 무슨 가물치가 살아? 그리고 희주 학생은 초대도 안 받았는데 왜 온 거야? 아빠를 죽인 괴물 얘기는 또 뭐고."

이경준이 이번에는 민희주를 공격했다. 그러자 그녀가 눈을 크게 뜨며 말했다.

"제가 승진 오빠를 여기서 만난 건 정말 우연이에요! 아빠를 죽인 괴물 이야기는 정말이구요. 어렸을 때 제가 그 자리에 있었거든요. 그런 괴물이 또 출몰했을 만한 뉴스 등을 수시로 확인하고 있었는데, 제주도 서쪽 바다에서 이상한 바다뱀 같은 게 나타났다는 어부의 증언이 나온 뉴스를 발견했어요. 그것이 승진 오빠 아버님 실종 사건과 관계있었다는 건 나중에 알게 된 거구요."

"내가 만난 어부로부터 들은 '불을 뿜는 용' 얘기하는 거야?"

문승진이 묻자 민희주가 고개를 끄덕였다.

"응, 멸종되었다고 알려진 동물이 현대에 갑자기 발견되거나 하는 경우는 많아. 실러캔스처럼 말이야. 내가 고생물학을 공부하는 이유이기도 하지. 물론 시작은 아빠를 죽인 괴물을 찾는 데서부터였지만, 공부를 하다 보니 지구상에 우리가 모르는 생물은 얼마든지 존재한다는 것을 알게 됐어. 게다가 사람들이 몰랐던 신기한 동물이라면 충분히 연구할 가치가 있다고 생각해."

"그럼 네 생각은 어때? 아까 본 그 괴물 말이야."

“그 괴물은 내가 아는 지식상에는 없어. 더욱이 한반도 근해에 그 정도로 큰 물고기가 있다고는 생각하기 힘들어.”

“그 불을 뿜는 용이란 얘기는 뭐야?”

이경준이 물었다.

“사실은 말이죠, 그게…….”

문승진은 전날 만났던, 그 늙은 어부가 해 준 이야기를 그대로 전했다.

“설마, 그 괴물이 불까지 뿜는 건 아니겠지? 희주 학생은 어떻게 생각해?”

“저도 잘 모르겠어요. 하지만 정말 바다 한가운데에서 불이 났다면, 아까 말씀드렸듯 역시 메탄가스에 의한 발화일 가능성이 높아요. 예를 들어, 고기잡이배 전등의 스파크가 불씨가 되어 메탄가스에 불이 붙었을 수도 있고요.”

심각한 얼굴로 말한 민희주가 여전히 흐린 창밖으로 시선을 돌렸다.

13

어느덧 날은 어두워졌지만 사람들은 계속 거실에 앉아 있었다. 그 누구도 먼저 방에 가서 쉬려고 하지 않았다.

"내가 한마디만 하자."

고명수가 사람들의 얼굴을 둘러보며 말했다.

"지금 다들 이러고 있는 이유가 우리 중 누군가가 범인일지 모른다고 의심해서인 것 같은데. 좋아, 범인이 어떤 미친놈인지는 모르지만 앉아서 당할 수만은 없지. 이제부터 단독 행동은 삼가고 꼭 단체로 움직이자."

"당연히 그래야 할 겁니다."

사람들이 고개를 끄덕였다.

“희주야.”

“응?”

문승진이 민희주에게 물었다.

“토끼호 말인데, 정말 메탄가스 때문에 가라앉은 걸까?”

“글쎄, 그 역시 하나의 가설일 뿐이긴 한데……. 생각해 보니 약간 이상한 부분이 있어.”

“뭐가?”

“메탄 수화물은 대개 해류가 정체된 곳에 잘 깔리거든. 특히 해저 분지 일대에 말이야. 예를 들어 흑해는 막힌 바다라 아예 무산소층, 즉 산소가 없는 곳도 있어서 메탄가스가 많이 깔려 있거든. 하지만 제주도 근해는 물살이 상당히 센 편이라 메탄가스가 수면에 그렇게 쉽게 올라올 수가 없어. 심해에 저장된 메탄가스가 어떻게 그렇게 직격으로 노출이 될 수 있었는지…….”

“그렇게 바다 밑에 깔린 메탄가스가 많아?”

“응, 흑해에도 메탄가스가 많이 깔려 있어. 성경에 보면 창세기의 노아의 방주 대목, 즉 창세기 7장 11절과 12절에 ‘큰 깊음의 샘들이 터진다.’는 구절이 있어. 그게 사실은 메탄가스 폭발로 인해 일어난 홍수라는 설도 있거든.”

“메탄가스 폭발로 홍수가 날 수 있어?”

옆에서 듣고 있던 양서희가 물었다.

“그럼, 지진이나 화산 때문에 메탄가스가 폭발하면 물이 넘쳐서 지진 해일보다도 더 큰 파도가 육지를 때릴 수도 있거든. 냄비에 물을 가득 부어서 끓이면 물이 펄펄 끓어 넘치는 거랑 비슷한 현상이지. 탄산음료가 든 병을 흔들었을 때가 더 적절한 예가 되려나."

"지진 해일? 아, 그 쓰나미 같은 거 말이야?"

"맞아. 그리고 홍수뿐만 아니라 다른 재해를 야기할 수도 있어. 1986년 카메룬 니오스호수에서의 사건도 유명하지."

"니오스호수? 거기서 무슨 일이 있었는데?"

"니호스호수는 고산 호수인데, 산 밑에 있던 마그마 때문에 호수 바닥에 이산화탄소가 깔리게 됐어. 그런데 지진으로 인해 그 이산화탄소가 폭발하듯 호수 밖으로 솟아오른 거야. 아까 말한 대로 샴페인이나 탄산수 병을 흔들었다가 열었을 때와 같은 일이 발생한 거지. 그런데 공기보다 무거운 이산화탄소가 산을 따라 내려가면서 근처의 생명체를 몽땅 질식사시켜 버렸대. 사람도 1,700여 명이나 죽었다는 기록이 남아 있어."

"그것참 무서운 일이군요."

한주호가 중얼거리자 민희주는 미소를 지으며 설명을 계속했다.

"메탄가스 역시 이산화탄소랑 비슷해요. 대량의 메탄가스가 끓어오르면 그 여파로 엄청난 해일이 일어나죠. 메탄가스 자체는 공기보다 가볍지만, 수분이랑 섞이면 무거워져 육지를 덮을 수도 있고, 그러다가 적당한 농도일 때 불씨를 만나 폭발하기라도 하면 육지가 몽땅 불바다가 될 수도 있어요."

"지옥이 연상되는군요."

"맞아요, 지옥이 따로 없죠. 메탄가스 자체도 강력한 독가스이면서 또 지구 온난화의 주범이거든요. 5천 5백만 년 전 신생대 팔레오세 말의 멸종도 메탄가스 때문에 지구 온난화가 극에 달해서 일어난 거라고 해요."

옆에서 흥미롭게 듣고 있던 심지윤이 질문을 했다.

"팔레…… 뭐 아무튼 그때, 왜 메탄가스 농도가 높아진 거죠?"

"그 무렵, 인도판이 아시아판과 충돌하면서 히말라야산맥이 형성됐는데요. 이때 해저층이 위로 올라오면서 수화물 형태로 깔려 있던 메탄가스가 높아진 온도와 낮아진 압력 때문에 모두 유출되었기 때문이라고 해요."

"상상만 해도 엄청날 것 같군요."

"메탄가스 농도가 공기 중에 5~15%가 되었을 때 불씨를 만나면 폭발할 수도 있거든요. 빙하에 녹아 있는 메탄가스가 모두 폭발할 경우, 그 위력은 전 세계에 있는 핵폭탄을 동시에 터뜨린 것의 10만 배나 된다는 얘기도 있어요."

"우와~ 핵폭탄의 10만 배? 도대체 그게 어느 정도야. 상상도 안 돼요."

"물론 이건 최악의 시나리오고, 그런 일이 발생할 확률은 희박하니까 너무 두려워하실 필요는 없어요. 다만 중요한 건, 그런 원인들로 바다의 온도가 오르면 그만큼 산소가 덜 녹게 된다는 거예요. 쉽게 말해, 육지는 물론이고 바다의 공기도 매우 나빠진다는 얘기죠. 그런 악순환을 통해 메탄가스가 폭발하는 재난도 발생할 수 있다는 거죠. 그래서 지구 온난화가 불러올 수 있는 가장 큰 재앙 중 하나가 메탄가스 폭발이라고 하는 사람도 있어요."

"고생물학을 공부하려면 별걸 다 알아야 되는구나. 환경 문제까지 신경 써야 하고."

"고생물학 하는 사람들을 보고 '어린애처럼 공룡 같은 것만 좋아하느냐'는 사람들도 있는데, 그런 건 잘 모르고 하는 소리예요. 고생물학은 지구와 그 생물에 대해 연구하는 학문이고, 이를 통해서 미래도 예측할 수 있어요."

"뜻은 좋은데, 요즘처럼 경제 불황 시대에 순수 학문은 먹고살기 힘들 것 같은데. 돈벌이도 안 되잖아."

이경준의 말에 민희주가 미소를 잃지 않고 말했다.

"돈벌이도 중요하지만, 인간의 삶을 위해 이런 학문은 꼭 필요한 거잖아요. 어차피 누군가 해야 하는 것이고요."

그녀가 잠시 뜸을 들이다가 말을 이었다.

"어린애 같다는 말 때문에 생각났는데, 벌써 15년쯤 됐네요. 제가 초등학교 1학년 때였으니까요. 그때 저는 산골에서 살았어요. 그것도 꽤 촌이었죠. 정말 아름다운 기억들이 많아요. 그 일이 있기 전까지는요."

"그 일?"

"네, 아까 말씀드렸던……. 아빠를 죽인 괴물 얘기를 했잖아요. 지금도 생생해요. 어젯밤 같은 엄청난 폭우가 며칠씩 내렸죠. 산마다 폭포가 몇 개씩이나 새로 만들어질 정도였거든요. 그날은 비 때문에 다리가 거의 물에 잠기기 직전이었어요. 개천을 건너려고 하는데 아빠가 마침 오셔서 우리를 업어서 건네 주셨죠."

민희주는 표정이 갑자기 어두워지면서 슬픔에 찬 목소리로 말했다.

"그렇게 우릴 건네 주시고 돌아가려고 하는데, 갑자기 뭔가가 물속에서 튀어나와 아빠를 물고 들어가 버렸어요. 그리고…… 나중에 시체로 발견됐죠."

"그 괴물이 오늘 본 놈하고 같은 건가요?"

"그건 잘 모르겠어요. 워낙 어렸을 때 일이고 갑작스러운 아빠의 죽음으로 찾아온 슬픔조차 감당하기 힘들었거든요. 아무튼 그 일이 있고 저는 엄마랑 다른 곳으로 이사 갔어요."

민희주가 씁쓸한 미소를 지었다.

"지금 생각해 보면, 그 일이 제 인생을 결정지었던 것 같아요. 몇 년 동안 저는 세수도 못 할 정도로 물 공포증에 시달렸지만, 반드시 그게 뭐였는지 밝히고 싶었어요. 그러면서 괴생명체나 물고기 등에 관심을 갖게 되었죠. 그냥 생물학보다는 고생물학 쪽이 적성에 맞는 것 같아 그 길을 택했고, 나중에는 그때 봤던 괴물의 존재를 알고 싶어서 세계에 있는 민물고기 중 몸이 커다란 놈에 관해서 조사했어요. 하지만 그때 봤던 괴물로 여겨지는 것은 아직 발견하지 못했어요."

"그러니까 고생물학을 선택한 것도, 괴생명체 뉴스를 수시로 확인하는 것도 다 그런 경험 때문이었구나."

양서희의 말에 민희주가 고개를 끄덕였다.

"그래서 솔직히 승진 오빠 아버님께서 실종됐다는 얘기를 듣고 남의 일 같지 않았어. 오빠가 아버님의 실종 사건을 조사하러 제주도까지 내려온 것도 충분히 이해해. 상황이 이렇게 되긴 했지만, 아버님을 찾는 데 도움을 주고 싶었어."

"희주야, 나는 그것도 모르고……."

처음에 희주에게 모질게 굴었던 것을 떠올린 문승진은 후회와 함께 미안한 마음이 들었다.

"승진 오빠, 아까 가설이라고는 했지만, 생각해 보니 그 배가 그렇게 순식간에 가라앉은 건 역시 메탄가스 때문인 것 같다는 느낌이 강하게 들어. 그리고 그 영상에 나타난 그 이상한 이빨의 괴물은 오늘 봤던 놈보다 훨씬 큰 놈이고, 메탄가스 분출과도 관련이 있을 것 같아. 또한 불을 뿜었다는 얘기를 생각하니 그 괴물은 메탄가스를 마음대로 조종하는 능력이 있는 것 같아. 그렇다면 배가 가라앉은 것도 설명이 되거든. 어떤 방법이었는지는 전혀 짐작이 안 되지만……."

“그렇다면 혹시 저 살인마와 괴물도 관계가 있을까? 혹시 그 살인마가 괴물을 어디서 데려와서 이 섬에 풀어 놓은 건 아닐까?”

“글쎄, 가능성은 있겠지만, 만약 그렇다면 어째서 그런 짓까지 해 가며 우리들의 생명을 노리는 건지 그 이유가 더 궁금해지네.”

민희주는 다시 생각에 잠겼다.

14

시간은 흘러 밤이 깊었다. 사람들은 여전히 잠들지 못했지만 그렇다고 밤을 새울 수도 없었기 때문에 창문을 모두 단단히 잠갔는지 확인하고 일단 각자의 방으로 가서 자기로 했다.

날씨는 어제보다 나았지만 여전히 흐렸다. 내일이라도 구조선이 찾아오기를 기도할 수밖에 없었다. 흐리고 간간이 비가 오는 날씨지만 여름이라 밤에도 더웠다. 문승진은 목이 말라 방에서 나왔다. 부엌에 가 보니 이경준이 냉장고 문을 열고 안을 뒤지고 있었다. 문승진은 발소리를 죽이고 그의 뒤로 다가갔다.

"아저씨, 여기서 뭐 하세요?"

"헉! 깜짝이야. 승진이였구나."

그는 냉장고에서 무언가 먹을 것을 꺼내고 있었다.

"도저히 맨정신으로 있을 수가 없어서 이 집에 있는 양주를 좀 꺼내 마셨어. 양 박사가 서재 장식장에 모아 둔 게 생각나서 말이야. 안주를 좀 챙기고 있는데, 너도 마실래?"

가까이 가니 이경준에게서 술 냄새가 확 풍겼다.

"아니, 이런 상황에서 그렇게 술을 드시면 어떻게 해요. 그것도 남의 걸요."

"승진아, 너 솔직히 말해 봐. 모임에 문 대표님 때문에 나온 거 아니지? 그리고 우리가 이렇게 될 것도 알았지?"

"도대체 무슨 말씀을 하시는 거예요? 그리고 제가 이렇게 될 줄 어떻게 알아요."

"정말 아니야? 솔직히 난 지금 그 누구도 못 믿겠어. 장 팀장 그 사람도 기껏 원하던 연구를 할 수 있게 모든 것을 서포트해 줬는데, 갑자기 양 박사의 죽음과 함께 사라져서 사람 피 말리게 하더니 한참 후에 메일로 연락해서 뭐? 낚시 모임에 나와야 연구 자료를 구할 수 있다고? 나 참 기가 막혀서. 아무튼 그래도 아쉬운 놈이 나라 일단 나갔지. 그런데 결국 이런 꼴이나 당하고 말이야. 정말 너무하는 거 아냐?"

"저도 도대체 뭐가 어떻게 돌아가는지 모르겠어요. 전 정말 실종된 아버지 찾으러 모임에 참석한 것뿐이에요. 원래 모임에 참석하기로 한 사람은 아버지밖에 모르고 무작정 온 건데……."

이경준이 문승진의 눈을 뚫어지게 노려보았다. 마치 상대가 진실을 얘기하는 건지 아닌지 확인하려는 것 같았다.

"좋아. 그럼 너한테만 얘기해 줄 게 있어. 나, 사실은 바다낚시 하다가 이 섬에 오게 될 거라는 거, 알고 있었어. 물론 과정은 정확하게 몰랐지만, 장 팀장이 나에게 보낸 메일에 바다낚시를 하다가 아귀도에 가게 될 것이니 도착하면 '아귀 수컷'에서 보자고 했어. 그곳에서 연구 자료를 찾을 수 있을 거라고 말이야."

"네? 갑자기 그게 무슨……. 아귀 수컷이라뇨?"

이경준은 문승진의 질문도 무시하고 말을 계속했다.

"나는 장 팀장이 먼저 이 섬에 와서 나를 기다리고 있을 줄 알았어. 그런데 참석한 인원들을 보고 놀라 자빠지는 줄 알았지 뭐야. 내가 가장 먼저 도착해서 하나씩 카페에 들어오는 걸 봤는데, 하나같이 문진플랜트와 관련이 있는 사람이란 말이지. 그리고 다들 나처럼 연구 자료를 미끼로 불러 모았다는 것을 알고 장 팀장한테 강한 배신감을 느꼈어. 만약 이 섬에서 장 팀장을 만나면 도대체 무슨 생각으로 그런 짓을 한 거냐고 따지고 싶었어. 그런데 장 팀장이 나타나기는커녕 사람들이 하나씩 죽어 나가지 않나, 이상한 괴물이 출몰하지 않나."

"그럼 모두에게 솔직히 얘기하고 상의해 보는 건 어떠세요? 그리고 혹시 이것이 장 팀장님에 의한 함정이라면 그 이유가 뭔지 짐작 가는 게 없으세요?"

"그러니까 그걸 모르겠다니까. 혹시 장 팀장이 양 박사를 포함해서 이 연구에 관해 아는 사람들을 전부 제거하고 독식할 목적이 아닐까도 생각해 봤지만, 고 대표나 이혜선 기자 같은 경우는 이번 연구에 대한 정보가 거의 없을 텐데 일부러 그걸 알렸다는 게 이해가 안 돼. 원래 참석하기로 했던 문 대표님도 마찬가지고 말이야. 이 사업은 전부 내가 은밀하게 진행했던 거라 외부에 유출되지도 않았고, 장 팀장이 메일로 알리지만 않았어도 저 사람들이 이렇게 오지도 않았을 거란 말이야. 아무튼 난 저 사람들은 절대 못 믿겠어. 괜히 얘기했다가 명을 재촉하게 될 것 같다고."

"그럼 살해당한 신석기 씨와 자살한 박선주 씨는요?"

"응, 그 사람들도 사실은 제거 대상에 포함시키기는 애매해. 연구 내용을 알고 있긴 하지만 장 팀장을 잘 따르던 사람들이고 사업적으로도 방해가 되는 존재도 아니거든."

"그렇군요."

"그리고 나 아까 혹시 연구실 문 비밀번호에 관한 단서가 있을까 해서 등대 말고 이 집에 있는 양 박사 서재에 갔다가 발견한 게 있어. 그걸 보고 너무 무서워서 도저히 참지 못하고 이렇게 술을 마신 거야."

"네? 서재에서 뭘 발견하셨다고요? 그게 뭐죠?"

"그건……. 아무튼 내가 알기론 너는 해당이 안 돼. 그래서 너를 의심했던 거야."

"네? 그게 무슨 말씀이시죠? 해당이 안 되는 건 뭐고, 저를 의심하셨다는 건 뭐죠? 저는 하나도 못 알아듣겠어요."

"그걸 정말 몰라? 너 혹시 나를 떠보는 거 아니지? 정말 모른다면 네 스스로 한번 찾아봐. 알고 있다면 내가 말해 줄 필요도 없을 테니 말이야. 그럼 나는 간다. 혼자 틀어박혀서 구조선이 올 때까지 있을 테니까 건드리지 마."

이경준은 냉장고 옆 찬장에서 비상식량 겸 안주인 통조림과 육포 등을 꺼내고 냉장고에서 물 세 병을 꺼낸 다음 부엌을 나갔다.

"어디 가세요?"

"따라오지 마!"

이경준은 1층 구석에 있는 서재로 들어가더니 문을 잠갔다.

"이렇게 혼자 계시면 오히려 위험합니다!"

문승진이 방 앞으로 가서 외쳤다.

"시끄러워!"

이경준이 소리치자 다른 방에서 사람들이 나왔다. 고명수가 혼내듯이 말했다.

"야! 자는데 왜 이렇게 소란이야!"

"이 서재에 누가 들어갔나요? 목소리 들으니 이경준 씨 같은데, 왜 혼자 이 방에 들어가신 거죠?"

양서희가 묻자 문승진이 고개를 저으며 말했다.

"저도 잘 모르겠어요. 술주정을 하는 건지 이상한 소리만 하세요. 그리고 아무도 못 믿겠다면서 저렇게 혼자 문을 잠그고……."

"됐어, 됐다고."

고명수가 문승진의 말을 끊고 타일렀다.

"자기만 살고 싶다고 저러는데 어떻게 말려. 그냥 두자고."

문승진이 답답한 마음에 문에 대고 말했다.

"좋아요, 계속 그러시면 나중에 경찰에게 아저씨가 가장 의심스럽다고 증언할 겁니다."

그 말에 자극을 받았는지 이경준이 화를 냈다.

"대체 그게 무슨 소리야! 내가 한 일이라고는 이 섬에 연구소 지은 것뿐인데!"

민희주가 문승진 옆으로 다가와서 끼어들었다.

"그렇다면 더욱더 이 섬에서 발생한 살인 사건에서 유력한 용의자라고 할 수 있어요. 어쩌면 섬 주인인 서희보다 더 의심을 받을 수도 있겠네요."

"말도 안 되는 소리 하지 마! 잘 들어. 내가 투자를 받아서 새로운 사업을 시작했고, 여기에 연구소를 세웠어. 하지만 은밀히 진행해야 했기 때문에 양 박사 이름으로 섬을 샀지. 연구에 대한 대가이기도 했고. 나는 돈만 대고 가끔 와서 연구 진행을 확인하기만 했단 말이야. 실제로 이 섬의 시설을 구축하고 운영한 건 그 두 사람이라고."

"그건 이미 아는 얘기잖아요."

"그게 다가 아니야. 죽은 저 연구원 둘도 비밀을 지키려고 했지만, 아무래도 다 소용없는 것 같으니 말하지. 사실 장 팀장은 양 박사에게 도움을 청해서 그 괴물 물고기를 만들었어."

"네?"

놀란 문승진의 눈이 커졌다.

"고대 설화를 보면 용이 인광석을 먹고 그 가스를 이용해 불을 뿜는다고 하지? 그거랑 비슷한 거야!"

"뭐라고요? 갑자기 그게 무슨……."

"양 박사와 장 팀장은 여러 가지 물고기들의 유전자를 조합해서 새로운 물고기를 만들었어. 그 물고기는 심해에 내려가서 얼음 형태로 깔린 메탄 수화물을 먹고는 그것을 배 속에서 정제해 부레에 저장하지. 두 사람은 그 물고기가 물 밖에 있는 가스 저장 탱크에 메탄가스를 뱉어 내도록 만들었어. 그렇게 물고기를 유도하기 위해 무슨 약품 같은 것을 개발했다고 들었어. 아무튼 그 방법으로 보통 방법보다 훨씬 저렴하고 안전하게 메탄가스를 모을 수 있도록 한 거야. 그렇게 자연의 활동을 이용해서 메탄 수화물을 채취하는 변종 물고기를 사육하고 훈련시키는 것이 그 연구의 주요 내용이란 말이야."

술김에 마구 쏟아 내는 이경준의 말에 다들 놀라지 않을 수 없었다.

"지하 연구실에서 그 물고기들을 만들었고, 그 밑에 가면 그것들을 키우는 수조도 있어! 하지만 그다음은 나도 몰라! 자금이 모자란다고 해서 나도 돈 모으느라 애를 썼는데……. 아무튼, 그게 다야!"

"그럼 저 괴물은요? 저 괴물은 어떻게 된 거냐고요!"

"내가 어떻게 알아! 내가 본 변종 물고기는 저렇게 안 컸어. 자연 속에서 증식을 해서 괴물이 된 거 같아. 좌우간, 그 이상은 난 몰라! 이제 됐지? 나 혼자 조용히 쉬게 저리들 가!"

이경준의 말이 끝나자 문승진을 포함한 나머지 사람들도 어이가 없는 표정으로 한동안 서로의 얼굴만 보면서 침묵을 지켰다. 잠시 후 이경준을 제외한 사람들이 다시 거실로 모였다.

"솔직히 말씀하세요. 이 사실 알고 계셨던 분 더 있으세요?"

문승진의 질문에 다들 고개만 저었다. 양서희가 눈물 섞인 목소리로 말했다.

"우리 아빠가 저런 괴물을 만들었단 말인가요?"

민희주가 그녀를 위로했다.

"메탄 수화물 채취를 위해 변종 어류를 만드신 건 맞지만, 저 괴물은 통제를 벗어나 변이를 일으켜서 생겨난 거 같아. 양 박사님이 살아 계셨다면 막을 수 있는 거였을지도 몰라."

"그런데 이상해. 내가 가끔 섬 남쪽 절벽에서 수영을 했는데, 왜 그동안 못 봤지?"

"아까도 말했지만, 저 괴물이 야행성이라 그런 거 같아."

"그런 건가?"

"응. 서희 너는 밤에는 수영 안 하지?"

"응, 물론이지. 풀장이면 모르겠지만 바다는 너무 어두워서 방향을 잃을지 모르거든."

"윤세미 씨는요?"

"전 아예 수영을 못합니다."

"그런데 왜 이제 와서 저렇게 출몰하는 걸까요?"

이혜선이 의심스러운 표정으로 묻자 민희주가 답했다.

"저도 그건 잘 모르지만…… 물고기에게는 그게 있지요."

"그거라니, 그게 뭔가요?"

"산란기요. 제가 보기엔 어떤 경위로 연구소에서 배출된 다음에 어디 다른 데 이동해 살다가 알을 낳기 위해 이 섬으로 다시 돌아온 것 같아요. 최근에 이 섬 주변에서 갑자기 물고기가 잡히지 않기 시작했다면서요? 그게 다 그놈들 때문일지도 몰라요. 그 녀석이 다른 물고기를 모두 잡아먹은 거죠. 거기다 어미가 자기 알과 새끼들을 지키기 위해 굉장히 사나워진 것일 수도 있어요."

"그걸 내가 건드린 거네?"

문승진의 말에 민희주가 고개를 끄덕였다.

"응, 자신의 영역에 침입하는 외부의 존재에게 공격적이 되는 건 자연에서 수없이 많이 볼 수 있잖아. 게다가 그 상대가 먹잇

감의 조건을 갖추고 있다는 것을 인식한 육식 동물이라면 당연히 위협적이 되겠지. 승진 오빠 말대로 그 괴물 치어가 알을 먹으면서 자라고 있다면 그건 심각한 생태계 교란을 일으킬 수도 있어. 나중에 외부에서 접근이 가능해지면 해양 전문가들을 다 모아서 이 섬을 샅샅이 수색해야 할 거야."

고명수가 인상을 썼다.

"수색하다가 다 잡아먹힐 거 같은데? 아니, 그전에 우리가 먼저 다 죽게 생겼잖아, 이거."

그때 문승진이 문득 뭔가 생각난 표정으로 말했다.

"희주야."

"응?"

"아귀 수컷이 어떻게 생겼지?"

"수컷 아귀 말이야?"

"응."

"아귀는 세상에서 암컷과 수컷의 생김새 차이가 가장 큰 동물 중 하나야. 우리가 그동안 보아 온 아귀는 전부 암컷이란 거 알아? 암컷은 60cm 정도까지도 자라는데 수컷은 2cm 정도밖에 되지 않아."

"그렇게 작아?"

"응, 수컷은 어두운 심해에서 돌아다니다가 암컷을 찾으면 달려가서 자기 입을 암컷의 몸에 대고 달라붙은 뒤 자기 혈관을 연결시켜 피를 빨면서 살아. 수컷이 하는 일은 암컷이 알을 낳을 때 수정해 주는 게 전부야. 심해에서는 짝을 만나기가 쉽지 않기 때문에 그런 방식으로 진화했다고 여겨져."

심지윤이 흥미롭다는 표정으로 중얼거렸다.

"저런, 세상에서 제일 팔자가 좋은 동물이네요."

"그렇지만도 않아요. 결국 자기 눈, 자기 뇌, 전부 녹여서 암컷 몸에 완전히 흡수돼 버리거든요. 그런데 갑자기 아귀 수컷은 왜?"

"사실은 아까 이경준 아저씨가 그랬거든. 장태민 팀장이 이 섬에 오게 될 거라고 알려 줬고, 도착하면 아귀 수컷에서 만나자고 했다고."

이경준으로부터 들은 얘기를 털어놓은 문승진이 양서희에게 물었다.

"서희 씨, 아귀 수컷이 어디 있어요?"

"거긴 창고 앞에 있는 곳이에요. 아빠가 전에 거길 찍은 사진을 보내 주신 적이 있어서 기억해요. 여기가 아귀도고, 아귀 수컷처럼 달라붙어 있다고 해서 그렇게 이름 붙였대요."

"아, 창고 갔을 때 본 기억이 나네요."

"네, 거긴 썰물 때만 건너갈 수 있어요. 아침에 썰물이니……."

고명수가 급히 관심을 보였다.

"그럼 아침에 모두 거기로 가 보자. 거기서 연구 자료를 찾을 수 있다잖아."

이혜선이 불만스러운 표정을 지었다.

“대표님은 아직도 그 연구 자료에 집착하시는군요. 그리고 그걸 찾으러 전부 가야 하는 건가요?”

“전부 가야지. 다 함께 움직이기로 했잖아. 솔직히 나 혼자 가고 싶지만, 괴물에 살인마에…… 어쩔 수 없이 다 같이 움직여야 해.”

문승진이 고개를 끄덕였다.

“좋습니다. 내일 아침 일찍 출발하죠.”

15

일찍 일어나서 나갈 준비를 한 문승진은 이경준이 틀어박혀 있는 서재 문 앞으로 갔다.

“아저씨! 저희 모두 같이 아귀 수컷으로 가기로 했는데 같이 안 가실래요?”

“난 안 가! 나가면 언제 당할지도 모르는데 내가 미쳤어? 그리고 자는데 깨우지 마! 아이 씨, 이제 겨우 잠들었는데!”

이경준이 귀찮아하는 말투로 단박에 거절했다.

“그래도 혹시 연구 자료를 발견할지도 모르잖아요.”

“지금은 내가 사는 게 더 중요해. 필요 없으니 꺼져!”

문승진은 씁쓸한 표정을 지으며 돌아섰다.

그들은 간단히 아침 식사를 한 후 출발했다. 이제 하늘에는 구름만 있을 뿐 비는 내리지 않았다. 하루 이틀 안에는 서귀포항으로부터 배가 올 거라는 희망이 생겼다. 전날 갔던 창고 방향의 길을 걷고 있는 이들의 얼굴도 조금은 밝아져 있었다. 잠시 후, 일행은 창고에 도착했고 그곳에서 양서희가 알려 준 아귀 수컷이라는 곳을 찾을 수 있었다.

"바로 저기군요."

때마침 썰물이라 그곳까지 걸어서 건너갈 수 있었다. 앞장서서 건너간 문승진은 근처를 둘러보다가 일단 그 곶으로 이어진 길 입구에 있는 가장 높은 바위에 기댔다. 같이 걷던 심지윤이 두리번거리며 말했다.

"이 근처에 뭐가 있다는 건가요? 여기는 뭐, 아무것도 모르겠네요. 이경준 씨가 그 장태민 팀장이라는 분을 언제 만나기로 했다고 얘기해 주던가요?"

"아뇨, 그것까지는……."

뒤따라오던 양서희가 일행을 둘러보았다.

"밀물이 되면 길이 끊기니까 서두르시는 게 좋을 겁니다."

"아, 그런가요? 그럼 빨리 보고 가죠. 이러다 그 괴물이라도 나타나면 어떡해요."

이혜선의 말에서 '괴물'이라는 단어가 나오자 다들 약간 움찔했다.

"한주호 씨, 여자분들하고 여기서 기다려. 괴물이 무서우면 안 가는 게 낫지."

고명수가 목에 힘을 주며 말했다.

"우르르 갈 필요는 없을 것 같고, 별 관심 없는 사람도 있으니까 우리만 갔다 올게."

고명수, 심지윤, 문승진 셋이 곶 쪽으로 이동했다. 약간 더 들어간 곳에서 심지윤이 바닥이 움푹 들어간 곳을 가리켰다.

"이게 뭐죠?"

그가 가리킨 곳에는 X자 표시가 되어 있었다. 고명수가 그것을 보며 말했다.

"여기서 만나자는 표시인가? 아니야, 이런 표시라면 이 밑에 뭔가 있단 뜻 같은데……."

그때였다. 뭔가 육중한 것이 바닷속에서 기어 나왔다.

"응? 뭐야?"

그것의 등에서 돛 같은 게 솟아올랐다. 지난번에 문승진을 삼킬 뻔했던 바로 그 괴물이었다. 괴물이 조금씩 다가오자 그 거대한 입과 뾰족한 이빨까지 눈에 들어왔다.

"이런, 호랑이도 제 말 하면 나타난다더니. 튀어!"

아귀 수컷에 도착하자마자 기다렸다는 듯이 나타난 괴물을 만난 이들은 황급히 몸을 돌렸다. 그때 문승진이 두 사람에게 말했다.

"두 분은 저쪽으로 피하세요."

"왜?"

"아무래도 제가 좀 더 빠르니까 유인해 볼게요."

문승진은 일단 높은 곳에 올라갔다가 얕은 바닷물 위로 뛰어내렸다. 그러자 괴물도 몸을 돌려 미끄러져 내려왔다. 괴물이 느리게 움직이는 사이 달아나려는 속셈이었다. 문승진이 이때다, 하고 뛰려는 찰나, 뭔가가 어깨를 강하게 내리치는 충격에 나가떨어지고 말았다.

"으윽!"

괴물의 꼬리에 맞은 것이었다. 우연이었는지 계획적이었는지는 모르지만, 괴물이 내려오면서 꼬리로 문승진을 쳤다. 빗맞아서 그나마 다행이었지 제대로 맞았다면 그의 뼈는 완전히 부러졌을지도 몰랐다.

하지만 아직 살았다고 안심하기에는 일렀다. 괴물이 어느새 엄청난 속도로 다른 두 사람을 쫓고 있었다. 그들은 승진이 유도한 틈을 타서 입구 쪽으로 가려고 했지만 팔딱거리며 이동하는 괴물의 속도는 자동차처럼 빨랐다. 직진으로 갔다간 금방 따라잡힐 테니 주변을 빙글빙글 돌 수밖에 없었다. 그러다 두 사람은 겨우 몸을 추스르며 일어난 문승진과 마주치게 되었고 그들을 향해 다가오는 괴물이 입을 크게 벌렸다.

크아아악!!

그때 심지윤이 보조 가방에서 가스총을 꺼내 괴물에게 쏘았다. 그러자 매운 가스에 자극을 받은 괴물이 멈칫했다. 그 틈을 이용해 그들은 다시 입구 쪽으로 뛰었다. 하지만 괴물은 지체 없이 그들을 다시 쫓기 시작했는데, 가스총 때문에 화가 났는지 더욱 난폭해져 있었다.

크아악!!!!

"더 빨리! 빨리 뛰어요!"

곳 입구에 있는 여자들은 이쪽을 향해 소리 지르며 발을 동동 굴렀고, 세 사람은 곳의 입구 쪽으로 죽을힘을 다해 달려갔다. 그때 괴물이 펄쩍 뛰어올랐다.

"헉!"

괴물이 몸을 날려 그들이 가는 방향을 가로막자 급정거를 한 세 사람은 다시 방향을 바꿔 달리기 시작했고 괴물 역시 맹추격을 했다. 얼마쯤 왔을까, 한참 달리던 고명수가 갑자기 몸을 돌리더니 바지에 달린 큰 주머니에서 뭔가를 꺼냈다. 그리고 그것이 불을 뿜었다.

땅!!

지축을 울리는 소리에 문승진이 놀라 쳐다봤다. 고명수가 손에 들고 있는 것은 권총이었다.

땅!

권총이 한 번 더 불을 뿜자 마치 라이터 불이 켜지듯 갑자기 괴물의 입 주변에서 불이 확 퍼졌다. 그리고 놀란 괴물이 몸을 틀면서 꼬리를 바닥에 내리쳤다.

콰광!!!

순간 그 자리에서 화산이 폭발했나 할 정도로 강한 불꽃이 솟아올랐다.

크아악!!

그 폭발의 반동에 튕긴 괴물이 몸을 앞으로 뒤집었다가 다시 세우더니 어리둥절한 느낌으로 폭발한 곳을 보았다. 그리고 그대로 바다 쪽으로 몸을 돌려 물속으로 풍덩 뛰어들었다. 괴물이 사라지자 그것을 지켜보던 사람들은 다리에 힘이 풀려서 그 자리에 주저앉았다.

“대표님, 저긴 그 X자 표시가 있었던 곳 맞죠?”

심지윤이 고명수를 향해 물었다.

“그러게. 그게 지뢰를 묻어 놨다는 표시였나 봐. 그걸 저놈이 꼬리로 밟은 거야.”

고명수가 얼떨떨한 표정으로 말한 후 그쪽으로 걸어갔다. 다른 사람들도 마치 약속이라도 한 듯 그곳으로 모였다. 그 주변에 파편이 널려 있었다.

“이럴 수가, 자칫했으면 큰일 날 뻔했네요. 이런 곳에 지뢰가 설치되어 있었다니!”

민희주가 신기하다는 표정으로 말했다.

“누군가 저걸 밟기라도 했다면……. 아, 이게 바로 약속 장소로 정한 이유인지도 모르겠네요. 그러니까 이경준 씨를 죽이기 위해 설치해 놓았다는 얘긴데…….”

“아무튼, 괴물이 다시 나타날지 모르니까 빨리 돌아갑시다.”

한주호가 말하자 다들 고개를 끄덕이더니 숙소로 발길을 재촉했다.

“대표님! 그런데 웬 총입니까?”

한참 가던 도중 심지윤이 물었다.

“어? 이거? 그냥 아는 사람에게서 받은 거야.”

고명수가 권총을 들어 보이자 한주호가 의심스러운 눈빛으로 쳐다보았다.

“왜 그걸 여기까지 가져오셨죠?”

“그야 물론 호신용이지.”

민희주가 눈살을 찌푸렸다.

“아니, 경호원도 모자라서 권총까지……. 그거 불법 아닌가요?”

“저…… 대표님.”

심지윤이 조심스럽게 말을 꺼냈다.

“응?”

“총 같은 거 가지고 계시면 위험합니다.”

“이봐! 이런 상황에서 내 몸은 내가 지켜야지, 안 그래? 방금도 그 괴물을 내가 퇴치한 거 몰라? 승진이도 내가 구해 준 거라고.”

“그래도 총은 위험하니 어디에 따로 보관하는 게 좋겠습니다.”

"자네 내 경호원 아냐? 이럴 땐 내 편 들어 줘야 하는 거 아니냐고? 난 이거 절대 내 손에서 못 떼! 이럴 때일수록 더더욱!"

막무가내인 고명수가 당장이라도 그 총을 쏠 것처럼 손에 들고 말했다.

"아니, 이럴 때가 아니지. 이경준, 그 사람한테 가서 자세히 좀 물어봐야겠어. 장태민 팀장으로부터 따로 들은 얘기가 있다면 뭔가 더 알고 있을지도 모르잖아."

일행은 이어지는 길 위에 점점 물이 차오르는 아귀 수컷을 뒤로하고 숙소로 향했다.

16

"으아아악!"

사람들이 집에 거의 도착했을 때 집 안에서 찢어질 듯한 비명이 울렸다.

"이경준!"

고명수가 외쳤다. 사람들은 현관문을 열자마자 그가 있는 서재로 달려갔다.

"이봐, 이경준! 무슨 일이야! 어?"

고명수가 이경준이 들어가 있는 방문을 거칠게 두드렸다.

"아아아악!"

비명에 이어 우당탕하며 뭔가 쏟아지는 소리가 들렸다. 그리고 타는 냄새와 함께 화재경보기가 울렸다. 문승진이 소리쳤다.

"아저씨! 어서 문 열어요!"

"비켜!"

고명수가 그를 밀치고 권총을 꺼내 문의 잠금 장치를 겨눴다.

빵!!

귀청을 울리는 총소리가 나면서 매캐한 연기가 복도에 확 퍼졌다. 이윽고 옆에 있던 심지윤이 발로 문을 걷어찼다. 문이 열리며 방 안의 공기와 함께 화약하고 불길이 밖으로 향했다.

"피해!"

모여 있던 사람들은 반사적으로 두 팔로 얼굴을 가리고 빠르게 뒷걸음질했다. 물러서서 안을 들여다본 순간, 모두 눈이 휘둥그레졌다. 방 안에는 온몸에 불이 붙은 사람이 쓰러져 있었다.

"옆으로 나와 보세요!"

문승진이 소리치더니 복도에 있던 투척용 소화기를 들어 그 방에 던졌다. 방은 곧 하얀 거품과 연기로 가득 찼다. 매캐한 연기 때문에 사람들이 기침을 했다.

"켁, 켁!"

"전등 스위치 밑에 환풍기 스위치가 있어요!"

양서희의 말에 문승진이 얼굴을 가리고 방으로 들어가서 그것을 눌렀다. 그러자 환풍기 돌아가는 소리와 함께 연기가 빠졌고 방 안의 모습이 드러났다.

"꺄악!"

방 안을 본 사람들은 모두 아연실색한 표정이었다. 섬에 도착하고 두 건의 죽음이 있었지만 이번은 더욱 끔찍하고 처참했다. 이경준은 이미 타서 새카맣게 변한 상태였다. 고명수가 멍한 표정으로 중얼거렸다.

"세상에, 이게 어떻게 된 거야? 이 사람도 자살한 거야?"

민희주가 소매로 코와 입을 가리고 안으로 들어가서 둘러보았다.

"이게, 다 뭐죠?"

바닥에 여기저기 시커멓게 탄 책들이 널브러져 있었다. 몸에 불이 붙어서 난동을 치다가 책꽂이에 있는 책들을 마구 뽑아서 헤쳐 놓은 것 같았다. 이것이 좀 전에 들렸던 무언가 쏟아지는 소리의 정체였다. 고명수가 어이없다는 듯 말했다.

"이 사람이 술 처마시고 혼자 틀어박혀 있더니 갑자기 미쳐 버린 거 아냐?"

"아참, 그러고 보니 이경준 씨가 어제 이 서재에서 무슨 책을 들고 열심히 보고 있던 게 생각나네."

이혜선의 말에 민희주가 물었다.

"네? 혹시 그게 무슨 책이었는지 기억나세요?"

"글쎄, 제가 지나다가 문이 열려 있길래 누가 있나 해서 봤더니 이경준 씨더라고. 아마 그때 들고 있었던 책이…… 아, 생각났다. 『멸종의 역사』였어. 이 상황에 무슨 공부를 하나 해서 이상하게 생각했던 게 기억나."

문승진이 고개를 끄덕였다.

"『멸종의 역사』라고? 그런 책은 희주 네 전공 아니야?"

"그 책이라면 어떤 내용인지 대충 꿰고 있긴 하지. 그런데 왜 그분이 그 책을 보고 있었을까?"

"아참, 어제 아저씨가 그랬어. 혹시 연구실 문 비밀번호에 관한 단서가 있을까 해서 이 서재에 갔다가 발견한 게 있다고. 그런데 그걸 보고 너무 무서워서 술을 마셨다고 했어."

"뭘 발견했다고 했는데?"

"그걸 절대 얘기를 안 해 주더라고. 다만, 이런 얘기는 했지. 나는 해당이 안 돼서 나를 의심했다고. 그게 무슨 뜻인지 모르겠다고 했더니 알고 싶으면 직접 찾아보라더군."

계속해서 늘어만 가는 수수께끼들로 머리만 더 복잡해진 사람들은 일단 방 안을 살펴보기로 했다.

"도대체 이게 무슨 일이죠?"

이혜선이 눈을 크게 뜨고 물었지만 아무도 그 질문에 대답할 수 없었다. 고명수가 고개를 저으며 말했다.

"문까지 잠가 놓고 아침까지 아무 일 없었는데, 갑자기 자기 몸에 불을 붙여 자살을 해? 뭐가 어떻게 된 건지 모르겠네."

민희주가 방을 둘러보았다.

"흐음……. 방 안에는 선풍기 외에 특별히 사용한 전기제품은 없네요. 이런 날씨에도 누가 침입할까 봐 창문도 안에서 다 잠가 놨고. 그러고 보니 우리가 들어가기 전까지 환풍기도 꺼져 있었다는 얘긴데. 어? 이게 뭐지?"

"뭐가?"

방구석의 책상 뒤에는 탁상 달력과 함께 『제주도 바닷물고기』라는 책이 한 권 떨어져 있었는데 불에 탄 흔적 없이 깨끗했다.

"이 책은 책상이 불길을 막아 줘서 안 탔나 봐요."

"그렇군."

"이 책은 도감 형태인데. 그러고 보니 신석기 씨 말이 생각나네요, 비밀번호 만들 때 양 박사님이 도감을 본다고 했던."

"그럼 그 도감이 이 책일까?"

"글쎄요, 일단 좀 살펴볼게요."

이경준의 시체는 방 안에 둘 수 없어서 옮겼다. 남자들이 시체를 운반해 지하실 냉동고에 넣었다. 그러고 나서 사람들이 다시 거실에 모였다. 고명수가 불만스러운 말투로 한마디 했다.

"이경준 그 친구, 뭣 때문에 그렇게 겁을 먹고 틀어박힌 거지?"

한주호가 진지한 표정으로 말했다.

"혹시 유령이라도 본 게 아닐까요? 신석기 씨를 죽인 사람이 이경준 씨인데 그분의 유령이 나타나서……."

"뭐? 유령? 괜히 그런 말로 사람 겁주지 마, 이 사람아. 어서 빨리 이 저주받은 섬에서 나갈 방법이나 생각하자고, 알았어?!"

"대표님, 대표님 말씀이 맞긴 하지만, 그러기 위해서는 먼저 이렇게 된 원인을 알아내는 게 중요하다고 생각합니다. 그러니까……."

문승진은 도움을 청하는 눈빛으로 민희주를 쳐다봤다. 그녀는 아까부터 책상에 있던 달력과 도감을 들여다보고 있었다. 그가 자신에게 눈치를 보내는 것을 알아차린 민희주가 고개를 들었다.

"네, 일단 지금 상황에서 쌓인 수수께끼를 풀려면 연구실 문을 열어야만 할 것 같습니다. 그래야 뭔가 단서를 얻을 수 있을 것 같아요."

민희주는 그렇게 말한 후 다시 열심히 도감에 집중했다.

"그 연구실 문은 총알에도 뚫리지 않잖아. 방법은 비밀번호를 알아내는 것밖에 없는데 그걸 어떻게 찾죠?"

고명수 들으라는 듯이 '총알'을 강조한 이혜선이 그를 힐끗 보곤 말을 이었다.

"그냥 구조선이나 찾아오는 배를 기다렸다가 본격적인 수사는 경찰에게 맡기는 것이 좋지 않을까요?"

"이 기자, 그때까지 어떻게 기다려? 오늘 괴물 봤잖아. 그놈이 땅 위에서도 팔딱거리며 돌아다니는 거 말이야. 아까는 정말, 그놈 때문에 인생 쫑 나는 줄 알았다니까. 얼마나 간 떨렸는 줄 알아? 그놈의 경찰 수사 기다리다가 다 죽게 생겼다구."

"저도 대표님 말씀에 동의합니다. 기자님이 경찰 수사 말씀하셨는데, 저는 경찰 안 믿어요. 경찰이 수사를 제대로 했으면 제가 제주도까지 오지도 않았을 겁니다."

문승진의 말에 이혜선이 입을 쭉 내밀더니 시선을 돌렸다.

"이제 우리는 뭘 하면 좋을까요?"

심지윤의 말에 민희주가 고개를 들며 모두에게 제안했다.

"자, 이제 다 같이 내려가서 연구실 문을 한번 열어 보는 게 어떨까요?"

"뭔가 찾아내셨나요?"

"이제부터 찾아야죠."

"아무 단서도 없이 어떻게요?"

"뜻이 있는 곳에 길이 있다고 하잖아요."

"너무 막연한 소리군요. 아무튼 가 봅시다."

"아참, 저는 그 전에 잠깐 볼 곳이 있으니 먼저 내려가세요."

민희주가 말하더니 급히 집 밖으로 나갔다. 나머지 사람들은 지하에 있는 연구실 문 앞으로 이동했다. 역시 금고라는 표현이 딱 맞을 정도로 튼튼하고 육중한 문이 눈앞에 버티고 있었다. 연구실 문 옆에 있는 키패드는 마치 핸드폰 자판같이 생겨서 0부터 9까지의 숫자가 있었고 각 숫자마다 알파벳이 몇 개씩 같이 기입되어 있었다. 사람들이 그것을 들여다보고 있는데 민희주가 헐레벌떡 나타났다.

"어디 갔다 온 거야?"

문승진의 물음에 민희주가 미소를 지었다.

"확인할 게 있어서 집 뒤쪽에 잠깐 가 봤어. 그곳에 산소통하고 호스가 널브러져 있던데?"

그 말에 양서희가 민희주를 바라보았다.

"아, 그거 내가 가끔 잠수할 때 쓰는 거야."

"그래, 그럴 거라고 생각했어. 아참, 양 박사님이 생물 도감을 수집하시는 게 취미셨다고 들은 것 같은데, 맞아?"

"응, 아빠는 어려서부터 도감 마니아였던 걸로 알아. 다양한 생물의 도감을 수집하는 것이 취미셨지. 유전공학자의 꿈을 키운 것도 다양한 생명체에 관한 지식을 쌓으셨던 게 동기라고 알고 있어. 희귀본도 상당히 소장하고 계셨어. 다양한 생명체의 도감이 있지만 가장 애착을 가지신 것이 어류일 거야. 그래서 해양 생명에 대한 조예도 깊어지신 거고."

"그렇구나. 그래서 등대 서재에서 그런 책들이……."

"응, 바다는 모든 생명의 고향이라며 물속에 사는 많은 종류의 물고기 이름 외우는 걸 좋아하셨어. 내가 어렸을 때 아빠랑 종종 그림 보고 이름 알아맞히기 게임을 했거든. 매년 달력도 물고기 그림이 들어간 달력만 쓰신 걸로 기억해."

"물고기 달력? 이런 거?"

민희주가 들고 있던 탁상용 달력을 내밀었다.

"어? 이거 어디서 났어?"

"서재에서. 도감과 같이 바닥에 떨어져 있었어. 그런데 이런 것들이 적혀 있네."

달력을 보니 달마다 물고기 이름들이 적혀 있었다. 3월에는 백상어, 환도상어, 청상어, 4월에는 청새치, 돛새치, 황새치, 5월에는 갯장어, 붕장어, 먹장어가 적혀 있었다.

"이거, 박사님 글씨체니?"

"응, 아빠 글씨체 맞는데?"

문승진이 달력의 글씨를 읽으며 고개를 갸우뚱했다.

"그럼 양 박사님 돌아가신 때가 5월이었으니까 갯장어, 붕장어, 먹장어? 그다음에는 바꾸지 않았단 말이네?"

민희주는 계속 들여다보고 있던 『제주도 바닷물고기』라는 도감을 펼쳐 보였다.

"이게 어쩌면 암호랑 관계가 있는 것이 아닐까 해. 어류 도감 같은 건 대개 물고기에 번호를 매겨서 찾아보기 쉽게 쓰니까 여기 있는 물고기들의 번호를 비밀번호로 설정한 거 아닐까?"

목차를 보니 갯장어, 붕장어, 먹장어 글씨 옆에 번호가 있었다.

"번호 순서대로 112, 113, 114? 이게 그 번호일까요?"

"가나다로 하면 갯장어, 먹장어, 붕장어로 가야 되는데 순서상으로는 갯장어, 붕장어, 먹장어라고 했으니 112, 114, 113이 될 수도 있지."

사람들은 의견이 분분하다가 그 도감을 들고 지하실 문 앞으로 갔다. 하지만 말했던 번호들로는 열리지 않았다.

"안 되는데?"

"이게 아닌가. 입력 패드에는 핸드폰 자판처럼 숫자 외에 알파벳도 있네. 그럼 알파벳 암호도 있다는 얘긴가?"

문승진이 말했다.

"잠깐, 페이지 수를 입력해 볼까?"

문승진은 장어가 있는 페이지 번호를 입력해 보았다. 이번에도 아니었다. 그런데 자세히 보니 장어가 있는 페이지는 물론, 상어와 새치 등이 있었던 페이지에도 그 물고기 이름 밑에 손으로 작게 써 넣은 숫자가 있었다.

"어? 이건가 보다."

양 박사가 쓴 게 분명했다. 혹시나 해서 그 숫자를 입력해 보았으나 이번에도 틀렸다는 음만 나올 뿐이었다. 그때 민희주가 뭔가 생각난 표정으로 나섰다.

"잠깐만요. 처음에는 백상어, 환도상어, 청상어였다가 다음에는 청새치, 돛새치, 황새치라고 했지?"

"응."

"가만 있자……, 백상어, 환도상어, 청상어는 한 페이지에 있지 않네. 하긴 상어도 꽤 종류가 많으니까. 그리고 청새치, 돛새치, 황새치는 한 면 안에 다 있고……. 이것만 가지고는 알 수 없겠는데?"

민희주가 잠시 있다가 한마디 했다.

"그렇다면 차라리 뒤의 색인을 보는 편이 낫지 않을까?"

문승진이 입을 삐죽 내밀었다.

"색인? 그래 봤자 소용없지 않을까? 갯장어, 붕장어, 먹장어는 전부 한 페이지 안에 있잖아. 차라리 이 물고기들의 학명이나 영어 이름을 찾아보는 게……. 자판에 알파벳도 있잖아."

민희주가 눈을 크게 뜨더니 씩 웃었다.

"아!"

"왜?"

"영어 이름을 찾으라고 했지? 상어를 영어로 하면 shark고, 새치는 전부 marlin이거든. 장어는 eel이잖아. 알파벳으로 먼저 '장어'라고 한 다음에, 여기 작게 쓴 숫자를 입력하면 어떨까? 갯장어, 붕장어, 먹장어 순으로."

사람들이 고개를 갸우뚱했다.

"영어는 핸드폰 자판 입력하듯이 입력하면 될 것 같아. 그러니까 먼저 장어의 영어 스펠링인 eel를 누르고 갯장어, 붕장어, 먹장어 사진의 숫자를 누르는 거야."

민희주는 키패드로 가서 그대로 눌러 보았다. 잠시 후 삑 소리와 함께 그 육중한 문이 열렸다.

"희주 너 대단하구나!"

"이 정도 가지고 뭘. 자, 그럼 들어가 보자고."

17

문을 열자 환한 연구실 안이 눈에 들어왔다. 밝은 LED 실내 조명이 켜져 있는 그곳에는 용도를 알 수 없는 다양한 기구들과 냉장고같이 생긴 배양기들이 여러 대, 작은 신생아실같이 생긴 공간과 기다란 테이블들과 작은 상자들이 가득 놓인 선반과 데스크와 컴퓨터 등등이 있었다.

"흐음, 어디부터 찾아야 하는 거지?"

가장 적극적으로 나선 사람은 역시 고명수였다. 그가 눈을 반짝이며 여기저기 둘러보았다.

"여기 전기가 장난 아니게 들 것 같은데, 안 그래?"

문승진이 두리번거리며 묻자 민희주가 말했다.

"혈액을 보존할 때 손상을 막기 위해 모니터링 시스템이 연결되어 있을 거야. 대부분의 장비들이 지속적인 전기 공급이 없으면 안 되는 것들이라 비상 전력 장치도 있을 것이고, 이렇게 많은 기계 장치들을 돌리는 데에는 많은 전기가 필요할 거야. 역시 이런 작은 섬에 풍력 발전기까지 설치한 이유가 있었네."

고명수가 다른 건 관심 없다는 투로 말했다.

"메탄가스 저장 탱크 같은 건 없나?"

이리저리 둘러보던 이혜선이 깜짝 놀라며 소리쳤다.

"어머! 이건, 핏자국?"

연구실 바닥에 검붉은 핏자국이 있었다. 바짝 말라 있는 상태였지만 여기저기 떨어져 있는 것으로 봐서 누군가가 꽤 많은 피를 흘린 것 같았다. 그 자국을 따라가 보니 연구실 한쪽에 있는 어떤 문 앞으로 이어져 있었다. 그것은 이 연구실에 들어오는 문과 비슷한 크기로 완전히 밀폐되어 있었다. 닫으면 자동으로 잠기게 되어 있는 모양이었다. 입구 문에 있는 것과 똑같이 생긴 비밀번호 키패드에도 피가 묻어 있었다. 민희주가 한 손으로 턱을 괴고 그것을 보며 말했다.

"핏자국이 연구실 입구에는 없었어요. 그렇다면 이 안에서 갑자기 피를 흘리게 되었든지 우리가 모르는 다른 곳을 통해 들어왔을 가능성이 있겠는데요?"

"여기 문이 하나 더 있는데요?"

이혜선의 말에 사람들이 고개를 돌리자 그쪽에도 역시 비슷하게 생긴 문이 있었고 바닥의 핏자국이 이쪽과 이어져 있었다.

"혹시 이곳으로 들어온 걸까? 한번 들어가 볼까요?"

한주호가 묻자 고명수가 단호하게 말했다.

"아니, 먼저 연구소를 살펴보자! 지금은 연구 자료를 찾는 게 최우선이라고."

"그래도 여기 핏자국을 보면 저 안에 누군가 있을지도……."

한주호의 말이 끝나기도 전에 고명수가 짜증 섞인 목소리로 말했다.

"거참, 어른이 말하면 그냥 '네' 하면 그만인 걸 말이 많네. 연구 자료를 먼저 찾자고, 알았어?"

한주호의 눈에 순간적으로 살기 비슷한 날카로움이 스쳤다. 하지만 바로 고개를 끄덕이며 대답했다.

"네, 알겠습니다."

"이게 뭐예요?"

이혜선이 뭔가 발견했는지 한쪽 구석을 가리키며 묻자 양서희가 즉시 대답했다.

"그건 제가 쓰는 선크림인데요?"

"선크림?"

"네, 제가 바닷가에 갈 때 바르는 건데요? 제 방에도 넉넉히 있어요."

민희주가 고개를 갸우뚱했다.

“아니, 연구소가 무슨 선크림 공장도 아니고 왜 이렇게 많이 쌓아 둔 거지?”

“아빠가 자외선 차단은 물론이고 피부에도 좋은 제품 개발에 참여했었거든. 아마 그때 받아 두신 걸 거야.”

“어떻게 만든 제품인지 모르지만 유전 공학 기술이 필요했나 보네.”

“으응, 그런가 봐.”

“이건 뭐지?”

문승진이 냉동실에 있는 모래알처럼 작은 구슬들을 보며 묻자 민희주가 다가와서 들여다보았다.

“아, 그건 서방성 캡슐 같은데?”

“서방성 캡슐?”

“응, 캡슐에 넣은 약인데 그 약 입자 하나하나를 녹는 속도가 다른 성분의 작은 캡슐로 싸서 약효가 서서히 나타나게 하는 거지. 그런데 이걸 어디다 쓰려고…….”

그러는 사이 고명수는 컴퓨터를 켜서 살펴보고 있었다.

“뭐야, 중요 문서에는 다 암호가 걸려 있잖아. 그럼 USB에 복사를 해서…….”

그는 주머니에서 열쇠고리에 달린 USB를 꺼내 컴퓨터에 꽂고 마우스를 움직였다.

"어?"

놀란 표정을 짓던 고명수가 인상을 잔뜩 쓰며 짜증을 냈다.

"아이 씨, 뭐야, 이거. 복사도 못 하게 해 놨잖아. 이게 그거 같은데……. 이 컴퓨터를 통째로 들고 가야 하나. 심지윤, 이리 와 봐."

"네, 대표님."

"이 컴퓨터 좀 꺼내서 열어 봐. 그 연구 자료가 여기 다 있는 거 같은데, 하드디스크라도 떼어 가서 암호 전문가한테 맡겨 볼까 봐."

"그렇게 마음대로 연구 자료를 가져가시면 안 됩니다."

문승진이 그들을 저지하러 다가오자 심지윤이 막아섰다. 고명수가 흠칫하며 인상을 썼다.

"야, 인마. 내가 이거 찾으러 개고생하고 왔는데 어떻게 그냥 가냐? 방해하지 말고 저리 비켜."

"그거 대표님 거 아니잖아요."

"야, 니 거 내 거가 어딨어. 먼저 찾은 사람이 임자란 말도 몰라?"

옥신각신하는 이들의 소리를 듣고 민희주가 다가왔다.

"대표님, 지금 절도하고 계시는 거 아세요? 게다가 여기 있는 사람들이 다 증인인데, 이 섬에서 나가시면 무사하실 거 같아요?"

"뭐야? 무사하지 않으면, 뭐? 나를 고발하기라도 하겠다는 거야?"

"어차피 누가 고발 안 해도 경찰이 와서 분명히 조사할 텐데요, 뭐. 지문도 있고 와서 증인 서라면 증인 서야 할 것이고요.

물론 위증은 못 하죠. 저기 CCTV 카메라도 있고…….”

“어린년이 참 맹랑하네. 내 참, 넌 뭘 먹고 커서 그렇게 용감하냐? 내가 그렇게 말하면 뭐, 무서워할 거 같아?”

민희주는 얼굴이 불같이 달아오르는 것을 느끼며 고명수를 노려봤다.

“뭐가 어째요! 어른이면 어른다워야 어른 대접을 받는 거라구요. 나이만 먹는다고 어른이 아니고요!”

“허허, 딸 같아서 귀엽게 봐 줄라고 했더니 안 되겠네. 너 이씨…….”

“대표님! 제발 체통을 좀 지키세요.”

심지윤이 고명수의 말을 가로막으며 저지했다.

“뭐야, 심지윤 너까지 이럴 거야?”

“아이참, 대표님. 이래 봤자 나중에 괜히 골치만 아파집니다. 이제 그만하세요.”

고명수는 잠시 눈을 이리저리 굴리며 생각하다가 말을 했다.

“좋아. 그럼 일단 두기로 하지. 하지만 나중에 분명히 내 권리를 주장해서 법적으로도 문제없는 내 소유로 만들 테니 다른 사람들은 이거 눈독 들이지 마, 알았어?”

고명수가 윽박지르듯 소리치며 사람들을 둘러보았다. 그들의 표정에는 불쾌함이 역력했다. 특히 민희주는 그를 죽일 듯이 노려보았다. 아무래도 이대로 두었다가는 그녀가 또 고명수의 성질을 건드릴 것 같아 문승진이 그녀의 팔을 붙잡으며 말했다.

"희주야, 너도 그만하고 나랑 저 노트북 좀 같이 살펴보자."

문승진은 자신이 들여다보고 있던 노트북 쪽으로 민희주를 데리고 가서 그 안의 내용을 같이 확인했다.

"여기에는 일부지만 연구 자료가 있는 거 같아. 아마 보안성이 떨어지는 파일은 암호를 걸어 놓지 않았나 봐."

"어? 이건?"

파일들을 하나씩 열어 보던 민희주의 눈이 커졌다. 노트북 화면에는 이상하게 생긴 물고기의 그림이 있었다. 그것은 다 같이 목격했던 괴물의 모습과 많이 닮아 있었다. 그리고 다른 그림에는 문승진이 봤던 치어들도 있었다.

"그 괴물 그림이다. 여기서 사육하면서 그 모습을 도감 형태로 만들어 놨나 봐."

그 말을 들은 사람들이 그들의 자리로 모여들었다.

"그런데 조금 다르게 생긴 것 같은데?"

"성체가 되면 몸이 변하나?"

"응, 물고기 중 유체와 성체의 모습이 다른 종류는 많아."

민희주가 다른 그림 파일들을 열자 해부도가 펼쳐졌다.

"부레가 굉장히 크게 발달했네. 간도 크고."

문승진이 물었다.

"왜 저런 거야?"

"이런 건 가물치나 메기처럼 탁한 물에서 사는 물고기들의 특징이야. 그런 물은 유기물이 많아서 산소가 부족하기 때문에 부레가 폐 역할을 해 주기도 하거든."

민희주는 다른 파일 속에 있던 DNA 샘플 표시들을 훑어보았다.

"맙소사, 도대체 몇 가지 종이 섞인 거야. 그런데 자세한 데이터나 메탄가스 채취 과정에 대한 자료는 없네. 역시 핵심 기술은 그거라 보안을 걸어 놨나 봐."

"그래?"

"응, 여기 있는 것들은 아마 외부에서 사업 내용 발표할 때 쓰이는 자료인 거 같아."

"여러분."

주의를 환기시킨 한주호가 모두를 돌아보았다.

"이제 아까 얘기했던 다른 문으로 내려가 볼까요?"

그가 가리킨 쪽에는 작은 창이 달린 철문이 있었고, 그 창을 통해 손전등을 비추었더니 지하로 가는 계단이 보였다. 다행히 문은 같은 비밀번호로 열 수 있었다. 사람들은 손전등을 들고 밑으로 천천히 내려갔다.

"어?"

"와~ 대단한데?"

"이게 뭐야?"

계단 아래가 시야에 들어오자 모두 놀란 표정으로 감탄하며 한마디씩 중얼거렸다. 연구실 밑 지하에는 큰 동굴이 펼쳐져 있었다.

"예전에 일본군이 쓰던 벙커라지만 이 정도로 컸을 줄이야."

문승진의 말에 민희주도 고개를 끄덕였다.

"절벽보다 약간 높은 곳인데도 이렇게 큰 구조물이 있을 줄은 상상도 못 했네."

안을 보니 가장 먼저 눈에 들어온 것은 그 아래로 이어진 계단 밑에 있는 정유 공장을 방불케 하는 거대한 탱크였다. 문승진이 그것을 가리키며 말했다.

"저게 가스 저장 탱크겠지?"

저장 탱크의 관은 동굴 아래에 있는 작은 통로를 향해 뻗어 있었다. 일행들은 그리로 가 볼까 했지만 우선은 이 저장 탱크를 먼저 확인하기로 했다. 민희주가 그쪽을 보며 사람들에게 말했다.

"음식물 쓰레기나 가축 분뇨 등에서 나오는 메탄가스는 1차 추출 과정에서는 메탄 농도가 60% 정도고 불순물이 많아 연료로 쓰기 힘들어요. 따라서 불순물을 제거하고 메탄 농도를 높이는 정제 과정을 거쳐야 합니다. 그다음에 LNG와 혼합해 차량용 연료로 만들거든요. 이 탱크 역시 그것과 비슷한 것 같아요. 그래서……."

민희주가 갑자기 말을 멈추더니 고개를 갸우뚱했다.

"어? 이건 1차 공정이 아니라 순수한 메탄만 만들어 내는 장치 같은데? 이 밑에 다른 시설이 또 있나?"

벽면을 보았지만 이 탱크 외에는 아무것도 없었고 메탄 농도 측정기가 보였다. 그것을 통해 탱크 안에는 꽤 많은 메탄가스가 저장되어 있다는 것을 알 수 있었다.

"여기가 수면에서 얼마나 떨어져 있을까요? 그 괴물을 이용했다면 어딘가 바다와 연결된 곳이 있을 것 같은데."

"이 섬의 구조는 북쪽은 완만하고 남쪽은 급하잖아요. 남쪽 절벽에 뚫린 동굴들과 여기가 연결되어 있는지는 알 수 없지만, 괴물들이 바다로 통하는 루트는 분명히 있을 것 같아요."

심지윤의 질문에 민희주가 대답했다.

사람들은 모두 그 탱크가 있는 곳으로 내려갔다. 저장 탱크 뒤에는 거대한 수조 같은 게 있었는데, 그곳을 둘러보던 심지윤이 갑자기 소리쳤다.

"피다!"

"어디요?"

"저, 저기!"

사람들이 모두 그리로 달려갔다. 큰 수조 앞에 하얀 물체가 하나 있었는데 자세히 보니 연구복 같았다. 누군가가 그것을 입은 채 엎드려 있었다.

"시체 같은데요?"

이혜선이 얼굴을 찌푸렸다.

"어머나, 싫어. 시체는 이제 그만 보고 싶은데."

"역시 그 핏자국의 주인인 거 같습니다. 보기 싫으신 분들은 거리를 좀 두고 있으세요."

심지윤이 말하는 동안 민희주가 그 시체로 다가갔다. 가까이 가서 보니 허리 쪽이 검붉은 색으로 물들어 있었다.

"어? 이건 총상 같은데요?"

"총?"

사람들이 반사적으로 고명수 쪽을 보았다. 그러자 그가 불쾌하다는 투로 말했다.

"뭐야, 내가 총 있다고 바로 나를 의심하는 거야? 이거, 생사람 잡지 말라고."

"일단 누군지 한번 볼까요?"

심지윤이 다가가서 몸을 뒤집자 이미 상당히 부패가 진행된 남자의 처참한 얼굴이 드러났다. 그는 조심스럽게 시체의 주머니에 손을 넣고 손에 잡히는 것을 꺼냈다. 그 안에서 신분증이 나왔다.

"장태민?"

18

민희주가 주변을 둘러보면서 말했다.

"이분이 수조 안에 있던 뭔가를 풀어 준 것 같아요."

수조를 여는 밸브 손잡이는 물론, 그 부근 이곳저곳에 장 팀장의 것으로 여겨지는 혈흔이 묻어 있었다.

"총에 맞은 상태에서도 여기까지 와서 수조의 밸브를 연 것 같아요."

문승진이 밸브 쪽으로 다가가서 근처를 둘러봤다.

"어?"

그는 바닥에 떨어져 있는 무언가를 얼른 주워서 자신의 주머니에 넣더니 바로 주위를 둘러보았다. 다들 이곳저곳을 살펴보고 있어서 그의 행동을 눈치채지 못했다.

수조를 들여다보던 심지윤이 말했다.

"이 수조 안에는 원래 이경준 씨가 얘기했던 메탄 수화물 채취를 위해 만들어진 괴물이 있었는데 장 팀장이 죽기 전에 그것들을 풀어 줬다? 그런 건가요?"

민희주가 고개를 끄덕였다.

"네, 그런 것 같습니다."

고명수가 씁쓸한 표정으로 사람들의 눈치를 보며 말했다.

"장 팀장이 총에 맞았다니. 혹시 일본의 야쿠자나 중국의 삼합회 같은 외국 범죄 조직의 짓이 아닐까?"

"총이라면 대표님도 가지고 계시지 않나요?"

이혜선의 말에 고명수가 불쾌한 표정을 지었다.

"또 그러네. 그래서 내가 죽였다는 거야, 뭐야?"

"아, 그게 아니라…… 말이 그렇다는 거죠."

한주호가 어두운 얼굴로 와서 말했다.

"저…… 이 시신도 지하 냉동고로 옮겨 놓는 게 어떨까요? 불편해하는 분도 계시니."

"네, 그럼 저랑 같이 들것을 가져다 옮기시죠."

심지윤이 한주호와 함께 들것을 가지러 위로 올라갔다. 그리고 이들이 돌아오자 나머지 사람들도 그들과 같이 올라가기로 했다. 심지윤과 한주호는 장태민의 시신을 냉동고 속 이경준 시신 옆에 놓았다. 사람들의 얼굴에는 침울함이 역력했다. 그들은 조용히 거실로 이동해서 휴식을 취했다. 잠시 후에 민희주가 모두를 향해 말했다.

"저, 이제 이경준 씨가 그런 이상한 행동을 했던 이유를 알 것 같아요."

그녀의 말에 사람들이 놀라는 사이 문승진이 물었다.

"그게 뭔데? 뭔가 발견한 거야?"

"응, 역시 『멸종의 역사』라는 책에 그 답이 있는 거 같아."

한주호가 어리둥절한 얼굴로 민희주를 보았다.

"『멸종의 역사』라구요?"

"네, 이혜선 씨가 봤다는 그 책요. 서재에 있던 건 다 타 버린 것 같던데, 말씀드렸듯이 내용은 제가 꿰고 있거든요."

문승진이 다시 물었다.

"그게 어떤 관련이 있는데?"

"집히는 게 좀 있는데……. 오빠가 이 모임에 참석할 때 닉네임을 확인했던 것 기억나? 그 닉네임이 뭐였지?"

"'바실로사우루스(Basilosaurus)'인데, 왜?"

"그럼 다른 분들도 각자 닉네임을 가지고 있지 않나요?"

사람들이 일제히 민희주를 바라보았다.

"혹시 그게 뭔지 말씀해 주실 수 있나요?"

"신석기 씨 닉네임은 카메로…… 뭐라고 했던 것 같은데?"

이혜선의 말에 옆에 있던 한주호가 주머니에서 수첩을 하나 꺼내서 확인했다.

"카페 닉네임이라면…… 신석기 씨의 닉네임은 '카메로케라스(Cameroceras)'네요. 박선주 씨 건 '둔클레오스테우스(Dunkleosteus)'구요."

"'카메로케라스'? 그건 오징어예요, 고대 오징어. 오징어처럼 여러 개의 발을 갖고 있었지만 몸통에 튼튼한 갑주가 있어 마치 고깔모자를 쓴 것처럼 생겼죠. 당시 바다에서 가장 큰 생물로 길이는 대개 6~7m 정도였지만 큰 건 12m 정도 됐고. 오르도비스기, 그러니까 약 4억 9천만 년 전에서 4억 4천만 년 전 정도에 살았어요. 고생대예요."

"고생대라면 공룡보다도 훨씬 전인가?"

양서희가 눈을 크게 뜨며 물었다.

"맞아. 그리고 둔클레오스테우스는 데본기, 약 4억 년 전에서 3억 6천만 년 전에 살았던 물고기죠. 피부가 갑옷처럼 단단했고 이빨 대신 날카로운 턱으로 다른 물고기를 잡아먹으며 살았죠. 8m 가까운 크기로 추정되니까 거의 버스만 했어요. 역시 당시 가장 큰 종이었죠."

"그 정도 크기였다면 바다에서는 적이 없었겠네."

한주호가 다시 수첩을 확인하며 말했다.

"이경준 씨 건 '헬리코프리온(Helicoprion)'이네요?"

"그건 은상어예요. 2억 5천만 년 전, 페름기 말에 살았던 상어죠. 역시 최대 8m 정도 되는 가장 큰 생물이었어요. 아래턱에 둥근 전기톱 모양으로 이빨이 나 있었죠."

"고 대표님 닉네임은 뭔가요?"

"'모사사우루스(Mosasaurus)'네요."

민희주의 설명이 자동으로 이어졌다.

"모사사우루스는 유명해서 다들 아시죠? 영화 「쥬라기 월드」에도 나왔잖아요. 물론 6천 5백만 년 전, 백악기 바다에서 최강의 생명체였고요."

마지막으로 남은 이혜선은 묻기도 전에 스스로 대답했다.

"저는 '쇼니사우루스(Shonisaurus)'예요."

"쇼니사우루스라면 트라이아스기, 약 2억 년쯤 전에 번성했던 바다 파충류예요. 쇼니사우루스는 역대 최대의 바다 파충류 중 하나라고 할 수 있죠. 생긴 건 어룡처럼 생겼지만 몸길이는 15m에서 최대 20m 정도까지도 되었다고 해요."

"그럼 승진 씨 닉네임이라는 '바실로사우루스'는 뭐야? 공룡이야?"

양서희가 궁금한 표정으로 물었다.

"아니야. '바실로사우루스'는 처음 발견되었을 때는 바다 파충류인 줄 알고 이름을 그렇게 붙인 거래. 나중에 원시 고래라는 걸 알게 됐지. 에오세, 그러니까 4천만 년에서 3천 5백만 년 전에 살았어."

고명수가 피식 웃었다.

"어린 학생이 정말 아는 게 많군."

"아까는 어린년이라더니 이젠 어린 학생인가요?"

민희주가 고명수를 노려보며 말하자 그는 큰기침만 했다.

"당시 가장 큰 바다 생물 이름들이야?"

문승진의 물음에 민희주는 고개를 저었다.

"아니, 정확하게는 포식자로서 최강인 생명체들 이름이지."

"아니, 대체 뭣 때문에 닉네임을 그렇게 말하기도 힘든 고생물 이름으로 정해 준 거죠?"

심지윤의 물음에 민희주가 미소 지으며 대답했다.

"제가 말씀드리는 건 이거예요. 여러분들 아이디의 공통점은 멸종 동물이라는 것과, 각자 자기가 살던 시대의 바다에서는 최강자에 해당했던 동물이란 거죠."

고명수가 불만스러운 표정으로 물었다.

"그런데 지금 이 상황에서 그런 얘기를 왜 하는 거지?"

"여러분의 아이디에는 공통점이 있어요."

"그게 뭐죠?"

"어느 시대나 바다든, 육지든 강한 포식자가 있었다는 건 아시죠? 오늘날은 상어나 범고래가 최상위 포식자잖아요. 물론 여러분들의 닉네임으로 사용된 것 외에도 더 있긴 해요. 많은 사람들에게 알려진 고대 생물 중 바다의 포식자들은 쥐라기에 살았고 10m까지 자랐던 '리오플레우로돈', 백악기에 살았던 14m나 되는 수장룡인 '엘라스모사우루스', 신생대 마이오세(2천 6백만 년 전)에 나타나 플라이오세 말기(160만 년 전)에 멸종한 약 10~15m 정도 되는 거대 상어 '메갈로돈' 등이 있어요. 그런데 여러분의 닉네임에 사용된 것들은 방금 언급한 동물들보다도 훨씬 덜 알려진 것들입니다. 왜 그런 이름만 골랐을까요?"

"닉네임을 부여한 사람이 자신의 해박함을 자랑하려고 그런 거 아닐까요?"

윤세미의 말에 고개를 끄덕이며 민희주가 이어 말했다.

"그럴지도 모르겠군요. 하지만 제가 봤을 때 그동안 이 섬에서 발생한 살인 사건과 여러분의 아이디에는 연관성이 있는 것 같아요. 그건 바로 '대멸종'이죠."

"대멸종이요?"

"네, 그냥 멸종이 아니에요. 지금까지 지구에는 최소 열한 번의 멸종이 있었지만 '대멸종'이란 그중에서도 당시 지구에 있는 동물의 70% 이상이 멸종하였고, 멸종하지 않더라도 대다수가 죽고 몇몇만 겨우 살아남은, 말 그대로 세상을 지옥으로 만든 사건을 말합니다. 그게 총 다섯 번이었어요."

"그게 뭐 어쨌다는 거지? 강의는 적당히 하고 결론을 말해 봐."

고명수가 재촉했다.

"'카메로케라스'는 4억 4천 3백만 년쯤 전, 오르도비스기와 실루리아기 사이에 멸종했습니다."

민희주가 잠시 말을 멈추고 사람들을 둘러보았다.

"방금 말씀드린 다섯 번의 대멸종 중 첫 번째가 바로 이 '오르도비스기 멸종'이에요. 대멸종의 원인에 대해서는 여러 가지 학설이 있지만, 현재 그 사건의 가장 유력한 원인은 감마선 폭발입니다. 보통 대기가 감마선과 만나면 이산화질소로 변해요. 이산화질소는 강력한 독가스이며 오존층 파괴 물질이죠. 오존층 파괴로 인해 태양이 직접 내리쬐면서 자외선이 플랑크톤을 몰살시켰고, 이 때문에 생태계 균형이 무너져 수많은 생명체들이 죽었어요. 이에 관해 최근에는 멸종 원인이 감마선이 아니라 화산이라는 의견도 나왔지만요."

고명수가 짜증을 냈다.

"거참, 무슨 소리를 하는 건지……."

"죄송하지만 끝까지 들어 주세요. 그리고 두 번째는 '데본기 멸종'이에요. 3억 7천만 년쯤 전이죠. 이 멸종의 원인은 운석 충돌 혹은 맨틀 융기 등 여러 가지 설이 있고, 지금도 제대로 밝혀지지 않고 있어요. 원인이 굉장히 불분명하죠."

"맙소사."

"세 번째는 '멸종의 어머니'라 불리는 것으로, 지구에 생명체가 생긴 이래 가장 큰 멸종이 바로 2억 5천만 년쯤 전의 '페름기 대멸종'이에요. 당시 해양 생물의 96%, 육상 생물의 80%가 멸종되었어요. 그 정확한 이유는 알려지지 않았지만 초거대 화산 때문이란 설이 있어요."

"……."

"몇억 년에 한 번 정도 발생하는 대재앙이었죠. 그 당시에는 바다 한가운데에 하나의 초거대 대륙인 판게아가 있었어요. 판게아처럼 모든 대륙이 하나로 모여 있을 때는 해양 지각의 압력도 엄청나게 쌓였는데, 결국 밑에 있던 마그마가 폭발하게 돼요. 그것도 거의 백만 년 동안 폭발했죠. 화산이 뿜은 독가스가 비에 섞여 산성비가 내렸죠. 그러면서 식물들이 죽고 그 때문에 산소가 크게 부족해졌는데, 페름기는 석탄기 이후 산소 농도가 오늘날보다 훨씬 높았던 때였기 때문에 수많은 동물들이 숨을 쉬지 못하고 죽었죠."

"정말 무시무시하네요."

심지윤의 말에 민희주는 고개를 끄덕이며 말을 이었다.

"무시무시하죠. 네 번째로 2억 년쯤 전에 있었던 '트라이아스기 대멸종'이 있어요. 2억 년 전까지만 해도 모든 대륙은 이어져 있던 판게아였는데 트라이아스기 후기에 판게아가 갈라져 남아메리카와 아프리카 대륙이 분리되고, 대서양이 만들어지기 시작했죠. 이때 그 틈으로 마그마가 솟아올랐어요. 현재 세계에서 가장 큰 산맥이 바로 대서양 해저에 있는 대서양 해령인데, 그게 그때 만들어진 거예요. 산성비, 산소 농도 저하 같은 일은 페름기 대멸종과 똑같았어요. 이 일로 거대 양서류들도 멸종했죠."

민희주는 잠시 말을 끊고 물통을 꺼내서 물을 한 모금 마셨다.

"다섯 번째는 가장 유명한 거죠. '백악기 대멸종'이에요. 6천 5백만 년 전 멕시코 유카탄반도에 떨어진 운석 때문이라고 알려져 있죠. 이건 길게 설명하지 않겠습니다."

고명수가 인상을 잔뜩 썼다.

"강의는 그 정도면 충분한 거 같은데. 대체 그 얘기가 이번 사건과 무슨 관련이 있는 거지?"

19

민희주는 다시 한번 사람들을 둘러보고는 이야기를 이어 갔다.

"신석기 씨 아이디는 '카메로케라스', 박선주 씨의 건 '둔클레오스테우스', 이경준 씨 건 '헬리코프리온', 이혜선 씨 건 '쇼니사우루스', 그리고 고 대표님 닉네임은 '모사사우루스'죠. 이들의 첫 번째 공통점이 당대 바다 먹이 사슬의 정상이었단 건 이미 말씀드렸죠?"

"그래."

"그들은 5대 멸종 때 멸종당한 동물이에요. 그렇게 먹이 사슬의 정상에 있는 동물들은 없어지기 쉬웠어요. 아무래도 개체 수가 적으니까요. 그런데 여기서 세 사람의 죽은 순서를 생각해 보세요."

문승진이 눈을 크게 떴다.

"그럼 이게 계획된 순서의 연쇄 살인이란 말이야?"

"맞아. 이건 '연출 살인'이야. 추리소설에서나 나오는 연출 살인. 유명한 영국의 추리소설인 『그리고 아무도 없었다』에서 열 명의 인디언 소년이라는 동요 가사를 연출한 살인이 계속 일어나잖아. 이것도 그런 거야. 5대 대멸종에 맞춰서 사람들의 닉네임을 정해 주고, 그 순서대로 죽이려는 계획인 거지."

"잠깐, 그렇다면 박선주 씨는 자살이 아니었단 말이야?"

문승진의 말에 민희주가 한 손으로 턱을 괴며 대답했다.

"당시 목격자도 있으니 자살로 봐야겠지만, 우연일 가능성도 생각할 수 있어. 만약 박선주 씨가 자살하지 않았다면 순서에 따라 살해당할 수도 있었는데, 자살을 해서 자연스럽게 순서가 다음으로 넘어간 것으로 봐도 될 것 같고."

민희주가 눈을 반짝이며 사람들을 둘러보았다.

"그리고 기억나세요? 신석기 씨 살해당한 곳에서 발견한 질소가 든 통? '카메로케라스'의 멸종에서 이산화질소 독가스 얘기했죠?"

"그, 그럼?"

"네, 누군가 멸종의 순서와 원인에 맞춰서 살인을 하고 있는 거예요."

"그럼 박선주 씨와 이경준 아저씨는?"

문승진의 물음에 민희주가 미소를 지었다.

"박선주 씨는, 그러니까 '둔클레오스테우스'는 원인 불명이라고 했지? 아마 특별히 지정한 방법이 없었을 수도 있어. 그리고 이경준 씨는 원래 아귀 수컷에서 지뢰를 밟고 죽게 되어 있었잖아."

"아~."

"맞아. 이경준 씨 닉네임인 '헬리코프리온'의 멸종 원인은 화산 폭발이라고 했잖아. 범인의 계획은 원래 이렇게 멸종 원인까지 맞추는 것이었을 거야. 하지만 뜻대로 안 될 경우도 생각했겠지."

"그, 그렇다면, 그다음은……?"

이혜선의 얼굴이 창백해졌다.

"기자님 차례죠. 이 법칙대로라면 그럴 확률이 높아요."

"말도 안 돼! 내가 왜?"

이혜선이 겁먹은 얼굴로 주변을 둘러보다 한 사람에게 시선을 고정했다.

"그, 그런데, 잠깐만? 그……?"

그녀가 바라보고 있는 문승진의 얼굴 역시 창백해졌다. 민희주가 이혜선의 말이 끝나기도 전에 끼어들었다.

"무슨 말씀을 하시려는지 알겠어요. 단 한 사람, 이 5대 멸종과는 상관없는 닉네임을 가진 사람이 있어요."

"서, 설마?"

사람들의 눈이 문승진을 향했다.

"네, 바로 승진 오빠죠. '바실로사우루스'는 에오세, 그러니까 4천만 년에서 3천 4백만 년 전, 즉, 신생대 때 동물이에요. 생태계 최상위 포식자였고 이미 멸종됐다는 건 같지만 5대 대멸종 때는 아예 나타나지도 않아요."

"뭐라고?"

문승진의 얼굴이 새파래졌다.

"그렇다면 저기 한주호 씨 같은 경우, 카페 닉네임을 앵무조개라고 했는데요? 그건 무슨 의미죠?"

이혜선이 의심의 눈초리로 묻자 한주호가 화난 표정으로 말했다.

"저는 원래부터 닉네임이 앵무조개였어요. 선장님이 문주란이란 이름을 쓰신 것처럼 말이에요. 저는 그냥 앵무조개란 이름이 마음에 들어서 그 이름을 썼을 뿐이라고요."

민희주가 의미심장한 표정을 지었다.

"우연이라지만 흥미롭긴 하네요. 앵무조개는 캄브리아기부터 지금까지도 멸종하지 않은 몇 안 되는 생명체거든요. 앵무조개 역시 오징어류로서 '살아 있는 화석'이라 불리는 동물 중에서도 가장 오래되었다고 할 수 있습니다."

"그런데 왜 난데없이 제 닉네임까지 따지시는 거죠?"

한주호가 따지듯 묻자 민희주가 말했다.

"네, 지금은 낚시 모임에 초대된 사람들의 닉네임만 생각하는 게 좋을 것 같아요. 이경준 씨도 그 책을 보고 멤버들의 닉네임과 일치한다는 걸 알아내서 두려워했던 것일 테고. 이 기자님은 누구도 믿을 수 없는 상황이라 그런 말씀을 하신 것 같으니 이해해 주세요."

심지윤이 팔짱을 꼈다.

"그러니까 누군가 이미 죽은 장태민 팀장인 척하고 여러분에게 초대 메일을 보냈고, 그 목적은 순서대로 살인을 하기 위해서란 말인가요? 만약 그게 사실이라면 그렇게까지 머리를 써 가며 순서를 정한 이유가 뭔지 궁금하군요."

"저도 그게 궁금하네요. 아무튼 닉네임으로 보자면 승진 오빠만 살해 대상에서 빠진 느낌이지만 그것만으로 범인으로 몰 수는 없습니다."

고명수는 불만스러운 표정이었다.

"카페 닉네임 얘기는 희주 학생이 한 거잖아. 이경준은 어떻게 한 건지 모르겠지만, 따져 보면 우리 중에 가장 의심스러운 사람이 승진이 아니야?"

"원래 그 닉네임은 승진 오빠 아버님 거였잖아요."

고명수의 표정이 험악해졌다.

"그걸 어떻게 믿어? 혹시 승진이 너, 네 아버지 회사 망하고 죽게 된 게 우리들 때문이라고 이러는 거 아니야? 솔직히 말해 봐, 어?"

"대표님, 진정하세요."

심지윤이 그의 팔을 붙잡자 고명수가 뿌리치며 말했다.

"장 팀장의 짓이 아니라는 걸 알게 되었으니 그다음으로 가장 유력한 사람이 승진이 저 녀석이야. 저 녀석이 제일 위험하니까 구조선이 올 때까지 어디에다 묶어 둬야 한다고!"

이혜선이 떨리는 목소리로 문승진에게 말했다.

"대체 왜 죽이려는 건가요? 우리가 뭘 어쨌다고……."

"아니, 갑자기 왜들 그러세요? 저는 정말 아버지 찾으러 온 거밖에 없어요."

"끝까지 발뺌하는 거 봐라."

민희주가 두 손을 올려 진정하라는 손짓을 했다.

"자자, 그만들 하세요. 지금은 무슨 말을 해 봤자 추측에 불과합니다."

"어쨌든, 나는 가장 의심 가는 사람을 격리시키는 게 가장 좋은 방법이라고 생각해. 저 녀석을 말이야!"

고명수가 문승진을 노려보았다.

"그랬다가 승진 오빠가 진범에게 당하거나 하면 어떡하죠?"

"그럼 그걸로 무죄가 증명되는 거지 뭐."

민희주는 어이없는 표정을 지었다.

"죽어야만 무죄가 증명된다는 말인가요?"

"바실로 뭐시기가 원래 문 대표 닉네임이란 것도 저 녀석이 지어낸 말인지 어떻게 알아?"

"그런 식으로 생각하시면 대표님도 의심할 수 있어요. 진범이 살해 대상인 척하다가 빠져나가는 것도 얼마든지 가능하니까요. 대표님은 총까지 가지고 계시잖아요."

민희주의 말에 고명수가 얼굴을 붉혔다.

"뭐가 어째!"

"그러고 보니 장 팀장님의 몸에 총상이 있었죠?"

심지윤이 대답했다.

"네, 배를 맞으면 제대로 걷지도 못하는데 핏자국을 보니 필사적이었던 것 같습니다."

"장 팀장님은 총을 맞고 돌아가셨으니, 우리나라처럼 민간인 총기 소지가 불법인 곳에서 총을 소유한 사람이 가장 유력한 용의자라고 할 수 있죠."

"네, 그래도 정확한 건 증명이 되어야 합니다. 총의 지문이라는 '선조흔' 같은 것 말이죠."

민희주의 말에 심지윤이 그렇게 설명하자 고명수가 불만스러운 얼굴로 핀잔을 주었다.

"그런 건 우리가 신경 쓸 일이 아니잖아. 나중에 경찰이 알아서 하겠지."

잠시 침묵이 흘렀다. 민희주의 가설에 모두 적잖이 충격을 받은 분위기였다.

"저기요."

이혜선이 민희주에게 물었다.

"그 무슨 대멸종인가, 정말 그거랑 사람들이 죽는 거랑 연관된 걸까요?"

"제 생각에는 그래요. 이경준 씨도 그걸 발견하고 다음 차례가 자신이라는 걸 알았던 거 같아요. 그러니 기자님도 조심하셔야 될 거예요."

"기자란 게 사실 욕을 많이 먹는 직업이긴 하지만, 그렇다고 그렇게 살해 대상으로 찍힐 정도는 아니에요."

이혜선이 하소연하듯 말했다. 그러고 나서 잠시 생각하더니 조용한 목소리로 말을 이었다.

"제 생각인데 말이에요. 이 섬에 연구소를 세운 후 도우러 왔던 신석기 씨와 박선주 씨 있잖아요. 그 사람들이 배신하고 그 연구 기술을 빼앗으려다가 양 박사님과 장 팀장이 죽게 된 건 아닐까요? 장 팀장님이 저렇게 되었다면 양 박사님도 사고사는 아니었을 것 같아요."

그 말을 들은 민희주의 표정이 굳었다. 곰곰이 생각하던 그녀가 결심한 듯한 표정으로 일행에게 말했다.

"저…… 잠깐만요. 제 말 좀 들어 보세요."

사람들의 시선이 민희주에게 집중되었다.

"저는 장태민 팀장님의 죽음에 고 대표님이 관련있다고 생각해요."

모두 놀란 얼굴로 바뀌면서 고명수가 화난 표정으로 소리쳤다.

“뭐가 어째! 지금 나를 의심하는 거야?”

“저는 장 팀장님 시신에서 총알을 채취해야 한다고 생각합니다. 고 대표님이 가지고 계신 총도 넘겨주세요. 정말 결백하시다면 증명하셔야죠. 불법 소지에 대한 결과는 감수하셔야 하고요. 민간인 총기 소지가 불가능한 대한민국에서 총상으로 사람이 죽었다면 제일 먼저 의심할 만한 사람이 총기를 소지한 사람 아닌가요? 솔직히, 외국 범죄자들의 소행은 가능성이 별로 없다고 생각해요. 고 대표님도 몰랐던 연구를 어떻게 외국에서 알고 찾아왔겠어요.”

“혹시 이경준 씨로부터 정보를 들은 해외 투자자가 아닐까요?”

심지윤의 말에 민희주는 고개를 저었다.

“두 분이 돌아가신 건 이경준 씨가 그 연구 관련 외부 업체 미팅을 하기 전이었어요.”

“하하하!”

고명수가 가소롭다는 표정으로 웃었다.

“희주 학생이 참 재미있는 말을 하네. 좋아, 네 말대로 증명이 가능하다면 무기 불법 소지는 각오하지. 그런데 그 총알이 정말 시체 안에 있다고 생각해? 아까 시체를 봤잖아? 앞에서 맞았는데 허리 쪽에 구멍 난 거 못 봤어? 관통한 거라고. 그럼 이 섬을 다 뒤져서 총알을 찾을 생각이야?”

민희주는 당황한 얼굴로 아무 말도 못 했다.

"그리고 지금은 나 자신을 지키는 게 더 중요해. 이 총은 절대 넘겨줄 수 없어. 그 괴물이 나타났을 때도 이것 때문에 겨우 살았는데 내가 미쳤어, 넘겨주게?"

그때 옆에 있던 문승진이 끼어들었다.

"잘 알겠습니다. 제가 고 대표님이라고 해도 총을 내놓지 않을 것 같네요."

"아, 승진이는 날 이해하는군. 그럼 이제 됐지?"

고명수는 보란 듯 총을 꺼내 들어 보이더니 자기 방으로 들어가 버렸다.

"오빤 대체 왜 그렇게 말해? 도와줘도 부족할 판에."

민희주가 화난 표정으로 따지자 그가 목소리를 낮춰 말했다.

"고 대표 괜히 자극해서 좋을 거 없잖아. 다른 방법이 있을 거야."

"다른 방법?"

"응, 나한테 생각이 있어."

"그게 뭔데?"

"두고 보면 알아."

어느덧 저녁 시간이 되었다. 저녁 식사를 위해 모인 사람들은 의식을 치르듯 무표정한 얼굴로 밥을 먹고 있었다.

"승진 씨는 왜 안 와?"

양서희의 질문에 문희주가 어색한 표정으로 대답했다.

"어, 뭐 좀 확인할 게 있다고 하더라고."

"뭘 확인해?"

"그게……."

민희주가 고명수를 힐끗 보더니 말을 이었다.

"장태민 팀장님을 죽인 범인을 알 수 있을 것 같다더라고."

"뭐라고?!"

그녀의 말에 고명수가 화를 내듯 소리쳤다.

"아니, 고 대표님이 왜 갑자기 흥분하세요?"

"그, 그야 뭐……. 아, 너희들 아까 총 얘기처럼 나를 떠보려고 없는 얘기 지어내는 거 아냐?"

"무슨 소리세요? 우리가 왜 그런 짓을 해요. 승진 오빠가 아까 장 팀장님 시신이 발견된 곳에서 뭘 주웠다고 하더라고요."

"뭐? 총알이라도 주운 거야? 그럼 그때는 왜 얘기를 안 했지?"

고명수가 약간 기죽은 목소리로 물었다.

"아, 총알은 아니에요. 아무튼 혹시 우리 중에 범인이 있을지도 몰라서 일단 숨겼다고 하더군요."

"그, 그래? 그래서 그게 뭔데?"

"대표님, 왜 갑자기 그렇게 관심을 가지시나요? 그동안 관심 없어 하다가."

"그, 그거야 궁금하니까 그렇지. 그래서 그게 뭔데?"

"그건 지금 말씀 못 드려요."

"흐음……."

"아, 맞다. 승진 오빠가 등대에도 갔다 와야겠다고 했는데 벌써 나갔는지도 모르겠다."

민희주의 말에 양서희가 놀란 표정으로 물었다.

"혼자서 등대에? 그분 나가시는 거 못 봤는데……. 그나저나 곧 어두워져서 위험할 텐데 거기서 뭘 찾을 게 있다는 거지?"

"지하 탱크 쪽으로 들어갈 수 있는 입구가 그쪽에 있는 것 같다고 확인을 해야겠다더라고."

"입구? 그런 걸 어떻게 알아냈지?"

"글쎄……. 이따가 직접 물어봐."

고명수는 큰기침을 하며 자리에서 벌떡 일어나 자신의 방으로 갔다. 그를 지켜본 민희주는 의미심장한 미소를 지었다.

잠시 후 밖은 완전히 어둠에 묻혔다. 검푸른 밤바다를 배경으로 우뚝 서 있는 등대 앞에는 밤이 되면 자동으로 켜지는 실외등과 가까운 벼랑 쪽에 세워진 가로등 하나만이 빛을 발하고 있었다. 풀벌레 소리만 들리는 그곳으로 누군가 다가오는 인기척이 들렸다. 한 사람이 빠른 걸음으로 와서 등대 안으로 들어가더니 조금 있다 다시 나와 주위를 두리번거렸다.

"대표님, 저 찾으세요?"

입구 근처 어둠 속에서 문승진의 목소리가 들렸다. 그 남자의 정체는 고명수였다. 입구에서 약간 떨어진 곳에 있던 그는 당황해서 목소리가 나는 쪽으로 몸을 돌리며 소리쳤다.

"너 거기서 뭐 해?"

"대표님은 여기서 뭐 하세요?"

"어? 나? 아…… 나는 그냥 니가 걱정돼서 와 봤지."

"언제부터 저를 그렇게 걱정해 주셨어요. 사람이 죽어 나가도 눈 하나 깜빡 안 하시는 분이."

"거 참, 걱정해 줘도 뭐라 그러는구만. 그나저나 뭘 찾은 거야?"

"네? 찾다니요?"

"지하 탱크 근처에서 뭘 찾았다며. 장태민 팀장 죽인 범인 증거인가 뭔가."

"아, 그거요? 찾았죠."

고명수의 인상이 험악해졌다.

"너 혹시 아까 그 안경 쓴 년처럼 말도 안 되는 헛소리 하는 거 아냐?"

"대표님, 아무리 어른이시지만 말씀을 너무 막 하시는 거 아니에요?"

"뭐가 어째? 이 새끼……."

"맞아요! 전 '안경 쓴 년'이 아니라 민희주예요."

고명수가 고개를 돌리자 뒤쪽에서 민희주와 나머지 일행들이 걸어오고 있었다.

"니네들까지……. 야, 심지윤, 이런 건 네가 알아서 해야지 뭐 하는 거야?"

심지윤이 심각한 표정으로 말했다.

"뭘 알아서 하라는 거죠? 저는 경호원이지 대표님 쫄따구는 아닙니다."

"저 새끼까지 왜 저래? 야! 너 짤리고 싶어?"

"그건 맘대로 하세요. 저는 다만 진실을 알고 싶은 것뿐입니다."

"진실? 이 연놈들이 아주 나를 못 잡아먹어서 안달이구만. 야! 문승진 너 때문에 내 체면 완전히 구겼어. 빨리 그 증거인가 뭔가 안 털어놓으면 가만 안 둘 줄 알아!"

문승진이 미소를 지었다.

"증거요? 그건 이미 대표님이 보여 주셨잖아요, 여기까지 저를 찾아오신 것으로."

"야! 이 새끼가 약을 처먹었나. 물증 말이야, 물증! 아까처럼 또 총알 어쩌고 하는 소리만 해 봐, 내가 그 총알맛을 느끼게 해 줄 테니까."

[으윽, 고…… 고명수 그 악마 같은 놈, 그놈이 양 박사님을 죽이고 나까지…….]

갑자기 어디선가 남자 목소리가 들렸다.

"어? 이건?"

한주호가 굳은 얼굴로 중얼거리자 민희주가 말했다.

"이건 장태민 팀장님 목소리예요."

"자, 조금 더 들어 보세요."

문승진이 주머니에서 자신의 핸드폰을 꺼내 앞으로 내밀었다. 그의 핸드폰 화면에는 한 남자가 곧 숨이 넘어갈 듯 헐떡이고 있는 영상이 나오고 있었다.

[이…… 이 영상을 꼭 누군가 발견해서 그 인간을 벌해 주길 바랍니다. 꼬, 꼭요.]

바로 툭 소리와 함께 바닥에 떨어졌는지 화면이 어두운 동굴 천장으로 바뀌었다. 그리고 잠시 후 헐떡거리던 사람의 거친 숨소리도 끊겼다.

"이, 이건 모함이야. 내, 내가…… 내가 왜 저 사람을 죽여. 말도 안 돼!"

"이제 그만하시죠, 대표님. 아니, 고명수 이 개자식아!"

민희주가 그를 죽일 듯이 노려보았다.

"이게 아주 죽여 달라고 발악을 하는구나."

당황한 고명수가 품에 손을 찔러 넣었다. 동시에 문승진이 그에게 달려들어 팔을 잡았다.

"비켜, 새꺄!"

문승진이 총을 빼앗으려 했지만 고명수는 힘으로 그를 밀어 버리고는 총을 꺼내 민희주를 겨누었다.

"이 나쁜 새끼야!"

양서희가 처절하게 비명을 질렀다.

"조용히 해!"

땅!!

고명수가 하늘을 향해 총을 한 방 쏘았다. 그 소리에 사람들은 물러날 수밖에 없었다. 민희주가 냉정한 목소리로 말했다.

"역시 내 느낌이 틀리지 않았군. 아까 이혜선 씨가 죽은 연구원 두 분의 배신 얘기를 했을 때 생각했던 것이 맞았어. 그 두 사람이 그랬다면 그들과 모의했을 가장 유력한 사람이 당신이니까. 아까는 승진 오빠가 발견한 장태민 팀장님의 핸드폰 속 메모리 카드를 확인할 시간이 필요하다고 해서 바로 밝히지 못했지. 그리고 저녁 전에 내용을 확인한 우리는 이걸 어떻게 공개할까 고민하다가 내가 제안해서 덫을 놓기로 했어."

"덫? 이게 덫이야? 나를 이곳으로 유도한 게?"

"그래, 나는 이 영상을 보여 주면 분명 당신이 총을 뽑아 위협할 거라고 생각했어."

"그래서?"

"조금 전에 당신이 하늘에 대고 총을 쐈지? 아주 잘했어."

"그게 무슨 소리야? 너 미쳤어?"

"당신은 총을 가지고 있지만 위급 상황에서는 우리를 위협하지 못하겠지, 안 그래? 그리고 지금은 밤이고 말이야. 당신은 조금 전에 괴물을 불렀다고, 알았어?"

"뭐가 어째? 총구 앞에서 잘도 지껄이는군. 너무 똑똑하면 오래 못 사는 법인데 말이야."

"이 나쁜 새끼야! 우리 아빠가 뭘 잘못했다고!"

"닥쳐!"

고명수가 소리치는 양서희의 얼굴에 총을 겨누었다.

"괜히 그 예쁜 얼굴에 구멍 나게 만들지 마! 그래, 씨발. 내가 그랬다. 신석기, 박선주 그 병신 같은 연놈들 말만 듣고 왔다가 개고생만 하고. 양 박사와 장 팀장은 죽어도 내 말을 안 듣고 말이야. 실험이 완성 단계라니 그 인간들은 필요도 없고, 나중에 고소라도 하면 골치 아파질 테니 어쩌겠어, 제거할 수밖에."

"그렇다고 어떻게 사람을 죽일 수 있어!"

고명수는 다가오지 말라고 경고하듯 일행을 향해 총구를 이리저리 움직이며 뒷걸음질 쳤다. 그는 절벽 끝을 등지고 있었다.

"시끄러! 내가 그동안 원하는 것을 얻기 위해 죽인 사람이 한둘인 줄 알아? 그 멍청한 연놈이 연구실 문 비밀번호 바뀐 것만 알았다면 내가 여길 다시 와서 이 고생을 안 할 텐데. 씨발, 나 지금 컨디션 완전 엉망이거든. 니네들 조금이라도 더 숨 쉬며 살고 싶으면 얌전히 있어."

"왜 당장 못 쏘는 거지?"

"뭐?"

민희주의 말에 고명수가 당황한 표정을 지었다.

"설마 그 총에 총알이 없거나 있어도 한두 개만 있는 거 아냐?"

"아, 아니야!"

"자신이 없으시군. 고 대표, 지금 당신은 남자 세 명과 여자 네 명을 앞에 두고 있어. 그중에 최소한 남자들이라도 다 죽이면 승산이 있을지 모르겠지만, 그러기에도 총알은 부족한 상태일 것 같군."

"이년이 끝까지 똑똑한 척하네. 그래, 좋아. 그럼 너부터 쏴 주지."

그때 한주호가 몰래 고명수의 뒤에서 달려들었다. 하지만 고명수 쪽이 더 빨랐다.

"이 새끼가!"

고명수의 팔꿈치가 한주호를 강타했고, 그는 그 자리에 넘어지고 말았다. 그 틈을 타서 심지윤이 뭔가를 주머니에서 꺼내 들이밀었다. 다음 순간, 파직 소리와 함께 고명수가 경련을 일으키더니 중심을 잃고 그를 붙잡을 새도 없이 뒤편의 절벽 아래로 떨어지고 말았다.

"으아아아악!"

고명수가 비명을 지르며 절벽 아래로 떨어지는데 어두운 바닷속에서 마치 고래가 점프를 하듯 뭔가가 빠르게 튀어 올랐다. 그건 괴물이었다. 괴물의 촘촘하고 뾰족하게 솟은 이빨이 순식간에 그의 몸을 씹어 버렸다.

"꺄악!"

윤세미가 비명을 질렀다.

"컥!"

고명수는 소리도 질러 보지 못하고 괴물에게 물려 그대로 바다에 풍덩 빠졌다.

"저 괴물이 또 나올지 몰라요. 어서 집으로 가요!"

사람들은 놀란 얼굴로 서둘러 집으로 향했다.

20

"아니, 그게 뭐예요?"

숙소로 돌아온 민희주가 심지윤에게 물었다.

"전기 충격기. 비상용으로 가지고 있었는데 이렇게 쓰게 될 줄이야."

"괴물 나타났을 때 가스총도 쓰시던데 전기 충격기까지. 경호원들은 원래 여러 가지 호신용품을 가지고 다니는 건가요?"

"아시다시피 국내 민간 경호업체는 총기를 사용 못 하거든요. 그래서……."

"완전 예상도 못 했어요, 고 대표 경호원이 그걸로 제압하다니."

심지윤이 머리를 긁적거렸다.

"사실은…… 저, 경찰입니다."

"네?"

다들 깜짝 놀라는 표정이었다.

"조폭과도 연계가 있는 고명수 대표가 정치인 비리와 관련된 정황이 나와서 제가 경호원으로 위장하고 있었습니다. 이번에 여기 온다고 했을 때 낌새가 이상하긴 했지만, 직접 살인까지 하고 다녔을 줄이야……."

"아니, 그걸 왜 이제 말씀하세요?"

이혜선이 물었다.

"별수 없었습니다. 고명수에게 여러 가지 혐의가 있었기 때문에 정체를 드러내면 증거 인멸의 우려가 있었거든요. 그와 연계된 정재계 인물들도 있어서 말이죠."

"솔직히 말씀드리면 저는 형사님 말투와 행동 보고 약간 눈치챘었어요."

민희주의 말에 심지윤이 어색한 미소를 지었다.

"아, 그렇게 티가 나던가요?"

"그나저나 민희주 너, 아까 고 대표가 총구 들이댈 때 겁도 안 내더라. 안 무서웠냐?"

문승진의 물음에 민희주가 울상을 지었다.

"오빠, 말도 마. 티를 안 내서 그렇지 솔직히 지릴 뻔했어."

"여자애가 말도 참 곱게 한다. 지릴 뻔이 뭐냐, 지릴 뻔이."

이혜선이 떨리는 목소리로 말했다.

"아까 고 대표를 한입에 물고 가는 그 모습을 떠올리면 끔찍해요."

"고 대표가 장 팀장님을 살해한 것이 밝혀졌으니 신석기 씨도 그 사람 짓일까?"

문승진이 묻자 민희주는 잠깐 생각을 하다가 입을 열었다.

"글쎄, 제주도 연쇄 살인마의 짓이 아니라고 해도 그렇게 능숙한 솜씨를 보일 만큼 무술에 능한 사람인지 잘……. 증거가 없으니 알 수가 없네."

"참, 형사님이 생각하시기엔 어떠세요? 고 대표가 신석기 씨를 죽였을까요?"

문승진이 심지윤을 바라보았다. 심지윤이 고개를 갸우뚱했다.

"저야…… 뭐 임시로 고용된 민간 경호원이라 잘은 모르지만, 제가 아는 고 대표는 나이에 비해 운동 신경은 있지만 무술로 단련된 사람은 아니었습니다."

"그렇군요. 그럼 역시, 아직도 그 살인마가 어딘가에 있을 수 있겠네요."

옆에서 얘기를 듣고 있던 양서희가 말했다.

"참, 선착장에 한번 가 보는 게 어떨까요?"

"거긴 왜?"

문희주의 물음에 양서희가 진지한 표정으로 대답했다.

"지금 생각났는데, 배에 위성 통신기가 있어. 불이 나는 통에

까맣게 잊고 있었네. 그게 보관된 상자는 아마 타지 않았을 것 같은데, 확인해 보는 게 어떨까 해서."

"참 일찍도 말해 주네. 그런 게 있다면 당연히 가야지."

"그러다 이 밤에 괴물이 또 나타나면 어떡해요."

이혜선이 불안한 목소리로 말하자 민희주가 사람들을 둘러보았다.

"네, 그럼 내일 날이 밝으면 일찍 가 보죠."

모두 고개를 끄덕였다.

다음 날 아침, 동이 트자 다시 모인 사람들은 선착장으로 가서 주변을 살펴보았다.

"어?"

심지윤이 갑자기 어느 위치에 멈추더니 무릎을 굽히고 앉아서 바닥을 보았다.

"이거, 그거 아닙니까? 그 캡슐?"

"캡슐이라니요?"

"지하실 냉장고에 있던, 그 정체불명의 캡슐 말이에요."

모래알만 한 작은 캡슐이 몇 개 바닥에 떨어져 있었다. 심지윤은 그것들 중 하나를 손으로 집었다.

"이게 뭐에 쓰이는 거지? 그리고 왜 여기 떨어져 있는 걸까요."

"그러게요. 전에는 못 봤던 거 같은데. 그사이에 누가 여길 왔다 갔다는 증거겠죠. 그 캡슐이 어떤 목적으로 쓰이는지 모르겠지만 그 누군가가 가지고 다닌다는 얘긴데…….”

문승진이 다가와서 그 캡슐을 들여다보았다.

“이거 혹시 그 괴물과 관계있는 거 아닐까요? 아까 말했듯이 괴물이 접근 못 하는 기능을 한다든가. 그 살인마가 이걸 가지고 있어서 괴물에게 공격받지 않은 건지도 모르겠네요.”

“흠……. 오빠 말도 일리가 있네. 연구실에 있던 것이니 분명 관련이 있는 것일 테고. 괴물이 이것에 어떤 반응을 보이게 될지는 기회가 오면 테스트해 보자고. 그럼 이제 서희의 배로 가 볼까?”

민희주의 말이 끝나자 그들은 보기 흉하게 타 버린 배로 향했다. 다들 손에 몽둥이, 쇠파이프 등을 들고 있었다. 배에 다가가던 중에 이혜선이 소리쳤다.

“저기 좀 보세요!”

섬 남쪽 등대 쪽에서 연기가 솟아오르고 있었다. 사람들이 어리둥절한 표정으로 그쪽을 보고 있는데, 갑자기 선착장 옆 바닷물 속에서 뭔가가 떼를 지어 튀어나왔다.

“으악! 저게 뭐야!”

심지윤의 외침에 모두의 시선이 바다 쪽으로 향했다. 문승진은 그것들이 뭔지 알 수 있었다.

“괴물의 치어들이에요. 아니, 이런 대낮에 갑자기 왜 나와?”

땅 위로 계속해서 올라오는 치어 떼들이 팔딱팔딱 뛰며 빠른 속도로 사람들에게 접근했다.

“에잇!”

심지윤이 야구방망이를 들고 골프 치듯이 가까이 온 치어들을 바다로 날려 버렸다.

캬, 캭!

하지만 그 정도로는 소용이 없었다. 치어들이 계속해서 캑캑거리며 물 밖으로 튀어나왔고 날카로운 이빨을 드러내며 입을 벌리고 달려들었다.

“꺄악!”

이혜선이 비명을 질렀다. 그들 중 한 마리가 그녀의 다리를 물어 버린 것이다.

“가만있어요!”

문승진이 그 괴물을 손으로 떼어내 발로 차 버렸다. 이혜선의 다리에서 피가 흘렀다. 그 피 때문인지 치어들이 더 격렬하게 날뛰는 것 같았다. 사람들은 들고 있던 몽둥이나 파이프를 마구 휘두르며 주변의 치어들을 걷어냈다.

“뛰어요, 어서! 집으로!”

양서희가 외쳤다. 문승진은 순간 이상함을 느꼈다. 떼를 지어 다가온 치어들이 그녀 쪽으로는 가려고 하지 않는 것이다.

“빨리 집으로 도망쳐요!”

일행들은 혼신을 다해 달렸다. 잠시 후 숙소에 도착하자 바로 문과 창을 모두 걸어 잠그고 거친 숨을 몰아쉬었다. 다들 얼이 빠져 있는 가운데 심지윤이 한마디 했다.

"아니, 그동안 가만히 있다가 왜 갑자기 저렇게 우르르 몰려오는 거지? 그것도 낮에? 야행성이라며?"

민희주가 고개를 끄덕였다.

"그 연기가 원인이겠죠."

"연기요?"

"네. 아 참, 이 기자님, 물리신 데는 괜찮아요?"

이혜선이 잔뜩 겁먹은 목소리로 대답했다.

"응, 피는 좀 나지만 소독을 하면 될 것 같아. 그나저나 저것들이 집 안까지 들어오려 하진 않을까?"

"여기까지 쫓아온다면 그럴지도 모르죠. 그 큰 어미라면 현관을 부숴 버릴지도 몰라요."

민희주가 한숨을 쉬더니 말을 이었다.

"저 괴물은 망둥이 유전자를 가지고 있어서 저렇게 육지에서도 활동하는 것 같아요. 망둥이는 물 밖에서도 습기만 있다면 60시간까지도 버틸 수 있으니까요. 이 집을 작살내고도 충분한 시간이죠."

"저것들이 정말 집까지 오면 어떻게 하죠?"

윤세미의 질문에 문승진의 표정이 어두워졌다.

"연구실로 들어가 숨는 방법이 있긴 한데, 혹시 우리가 모르는 다른 루트로 놈들이 들어온다면 완전히 고립되겠죠."

"그런데 누가 저 동굴에 불을 지른 걸까요?"

"동굴?"

이혜선이 쳐다보자 민희주가 자신의 생각을 설명했다.

"그 괴물의 둥지에 말이에요. 연기가 난 건 그곳에 불을 질러서였을 것이고, 둥지에서 쏟아져 나온 새끼들이 바다로 나와서 우리들을 공격한 거 같아요."

이혜선의 표정과 목소리가 아까보다 더 침울해졌다.

"도대체 누가……. 그럼 고명수 대표가 아니라 신석기 씨 죽인 범인이 따로 있고, 그 살인마가 단체로만 움직이는 우리를 어떻게든 죽이려고 괴물까지 풀었다는 거군요."

"네, 아마 그래서 승진 오빠가 봤던 그 동굴에 불을 냈을 거예요."

"그럼 아직도 우리의 목숨을 노리고 있다는 건가요?"

이혜선이 울먹이는 목소리로 말하자 문승진이 그녀를 달랬다.

"지금까지처럼 단체로 움직이면 놈이 쉽게 접근 못 할 겁니다."

그가 창밖을 내다보더니 뭔가 생각난 듯 덧붙였다.

"아, 밖은 잠잠해진 것 같으니까 저 잠깐 나갔다 올게요."

"오빠 혼자서 어디 가게?"

"선착장에 좀. 금방 올게. 위성 통신기도 확인 못 했잖아. 금방 갔다 올게."

"그래? 그럼 조심해. 분위기 안 좋으면 바로 돌아오고. 알았지?"

"응, 걱정 마."

문을 열고 나간 승진이 한참 후에 들어왔는데 손에 비닐 봉투를 하나 들고 있었다.

"다행히도 괴물들이 물러가서 서희 씨 배 안을 좀 살펴봤는데 위성 통신기는 안 보이던데?"

양서희가 놀란 얼굴로 말했다.

"정말요? 이상하다. 어떻게 된 거지……."

"살인범이 외부 연락을 차단하기 위해 가져갔을 수도 있겠네요."

심지윤의 말에 민희주가 이해 안 간다는 표정으로 양서희를 쳐다보았다.

"아니, 그것까지 어떻게 알고……. 살인범이 너무 꼼꼼한 거 같네."

양서희가 어색한 미소를 지었다.

"그러게."

문승진이 가지고 온 비닐 봉투를 들어 보였다.

"참, 혹시 필요할지 몰라서 간 김에 한 마리 가져왔어."

그것을 본 심지윤이 인상을 찡그렸다.

"으아~ 어떻게 그걸 가져왔어요?"

비닐 봉투 속에는 죽은 치어가 한 마리 있었다. 크기는 팔뚝만 했지만 심해어를 포함한 몇 종의 물고기가 혼합된 듯한 기괴한 생김새가 혐오감을 주었다. 특히 뾰족하고 촘촘한 이빨들과 험악한 인상이 지옥에서 온 물고기 같은 인상을 주었다.

“희주야, 그래도 네 전공이 고생물학이니까 이걸 보면 놈들의 약점 같은 걸 알 수 있지 않을까?”

“흠, 해부라도 한번 해 보는 게 좋겠네요. 연구실에 장비가 있을 테니 다들 그곳으로 가시죠.”

일행은 저택 지하실에 있는 연구실로 괴물의 새끼를 가져갔다.

“아니, 이게 왜 이래?”

문승진이 소리치자 모두 그가 있는 곳으로 모였다. 컴퓨터의 본체가 분해되어 있었다.

“하드디스크를 누가 빼 간 거 같은데요?”

“우리가 밖에 있는 동안 누가 여기 들어왔었다는 얘긴데. 서희 씨, 이 집의 출입문을 잠그지 않았나요?”

“네, 분명히 잠갔는데요.”

이혜선의 물음에 양서희가 얼른 답했다.

“그럼 도대체 어떻게 사람이 들어와서 이렇게 만들어 놓을 수 있죠?”

“저도 몰라요.”

“아무래도 이건 내부의 소행일 가능성이 있겠군요. 다들 그 연구 자료 때문에 왔으니 욕심이 난 누군가…….”

형사 심지윤이 심각한 표정으로 말을 이었다.

“비밀번호는 모두가 알고 있으니 연구실 문을 열고 몰래 들어

올 가능성은 전원에게 있어요. 이 섬에 우리 외에 살인마가 존재할 가능성도 높지만 그 살인마와 공범이 내부에 존재할 가능성도 생각해 볼 수 있을 것 같군요."

"공범이라고요? 그럼 이 안에도 살인자가? 이젠 정말 아무도 못 믿겠군요."

이혜선이 잔뜩 겁먹은 얼굴로 말했다.

"어? 이거, 발자국 아닌가요?"

"발자국?"

사람들의 눈이 모두 문승진이 가리킨 쪽을 향했다. 컴퓨터 옆에 신발 모양의 진흙 자국들이 있었는데 그 자국은 연구실 안쪽으로 향하고 있었다. 그리고 지하 동굴로 통하는 철문 앞까지 이어져 있었다.

"아, 이건 누군가 저 아래 지하로 들어왔다가 나간 흔적 같은데요. 그렇다면 역시 그 수조가 있는 곳에서 외부로 통하는 다른 루트가 있다는 얘긴데……."

민희주의 말을 낚아채듯 하며 이혜선이 신경질적인 목소리를 냈다.

"그렇다면 저 미로 같은 동굴을 잘 아는 사람의 짓이란 거잖아요. 역시 이 섬의 주인인 양서희 씨가 제일 의심스럽네요."

"무, 무슨 말씀이세요. 저는 아직 이 섬에 대해 모르는 게 많아요. 이 연구실도 여러분이 오셔서 비밀번호를 알아내지 않았으면 아직까지 어떻게 생겼는지도 몰랐을 겁니다."

양서희는 억울해했지만 이혜선은 의심의 눈빛을 거두지 않았다.

"자자, 그런 얘기 해 봤자 지금 상황에서 별 도움이 안 됩니다. 저는 솔직히 심지윤 씨가 경찰이라는 것도 믿지 못할 정도거든요. 그러지 말고 일단 이곳에 온 목적이 있으니……."

심지윤은 자신을 의심하는 한주호가 못마땅했는지 한마디 하려다가 참는 모습이었다. 그러는 동안 민희주가 연구실 안에서 찾아낸 도구들을 이용해 간단히 부검하듯 그 치어의 시체를 해부하기 시작했다.

"역시 여기서 봤던 그 그림과 일치하네요. 부레가 크고…… 그리고 이건 기름덩어리인 것으로 보아 간인데, 간이 크군요. 역시 지느러미도 몸집에 비해 넓은 편이네요."

"간덩이가 부어서 그렇게 사나운 건가요?"

우스갯소리를 한 심지윤이 아무도 반응을 안 하자 무안한 표정을 지었다.

"이빨도 역시 유체라 덜 발달했지만 굉장히 뾰족하네요. 간이 이렇게 큰 건 경골어류가 아니라 연골어류인 상어의 특징인데…… 상어는 몸무게의 25%가 간이거든요. 기름덩어리나 다름없는 간을 부레 대신 쓰는 거죠. 간 외에도 몸 곳곳에 기름덩어리 같은 게 보여요. 하지만 개구리도 아닌데 몸에 기름을 저장할 리도 없고."

양서희의 눈이 동그래졌다.

"개구리가 몸에 기름을 저장해?"

"겨울잠 잘 때 지방을 비축하거든. 그리고…… 아까 봤더니 여기 이 지느러미로 펄쩍 뛰면서 육지에서 이동하더라고. 아마 망둥이처럼 아가미에 물을 잔뜩 축여서 물 밖에서도 숨을 쉴 수 있을 거야. 이 녀석은 등에 부레가 있는 것 같은데, 부레의 탄력이 이 정도로 좋은 물고기는 드물 것 같아."

민희주는 이어서 절개한 치어의 배를 벌리더니 내장 쪽을 살폈다.

"소화 기관을 보니까 닥치는 대로 먹는 것 같아요. 이 녀석 위 속에 갯강구나 갯지렁이도 있고 물속에서는 작은 물고기들도 잡아먹고 밖에서는 바위에 붙은 벌레나 고둥 같은 거까지 잡아먹은 것 같네요. 제가 말씀드릴 수 있는 건 여기까지. 솔직히 저도 해부는 그리 많이 해 보지 않아서 자세히는 몰라요. 고생물학은 해부보다는 발굴 자료를 더 많이 보는 편이거든요."

"그래서 뭔가 녀석들의 약점을 알겠어?"

"해부를 통해서는 잘 모르겠어요. 전에도 말씀드렸듯 야행성이라 주로 밤에 다니는데, 날씨가 흐리기 때문에 활동은 가능해도 오래는 못 나와 있을 거예요. 폭풍우는 없어도 여전히 흐린 날씨라 육지로 올라올 수 있었던 것 같아요."

"그럼, 아까 그 치어들도 다시 물속으로 돌아갔을까?"

"여기까지 쫓아오지 않은 걸 보면 그랬을 가능성이 있어요. 다만, 누군가 자신들의 둥지에 불을 지른 것 때문에 어미가 상당히 화가 나 있을 테니 조심해야 할 거 같아요."

"그럼 조금 있다 밖을 살펴보는 게 좋겠군요. 어디 잘 보이는 곳에 가서 불이라도 지펴 보는 건 어때요? 아까 동굴에 불낸 얘기 듣고 생각난 건데, 바다가 잔잔해졌으니 지나가던 배라도 연기를 보고 찾아올 가능성이 있지 않을까요?"

한주호의 말에 민희주가 고개를 끄덕였다.

"네, 그렇게 해요. 하지만 역시 조심은 해야 할 것 같아요. 놈들이 어떤 것에 반응하는지는 좀 더 봐야 알 수 있을 것 같지만, 뭔가에 이끌려서 나타나는 느낌이 들어요. 그걸 알아낼 때까지는 최대한 방어적인 자세를 유지해야 할 거 같아요."

"그 살인마가 괴물을 조종하고 있을 가능성은 없을까요?"

이혜선이 걱정스러운 얼굴로 물었다. 민희주가 잠시 생각하더니 입을 열었다.

"이 모든 일들이 우리가 아귀도에 도착한 후부터 발생한 것을 보면 돌아가신 장 팀장님인 척하면서 이 섬으로 유도한 그 누군가, 그 사람의 계획에 따라 괴물의 공격이 있었을 가능성도 있죠. 하지만 아직 증거가 없어서 속단은 못 해요."

"희주 씨 말이 맞아요. 경찰인 저희들도 증거가 없으면 범인을 못 잡거든요. 누가 무슨 동기로 이런 짓을 벌이는지도 정확하게 모르는 상태라 더욱 난해한 것 같아요. 아까 말씀하신 대로 내부에 공범이 있을 수도 있고. 아직도 목숨을 노릴 만한 대상이 남아 있으니…….”

이혜선을 본 심지윤이 말실수를 한 걸 깨닫고 입을 다물었다. 이혜선은 금방이라도 울음을 터뜨릴 것 같은 표정이었다.

21

생존한 일곱 명은 늦은 점심 식사를 한 뒤 다시 모였다. 이혜선이 겁먹은 얼굴로 말했다.

“정말 밖에 나가도 괜찮을까요?”

“그렇게 무서우시면 집에 남아 계시는 게 어때요?”

“아니에요. 혼자 남는 건 더 싫어요. 살인마가 저를 노리고 있는데 혼자 있다가 이경준 씨처럼 당하면 어떡해요.”

문승진이 걱정스러운 눈빛으로 고개를 끄덕였다.

“알겠습니다. 그럼 준비하시죠.”

일행은 최대한 무장을 하고 집을 나왔다. 다행히도 주변에 괴물의 흔적은 없었다. 이들은 우선 섬 밖에서 눈에 잘 띄는 아귀 수컷 쪽으로 가기로 했다. 태풍도 지나갔는지 더 이상 비는 안 내렸지만 하늘은 여전히 흐렸고 무척 습하고 더웠다. 한참을 걸어 도착한 아귀 수컷에는 지뢰가 터진 자국이 그대로 남아 있었다.

"다행히도 아직 썰물이군요."

"그 괴물이 또 튀어나올 거 같아서 무서워요. 정말 괜찮을까요?"

걱정하는 윤세미를 심지윤이 달래 주었다.

"일단 바다 쪽과는 거리를 좀 두고 계세요. 그리고 뭔가 나타나면 냅다 뛰는 겁니다. 아셨죠? 자, 어서 빨리 불을 붙입시다."

오는 길에 각자 채취한 나뭇가지들을 모아서 한주호가 라이터를 꺼내 불을 붙였다. 모닥불이 타면서 연기가 하늘로 올라가자 일행은 바다 쪽으로 시선을 돌렸다.

"이럴 때 배라도 한 척 지나가면 좋을 텐데."

심지윤이 혼자 중얼거리는 소리를 들은 민희주가 물었다.

"아 참, 형사님, 경찰에서 형사님 위치를 파악하고 있지 않았나요?"

"그렇다고 해도 출동 요청을 해야 올 텐데 통신이 안 되니 문제죠."

이혜선이 불안한 표정으로 주위를 두리번거렸다.

"여기서 볼일 다 봤으면 어서 집으로 가요."

"응?"

한주호가 비탈진 곳 위쪽을 보았다.

"왜 그래요?"

"저기 좀 보세요. 저기가 혹시 그 동굴 입구 아닐까요?"

문승진의 물음에 한주호가 손가락으로 높은 곳을 가리켰다.

"아, 뭐가 있긴 하군요. 잘도 찾아내셨네요."

"제가 올라가서 확인해 볼까요?"

"아닙니다. 주호 씨는 형사님하고 이곳을 지키고 계세요. 제가 올라가 볼게요."

문승진이 한주호가 말한 등대가 있는 높은 곳으로 올라갔다. 가파른 비탈을 힘들게 올라가고 있는데 뒤에서 한주호가 소리쳤다.

"그쯤이에요!"

멈춰 선 문승진은 거친 숨을 몰아쉬며 아래를 내려다본 후 주위를 둘러봤다.

"어?"

움푹 파인 곳이 눈에 들어와서 그곳으로 가 보니 다른 곳과 달리 안으로 파여 있을 뿐, 동굴처럼 깊게 들어간 곳은 아니었다. 마치 누군가 일부러 땅을 파낸 느낌이었다. 문승진은 고개를 갸우뚱했다. 그때 '삑' 하고 알 수 없는 소리가 들렸다. 다음 순간, 그의 바로 앞에 있던 돌무더기가 폭삭 내려앉았다.

"꺄악!!"

아래서 올려다보던 양서희가 비명을 질렀다. 순식간에 그 돌무더기가 지탱하던 거대한 바위들이 와르르 무너졌다.

"피해요!!"

문승진이 아래로 소리쳤다. 하지만 너무나도 갑작스럽고 빠르게 벌어진 일이라 일행은 피할 겨를이 없었다.

"아악!!!!!"

날카로운 여성의 비명이 울리면서 바위들이 떨어진 아래서 흙먼지가 일었다. 문승진이 급히 아래로 내려가서 소리쳤다.

"다들 괜찮으세요!!"

흙먼지가 가라앉으며 사람들의 모습이 하나둘씩 보였다. 먼저 모습이 보인 것은 콜록거리며 다가오는 민희주였다.

"오빠……."

"아, 희주야. 무사해서 다행이야."

그다음으로 모습을 드러낸 건 형사 심지윤과 윤세미였고, 잠시 후 한주호가 나타났다.

"어? 양서희 씨는 어디 계시죠? 이혜선 기자님은요?"

"여기예요!"

저쪽에서 양서희의 목소리가 들렸다. 모인 사람들은 전부 그쪽으로 이동했다.

"아가씨, 괜찮으세요?"

윤세미가 앞장서듯 달려가 도착한 곳에는 양서희가 있었다. 그리고 그녀가 서 있는 곳에는 조금 전에 떨어진 커다란 바위와 같이 쏟아진 돌무더기가 보였다. 사람들이 가까이 다가가자 그 바위에 깔린 이혜선이 보였다.

“죽은 거 같아요.”

양서희가 떨리는 목소리로 말하고 입을 가렸다. 이혜선은 바위에 깔린 상태에서 빠른 속도로 굴러떨어진 돌들에 머리를 가격당해 피투성이가 되어 있었다. 그녀 역시 죽은 다른 사람들 못지않게 처참한 모습이었다. 특히 참혹해 보이는 건, 잔뜩 공포에 질린 그녀의 표정이었다. 그것을 본 한주호가 말했다.

“그렇게 죽을까 봐 두려워하더니 결국…….”

“죽을 순서인 사람이 이렇게 사고를 당해 죽다니 참 신기하네요. 설마 살인범이 신은 아닐 테고, 이 사고가 우연이라는 게 믿기지 않네요.”

민희주가 놀란 얼굴로 말하자 굳은 표정의 심지윤이 외쳤다.

“잠깐만요!”

그가 고개를 들어 문승진을 노려보았다.

“문승진 씨, 당신이 저 위에 있을 때 돌들이 굴러떨어졌습니다. 이거 혹시 당신이 한 짓 아닙니까? 이혜선 씨가 가장 가까운 곳에 있다는 것을 확인하고 일부러 돌을 굴려 떨어뜨린 거 아닌가요?”

“아, 아닙니다!”

“생각해 보니 당신이야말로 그동안의 모든 피해자들에 대한 살해 동기를 가지고 있습니다. 당신의 아버지 회사는 고명수 대표 때문에 망했고, 신석기 씨와 박선주 씨는 아버지를 배신했고, 이경준 씨 역시 횡령을 해서 회사를 망하게 했잖습니까. 이혜선 기자야말로 당신 아버지 회사를 비난하는 기사를 썼으니 이들 모두와 원한 관계에 있던 사람은 당신뿐입니다."

"하, 하지만……."

당황한 민희주가 물었다.

"형사님, 갑자기 왜 이러세요? 승진 오빠는 사건들이 발생했을 때의 알리바이가 있어요."

"먼저 말했듯이 공범의 가능성도 있고, 자세한 건 추가 수사를 해 보면 알겠죠. 적어도 이혜선 씨의 죽음에 관해서는 현재 가장 의심스러운 사람입니다. 임의 동행을 위한 구속이 불가피합니다. 추가 범죄의 가능성이 있기 때문에 배가 올 때까지 격리를 하겠습니다."

문승진은 결국 두 손이 끈에 묶인 상태로 창고에 갇히고 말았다.

"이럴 줄 알았으면 고 대표 말대로 진즉 구속을 해 둘걸 그랬어요. 이혜선 기자님한테는 미안하지만, 지금 저 상태로는 시신을 옮기는 것이 어려우니 나머지 분들은 저와 함께 일단 집으로 돌아갑시다."

심지윤의 말에 문승진을 창고에 남겨 둔 채 모두 집으로 향했고, 창고에 홀로 남겨진 문승진은 혼란스러운 기분에 빠져 멍하니 있었다. 한참 후, 창고 속 쇠창살 창문을 통해 석양이 보였다.

그의 눈에 들어온 석양빛이 현재 처한 상황과 대조적으로 아름다웠다. 자연의 무심함을 느꼈는지 허무한 표정을 지었다. 그렇게 약간의 시간이 지났는데.

끼이익.

조용한 창고 안에 이상한 소리가 울려 퍼졌다. 놀란 문승진은 소리가 나는 쪽을 봤다. 출입문이 스르르 열렸다. 그는 그곳을 유심히 바라봤지만 아무도 없었다. 바람이 불어서 열린 건가 하고 시선을 돌리려는 순간, 누군가가 재빠르게 안으로 들어왔다. 그리고 문승진이 상대를 알아보기도 전에 그에게 달려들었다.

"누구야?!"

괴한은 묶여 있는 상태라 제대로 움직일 수 없는 문승진을 뒤에서 바닥에 쓰러뜨리더니 끈으로 목을 조르기 시작했다.

"으윽!"

상대는 앞으로 쓰러져 있는 문승진 위에 올라탄 채 목에 두른 끈을 힘차게 당겼다. 완전히 제압당한 상태의 그는 소리도 못 지르고 몸만 필사적으로 마구 비틀었다. 문승진이 정신을 잃으려는 찰나, 끈의 힘이 빠지면서 겨우 숨을 쉴 수 있었다.

"허억!"

"걱정 마, 바로 죽이지는 않을 테니. 어차피 부탁받은 방법대로 못 해서 엉망이 된 거, 내 방식대로 하지 뭐. 난 칼 쓰는 걸 좋아하거든."

"다, 당신은?"

문승진은 그의 얼굴을 볼 수 없었지만 익숙한 목소리인 것을 알았다.

"그래, 이제 알아보는 모양이구나. 하긴, 자신이 누구 손에 죽는지 아는 것도 나쁘지는 않지. 모르고 죽은 사람도 있었으니까 말이야. 원래 내 손으로 처리하기로 했는데 놓친 사람 몫까지 확실하게 즐겨 줄게. 자, 그럼……."

"그만둬!"

그때 심지윤이 문을 박차고 들어왔다. 그 뒤에서 민희주가 손에 파이프를 들고 있었다.

"뭐, 뭐야?"

당황하는 괴한에게 민희주가 말했다.

"자, 이제 그만하시죠, 선장님."

괴한이 고개를 들었다. 그의 정체는 문주란호의 선장 김호선이었다. 그에게서 풀려난 문승진이 벌떡 일어나 뒤로 물러서며 말했다.

"당신이 어떻게 여기에? 배에 불나서 죽은 거 아니었어?"

"아, 그거? 물론 조작이지. 그런데 아가씨는 난 줄 어떻게 알았을까?"

김호선이 민희주를 노려보며 미소 지었다.

"제가 눈치가 좀 빠르거든요. 신석기 씨의 시체에 난 칼에 베인 상흔을 보니 한주호 씨가 한 말이 생각나더라고요. 선장님이 칼을 잘 쓰신다고요. 물론 배에 불이 나서 사망한 것으로 되어 있으니 의심하지 않을 거라고 생각하셨겠죠."

"흐음, 재밌는 아가씨군. 그런데 설마 그것만 가지고 내 짓이라고 생각한 건 아니겠지?"

"또 생각난 게 있었어요. 선장님이 하신 말씀이죠. 배가 낡아서 불이라도 났으면 좋겠다고 하셨어요. 보험을 들어 놨다는 얘기도요. 그런데 배에 불이 나자 필사적으로 불을 끄려고 했잖아요. 그냥 같이 탈출했으면 되는 건데 말이죠. 물론 둘 다 저의 짐작에 지나지 않았습니다만."

"그럼 내가 여기에 나타날 줄은 어떻게 알았지?"

"선장님은 모임에 초청된 사람들을 전부 죽이려 했죠? 물론 대멸종의 순서대로라는 규칙은 있었지만, 그렇다고 승진 오빠는 살려 두기로 했을까 하는 생각을 해 봤죠. 그렇지는 않을 것이란 결론을 내렸어요. 왜냐하면 초청하는 사람들을 죽이는 것이 목적이라면 절대로 예외는 없었을 테니까요."

"희주야, 언제 그런 생각을 한 거야?"

"오빠한테는 미안해. 실은 아귀 수컷 갔다가 오빠가 동굴 확인하러 올라갈 때 저분께 몰래 가서 부탁했어. 그 시점에서 낚시 모임에 초대된 사람들 중 생존자는 이혜선 씨와 승진 오빠인데, 이혜선 씨는 여자에다가 극도의 불안감에 빠져 있으니 오빠를 미끼로 범인을 유도해 보자고 말이야. 이 계획은 본인은 모르게 해야 효과가 있는 거라 어쩔 수 없었어."

"서, 선장님!"

얘기하는 동안 뒤늦게 나머지 인원들과 같이 창고 안으로 들어온 한주호가 외쳤다.

"당신이 어떻게 여기에?"

김호선이 그를 보더니 씨익 웃었다. 그리고 손을 자신의 품속으로 넣으려 했다.

"움직이지 마!"

심지윤이 들고 있던 몽둥이를 김호선 쪽으로 향하며 물었다.

"그동안 도대체 어떻게 숨어 있었지?"

"절벽에 동굴이 많다는 거 모르나? 얕은 동굴에 들어가 숨어 지냈지. 배에서 불이 났을 때 어떻게 살아서 나왔는지도 궁금하지? 마술사의 트릭을 알면 시시하듯이 그 방법도 간단한 거야. 사전에 엔진실을 빠져나올 수 있는 구멍을 낸 다음에 숨어 있다가 너희들이 고무보트 타고 배를 떠난 후에 곧장 안에 숨겨 둔 제트스키로 빠져나왔지."

"김호선, 나는 부산경찰청 소속 형사다. 당신을 신석기 씨 살인 혐의로 체포한다. 긴급 구속을 실시할 테니 그 자리에 꿇어앉아!"

심지윤의 엄포에 김호선은 당황한 듯했지만 이내 미소를 지으며 말했다.

"뭐야, 경호원이라더니 형사였어? 체포 영장은 있으신가?"

"뻔뻔한 놈. 너 같은 악질 살인범한테는 설명해 주고 싶지도 않지만, 현행범의 영장은 사후 청구가 가능해. 됐냐? 어서 꿇어!"

김호선은 여전히 미소를 잃지 않은 채 순순히 꿇어앉았다. 그리고 심지윤이 다가가서 묶으려는 순간, 갑자기 잽싸게 엎드리더니 발로 그를 걷어찼다.

"윽!"

"그냥 잡혀 줄 줄 알았지? 재미로 장난 좀 쳐 봤다. 내가 경찰이라고 무서워할 거 같아? 자, 그럼……."

김호선은 품에 손을 넣더니 권총을 빼 들었다.

"아니, 그 총은?"

"고명수 대표가 바다에 빠지기 전에 바닥에 떨어뜨린 거 몰랐지? 괴물이 나타나자마자 다들 꽁지 빠지게 도망치더구만. 숨어서 재밌게 구경하고 있었는데 뜻밖의 수확이 생긴 거지. 도구 하나가 더 늘었잖아."

김호선을 궁지에 몰았는데 총 때문에 분위기가 역전되었다.

"내가 특수부대 출신이라는 거 사진 봤으면 알 텐데. 비록 나이는 먹었어도 무술로 연마된 몸에 칼과 총으로 상대를 죽이는 건 아주 능숙하거든. 너희들이 한꺼번에 덤벼도 소용없어."

문승진이 그를 노려보며 말했다.

"당신은 도대체 왜 이런 짓을 하는 거죠?"

"일종의 취미 생활이랄까, 사는 재미랄까, 뭐 그런 거? 사람마다 재미를 느끼는 일들이 다르잖아. 나는 사람 죽이는 게 재밌거든. 소질도 있는 거 같고. 게다가 돈도 생기는 일이라 의뢰는 받았지만 즐기면서 하고 있어."

"사람을 죽이는 게 취미라니 완전히 미쳤군. 누가 당신같이 미친 사람한테 의뢰를 했지?"

"시끄러! 아무리 곧 죽을 처지지만 남의 영업 비밀을 뭘 물어봐. 친절하게 대답해 줬더니 안 되겠네. 다들 창고 밖으로 나가!"

일행은 총을 들고 있는 그가 하라는 대로 할 수밖에 없었다. 창고 밖으로 나온 그들은 그가 시키는 대로 아귀 수컷 방향으로 이동했다.

"자, 일단 여기서 어떻게 할지 생각해 보자."

심지윤이 그를 노려보며 물었다.

"워, 원하는 게 뭐야?"

"원하는 거? 간단해. 너희들 모두 싹 죽이는 거야. 하라는 대로 해 보긴 했지만, 순서고 방법이고 그런 거 몰라. 처음부터 내 목적은 싹 다 죽이는 거였으니까. 그래서 내 나름대로의 계획을 또 세웠지. 자, 그럼 누구부터 없애 줄까? 너부터? 아니면 덩치부터?"

김호선이 심지윤 쪽으로 먼저 총을 겨눴다. 옆에 있던 한주호가 나섰다.

"서, 선장님! 이건……."

"듣기 싫어! 그놈의 계획이고 뭐고 이제 지겹다. 난 사실 규칙 같은 거 없는 게 더 좋아. 이제부터 내 마음대로 해야겠어. 다들 묶어 놓고 여자들은 적당히 갖고 놀다가 죽이는 것도 괜찮을 거 같은데. 어디 보자……. 아, 역시 아가씨부터가 좋겠네."

김호선이 음흉한 눈으로 양서희를 쳐다보았다.

"당신 미쳤어?!"

양서희가 노려보며 소리치자 김호선은 게걸스럽게 웃었다. 바로 그때, 심지윤이 재빠르게 가스총을 꺼내 김호선의 얼굴에 쏘았다.

"으악! 이 새끼가!"

김호선이 심지윤 쪽으로 총구를 돌리려는 순간, 한주호가 몸을 던져 그를 들이받았다. 그 충격으로 김호선은 나가떨어졌고 심지윤이 달려가서 총을 발로 차 버렸다. 하지만 눈이 잘 안 보임에도 불구하고 김호선이 뛰어난 무술 실력으로 심지윤의 다리를 차서 넘어뜨리더니 펄쩍 일어나서 달려드는 문승진과 한주호에게 동시에 점프 킥을 날렸다. 두 사람이 나가떨어지는 사이에 심지윤이 서둘러 권총을 집으려 했지만 김호선이 빠른 몸놀림으로 그의 손을 걷어차고 총을 집어 들었다.

"아, 눈 따가워라. 이 새끼들 정말!"

"저, 저거 봐요!"

윤세미가 소리치자 모두들 동시에 그녀가 가리키는 쪽을 봤다. 석양을 배경으로 뭔가 검은 덩어리가 아귀 수컷 아래에서 펄떡 뛰어 올라오더니 이쪽으로 빠르게 다가왔다.

"괴물이다!!"

심지윤이 소리쳤다. 뱀처럼 길쭉한 괴물이 거대한 입을 벌리며 돌진해 왔다.

크아아아아!!!

"모두 튀어!"

사람들이 반사적으로 괴물이 다가오는 반대 방향으로 뛰기 시작하는데 김호선이 괴물을 노려보며 외쳤다.

"이 물고기 새끼가 감히 내 일을 방해해?!"

그가 소리치며 괴물을 향해 총구를 돌렸다.

빵!!

총소리에 뛰던 사람들이 놀라서 돌아봤다. 그들의 시선이 향한 곳에는 괴물이 멈춰 서 있었다.

크아아악!!!

김호선이 쏜 총이 괴물을 맞히기는커녕 자극만 했는지 놈이 입을 쫘악 벌리고 포효를 했다. 커다란 입 안에는 날카롭고 촘촘한 이빨들과 빨갛고 미끈거리는 혀가 보였다. 이어서 치어 여러 마리가 물속에서 튀어 올라오더니 이쪽으로 열심히 뛰어오는 게 보였다.

캬악! 캬악! 카약!

김호선이 다시 총을 들고 쏘려고 하자 괴물이 기다란 꼬리를 휘둘러 세차게 가격했다.

"우욱!"

그 충격에 나가떨어진 김호선이 총을 바닥에 떨어뜨렸다. 심지윤이 달려가 김호선이 떨어뜨린 총을 집어 괴물을 쏘았다.

빵!! 빵!!

하지만 커다란 몸으로 난동을 부리는 바람에 한 발은 빗나갔고 한 발은 꼬리에 맞았다.

크아아악!

괴물이 포효하며 고통스러워하는 사이 문승진이 근처에 떨어져 있던 돌덩이를 들어서 꼬리를 팍 찍었다.

켁!! 크아악!!

하지만 그 충격도 잠깐, 괴물의 괴력에 밀려 그는 반대편으로 나가떨어지고 말았다.

캬악! 캬악! 캬악!

다가오던 치어들이 쓰러진 문승진에게 달려들었다. 그는 벌떡 일어나서 뒷걸음질을 쳤다.

"승진 오빠!"

민희주가 그에게 달려오자 치어들이 갑자기 물러나기 시작했다.

"뭐지? 얘들이 갑자기 왜 이래?"

"나도 몰라."

괴물은 화가 나서 자신에게 총을 쏜 심지윤을 향해 달려갔는데, 그사이에 쓰러져 있던 김호선이 일어나서 몸을 추스르고 있었다. 괴물이 그를 물려고 입을 크게 벌렸다. 바로 그때, 심지윤이 총을 들어 괴물의 입 안을 향해 한 발 쐈다.

콰광!!!

순간, 눈앞에서 큰 폭발이 일어났다. 반사적으로 두 팔로 머리를 감싸며 몸을 숙인 사람들이 잠시 후 고개를 들고 주위를 살폈다. 한주호가 다가오며 물었다.

"아, 아니, 어떻게 된 거죠? 뭐가 터진 거죠?"

괴물의 몸에서 불꽃이 맹렬하게 솟아올랐다. 놈의 상반신이 터진 상태였다. 가장 가까운 곳에 있던 문승진과 민희주는 그 폭발의 반작용으로 바다 쪽으로 튕겨 나갔다. 문승진의 입에서 신음이 흘러나왔다.

"으, 으윽……."

민희주가 몸을 일으키며 물었다.

"오빠, 괜찮아?"

"으, 응. 괜찮아. 갑작스러운 폭음 때문에 머리가 좀 어지러운 것뿐이야."

"아, 다행이네."

주변을 돌아보니 폭발한 괴물 근처에 있던 치어들도 몇 마리

죽고, 나머지는 전부 바다로 달아나 버렸다.

“아니, 그런데 갑자기 괴물이 왜 폭발해 버렸을까요?”

심지윤이 어리둥절한 표정으로 말했다.

“괴물의 몸속에 폭탄이라도 있었나 봐요.”

“폭탄이라…….”

윤세미의 말에 민희주가 괴물의 타고 난 잔해를 쳐다보았다.

“흠…… 몸속에 가스통 같은 게 있었는지도 모르겠군요.”

“가스통?”

양서희의 물음에 민희주가 고개를 끄덕이며 말을 이었다.

“괴물이 심해에서 메탄 수화물을 먹고 수면으로 올라와 이걸 뱉는다고 했으니까, 몸속에 메탄가스가 가득 차 있는 거랑 마찬가지였을 거야. 그런데 형사님이 입 안으로 쏜 총에 점화되어 폭발한 거지. 가스통처럼 입 밖으로 뿜으면 화염 방사가 되겠지만, 안에서 불이 붙으면 이렇게 터져 버린다는 얘기야.”

심지윤이 괴물과 함께 반쯤 날아가서 타 버린 김호선의 시체를 보며 말했다.

“살인마 자신의 최후도 죽인 사람들 못지않게 처참하군.”

민희주는 괴물의 사체 쪽으로 다가가서 좀 더 살펴보았다. 머리와 등의 대부분이 찢어져서 형체를 알아볼 수 없었지만 꼬리와 배 부분은 남아 있었다.

“몸길이는 꼬리까지 대략 6m, 몸무게는 적어도 3t 정도는 될 것 같고, 지느러미가 상당히 넓은 편인 데다 배지느러미가 변해서 된 빨판. 역시 치어와 성어의 기본 구조는 거의 다르지 않군요. 마찬가지로 간도 큰 편이네. 방금 폭발 때문에 부레 쪽은 완전히 연소된 것 같아요. 이 안쪽에 메탄 수화물을 저장하고 있었나 봐요."

문승진이 괴물의 잔해를 노려보며 말했다.

"드디어 불을 뿜는 용의 정체가 드러난 거군."

22

해가 완전히 기울었고, 살아남은 사람들은 모두 숙소로 돌아왔다. 심지윤이 초점 없는 눈으로 허공을 보며 말했다.

"꿈에도 생각 못 했는데……. 살인범의 정체가 문주란호 선장이었다니 믿기지가 않네요."

"제가 제주도에 도착해서 연쇄 살인 사건에 관한 뉴스를 들었거든요. 그 범인이 칼을 잘 쓴다고 하는……. 아, 맞다. 이혜선 기자님이 말씀하신 적이 있죠."

민희주의 말에 문승진이 놀란 얼굴로 말했다.

"아, 그거 나도 봤어. 범행 수법이 잔인해서 경찰에서 비상인 것 같았어."

"응, 얘기했듯이 배에서 들었던 칼을 잘 쓴다는 얘기도 생각났어. 신석기 씨의 시체에 난 칼의 상흔을 보고 알 수 있었어. 한 번에 상대의 목숨을 노린 것이 아닌, 칼로 상처를 내면서 고통스러워하는 것을 즐겼으리란 것을. 한마디로 제정신인 사람은 아니지. 연쇄 살인마 같은……."

"그걸로 선장이 범인일 거라고 생각한 거야?"

"물론 이미 얘기한 대로 짐작에 지나지 않았지. 하지만 이 상황에서 아무것도 안 하는 것보다는 낫겠다는 생각을 했어. 정말로 낚시 모임에서 사용된 카페 닉네임을 타깃으로 살인을 했다면 승진 오빠의 목숨도 노릴 가능성이 있겠다 싶었고."

"흠……. 다 좋은데, 다음부터는 제발 그런 건 미리 얘기해 줘."

"다음에 이런 일이 또 있었으면 좋겠어?"

민희주의 농담 섞인 말에 문승진은 할 말을 잃었다.

"아무튼, 신석기 씨를 죽인 범인을 찾아서 정말 다행이야. 이경준 씨도 그 사람한테 당했을 가능성도 있고."

"이경준 씨도 선장이 죽였다고? 도대체 어떻게 한 걸까?"

"그건 확인해 볼 게 좀 있어. 곧 정리해서 얘기해 줄게. 다른 미심쩍은 것들도 있고……."

"저는 좀 의심스러워요, 한주호 씨가."

"네?"

갑작스러운 심지윤의 말에 한주호가 놀란 표정을 지었다.

"당신도 혹시 한패 아닙니까? 같이 배를 타시는 분이 살인마였다는 걸 몰랐다는 게 말이 돼요?"

"저는 정말 몰랐어요! 저는 그냥 고용된 거였고, 같이 배 탄 지도 한 달 정도밖에 안 돼서 선장이 평소에 뭐 하고 다녔는지 전혀 몰랐다고요!"

"선장이 부탁을 받았다고 말한 거 같은데, 당신도 그런 거 아냐?"

"저는 아무것도 몰랐다니까요! 나 참, 미치겠네, 이거."

흥분한 한주호가 언성을 높였다.

"자, 잠깐만요!"

그때 뭔가 곰곰이 생각하고 있던 민희주가 끼어들었다.

"선장이 제트스키 얘기하지 않았나요? 목적을 달성한 후에는 경찰이 오기 전에 달아날 계획이었을 테니 어딘가에 배를 숨겨두거나 하지 않았을까요? 그동안 숨어 있었다는 동굴을 찾으면 뭔가 발견할 수 있을 거 같은데……."

"제 생각에도 일단 섬을 나갈 수 있는 길을 찾는 게 좋을 것 같아요. 괴물이 더 나올지도 모르는 상황에서 이렇게 구조를 기다리고만 있을 수는 없죠."

문승진이 옆에서 말을 거들자 심지윤이 고개를 끄덕였다.

"듣고 보니 그러는 게 좋겠군요. 그럼 그 절벽 쪽에 다시 가 봅시다."

잠시 후 일행은 선장의 은신 장소로 여겨지는 절벽 위로 올라갔다. 한참을 이리저리 살펴보던 중 문승진이 소리쳤다.

"여기예요! 이쪽 수풀이 좀 이상해서 들춰 봤더니 안에 동굴이 있어요."

"교묘하게 막아 놓고 이 안에 숨어 있었군요. 지나가면서 보면 모르겠는걸."

심지윤이 말하며 앞장서서 들어가 동굴 안을 보니 침낭과 간이 식량들이 있었다. 그리고 연구실에서 사라진 연구 자료가 담긴 것으로 보이는 하드드라이브도 있었다.

"여기서 몰래 숨어 있다가 그런 끔찍한 짓을 하다니, 생각만 해도 오싹하네요."

윤세미가 불쾌한 표정을 지었다.

"그가 말한 제트스키는 어디에 있을까요?"

한주호가 주위를 두리번거리며 묻자 민희주가 말했다.

"저 아래 바닷가 암초들 있는 데 숨겨 놓지 않았을까요. 잘 안 보이게 뭔가로 가려 놓았을 거 같아요."

"그래요? 그거라도 있으면 어떻게든 이 섬을 탈출할 수 있지 않을까요?"

"그것만으로는 무리예요. 사실 바다에서 방향 잡기가 쉬운 게 아닙니다. 자칫하면 육지가 아닌 바다 방향으로 갈 수도 있어요."

"나침반이 있으면 동쪽으로 쭉 가기만 하면 되죠."

민희주가 자신의 주머니에서 작은 나침반을 꺼내 보였다.

"평소에 가지고 다니는 아이템입니다."

"여기! 이걸 찾아냈습니다."

동굴 안쪽으로 들어간 심지윤이 무언가 끌고 나왔다. 그것은 바람이 빠진 고무보트였다. 모터도 멀쩡해 보였다.

"다행이네요."

"우리가 타고 왔던 그 보트 맞아요. 선장이 선착장에서 훔쳐다 놓은 거죠. 그리고 또 찾아냈어요. 이런 지도를……."

그가 한쪽 손에 들고 있던 지도를 펼쳐 보였다.

"무슨 지도일까요?"

"김호선이 지도에 표시를 해 놨습니다. 저기, 저 섬 뒤에 자기 배를 숨겨 놨다고 그려 놓았어요."

심지윤이 섬 남동쪽에 있는 큰 암초같이 생긴 섬을 가리켰다.

"섬이라니요?"

"선장은 나중에 탈출하기 위해 아귀도에서 조금 떨어진 섬 뒤에 작은 배를 따로 마련해 둔 모양입니다. 제트스키는 물론이고 고무보트로는 파도가 거센 바다 위에서 오래 있을 수 없으니까요."

"여기에 계획된 살인 장소를 체크해 놓은 것 같네요."

민희주가 지도에서 빨간색으로 번호가 쓰인 곳들을 가리키며 말했다. 섬 서쪽 창고가 1, 등대 앞이 2, 아귀 수컷이 3, 4, 6, 선착장이 5였다.

"이건 좀 이상하지 않아요?"

민희주가 고개를 갸우뚱했다.

“뭐가요?”

“이 장소를 번호 순서대로 체크해 보자구요. 먼저 신석기 씨가 창고, 등대 앞……. 어?”

“왜요?”

“등대 앞은 박선주 씨가 자살한 곳이잖아요. 그런데 어떻게 표시가 되어 있죠?”

“한주호 씨와 양서희 씨, 두 분이 같이 목격을 했으니 의심할 여지는 없을 것 같은데요. 혹시 숨어서 지켜보다가 죽은 걸 확인하고 나중에 표시한 건 아닐까요?”

“그럼 나머지 사람들을 봅시다. 세 번째 타깃인 이경준 씨가 집에서 죽었지만 원래는 아귀 수컷으로 나갈 예정이었죠. 그래서 3번이 아귀 수컷이고, 4번은……. 어? 이혜선 씨가 사고로 죽은 장소가 아귀 수컷 아닌가요?”

민희주의 말에 문승진이 뭔가 생각난 듯 눈을 크게 떴다.

“아, 그러고 보니 돌이 떨어지기 전에 뭔가 소리를 들은 거 같아. 무슨 디지털 음 같았는데…….”

“뭐? 그게 정말이야?”

“응, 무슨 소린지 궁금해서 그쪽으로 움직이는데 갑자기 돌무더기가 무너지더라고.”

“그래? 그게 정말이라면 그건 사고가 아닐 가능성이 있겠네.

죽는 순서와 이 번호들을 매치해 보면 아귀 수컷에서 이경준 씨, 이혜선 기자 그리고 오빠로 되어 있는데 말이야. 역시 김호선 선장은 오빠를 마지막 희생자로 정했었나 봐. 그때 그랬잖아, 자기 나름의 계획을 세웠다고."

문승진이 놀란 표정으로 물었다.

"그럼 그 대멸종의 순서는 뭐지? 나는 원래 살해 대상에 없었던 건가?"

"그건 지금으로서는 알 수 없어. 일단 대멸종 순서대로 죽이는 계획이 있었다는 것만 짐작할 수 있고."

"뭔가 꼬인 느낌이네."

"아무튼 대멸종 순서대로라면 고명수 대표가 죽는 장소는 선착장인데 계획에서 어긋나 등대에서 죽는 바람에 이혜선 기자와 순서가 바뀐 것이고……. 그런데도 이혜선 기자는 계획된 장소에서 죽었네. 이게 우연일까? 아휴~ 복잡해라. 아무튼 이상한 것 투성이네."

"그런 건 나중에 생각하고, 일단은 이 고무보트에 바람을 넣은 다음 저 섬으로 가서 배를 타는 게 낫지 않을까요?"

한주호가 바람 빠진 고무보트를 두 손으로 들어 올렸다. 양서희가 민희주를 보며 달래듯 말했다.

"그래, 이젠 괴물도 살인범도 죽었잖아."

"정말 다 죽었을까?"

"다 죽어?"

"응, 괴물도 살인범도 이게 전부일까?"

"그게 무슨 소리야?"

"아직 못 푼 수수께끼들이 있어. 우선은 낚싯배를 습격한 괴물이야. 그건 분명히 우리가 본 것보다 큰 것이었어. 그리고 또 하나는 이경준 씨의 이상한 죽음. 방법은 둘째 치고, 그를 그렇게 죽게 만든 게 김호선일까? 아니면……."

"아니면 뭐? 정말 공범이 있다는 거야?"

"그 수수께끼를 밝혀내는 건 경찰에게 맡기는 게 낫지 않을까요? 일단은 살아 나가는 게 중요하니까. 그런 건 경찰에서 본격적으로 조사를 해 줄 겁니다."

한주호의 말에 민희주는 고개를 저었다.

"이건 경찰이 풀 수 없는 수수께끼예요. 그래서 나름 생각을 해 봤는데…… 저 괴물 말인데요, 이 연구소에서 만든 거라고 했죠? 메탄가스 채취를 위해서요."

"그 얘기는 몇 번이나 하지 않았나요?"

한주호가 짜증 난 어조로 말했다. 하지만 민희주는 전혀 개의치 않았다.

"제가 말씀드렸죠? 메탄가스가 대량으로 솟아 나오면 그곳을 지나가던 배는 가라앉고, 그 위를 날아가던 비행기는 엔진에 불이 붙기도 한다고요."

"그 얘기를 이제 와서 또 하는 이유는 뭐죠?"

"괴물은 몸에 메탄가스를 가득 담고 있었어요. 말씀드렸듯이 형사님이 쏜 총 때문에 폭발했어요. 그나마 당시 괴물 몸속의 메탄가스 양이 적어서 그 정도로 그쳤지, 아니었으면 가까이에 있던 우리들까지 변을 당했을지도 몰라요."

"그런데요?"

"승진 오빠, 나는 아버님이 타셨던 낚싯배가 덫에 걸렸던 게 아닌가 해."

"덫이라니, 갑자기 무슨 소리야?"

"그 괴물, 메탄가스 채취용으로 만들어졌잖아, 그치? 심해까지 내려가서 메탄 수화물을 먹고 배 속에서 가스로 만든다고 말이야. 그런데 만약에 그 괴물이 메탄가스를 사냥하는 데 썼다면?"

"뭐라고?"

민희주의 말에 다들 놀란 표정을 지었다.

"메탄가스가 솟아오르면 부력이 없어져서 수면 가까이 헤엄치는 물고기들이 가라앉으니까 그것들을 모두 잡아먹을 수 있고, 그걸로 지나가는 배를 가라앉힌 다음에 타고 있던 사람들을 잡아먹을 수도 있다는 얘기야."

"그래서 시신의 흔적도 못 찾은 걸까? 괴물들이 다 먹어 치워서?"

문승진의 표정이 어두워졌다.

"그럴 수도 있어. 배의 잔해들은 바닷속에 가라앉았을 것이고 시신들은 괴물들의 먹이가 되었을 수 있지."

"그럴 수가……."

"오빠, 아버님이 가지고 계셨다던 카메라 영상 있지? 거기서 본 거 기억나? 갑자기 바다가 끓어오르더니 배가 닻처럼 가라앉고 이어서 거대한 이빨 같은 게 보였잖아."

문승진이 고개를 끄덕였다.

"장 팀장님이 풀어 준 그 괴물은 기하급수적으로 번식하면서 바다 생태계를 파괴하고 있는 거야. 저렇게 엄청난 크기로 몸이 커진 이유는 의문이 남지만, 그보다 더 심각해지기 전에 현재 먹이사슬의 정점에 있는 그것들을 통제하지 않으면 안 될 거 같아."

"그럼 어떻게 하면 좋지?"

"대한민국에 있는, 아니 세계의 해양 전문가들을 총동원해서라도 그 동굴이랑 이 근처 바다를 샅샅이 수색해서 퇴치해야 해. 안 그러면 그 괴물들이 번식하면서 바다 생태계를 완전히 쑥밭으로 만들어 버릴 거야. 먹이 사슬의 정상이니 천적도 없을 거라고. 두세 마리만 있어도 고래도 잡아먹을걸? 당연히 인간이 탄 선박들에게 피해가 가겠지. 그런데 그보다도 더 큰 문제는 그것들이 사냥을 위해 메탄 수화물을 계속 쓰면 바다의 메탄가스 농도도 크게 올라갈 거란 말이야. 그럼 지구는 새 멸종기를 만나 지옥이 될 거야."

민희주의 표정이 심각해졌다.

"아니, 그렇다고 지금 우리가 할 수 있는 게 뭐가 있죠? 잡아먹히지 않은 게 다행인 처지에 말이에요."

한주호의 말에 민희주가 고개를 끄덕였다.

"그러니까, 괴물이 더 나타날 수 있으니 조심할 필요가 있다는 얘기예요. 섣불리 움직이면 안 될 거 같아요. 거대한 괴물은 최소한 한 마리가 더 있을 수 있고, 그건 우리가 본 놈보다 훨씬 큰 놈일 거예요."

민희주의 말을 들은 사람들의 표정이 얼어붙었다.

"그러니 지금 고무보트를 타고 나갔다간 그 괴물에게 당할 수 있어요. 여기 있는 게 더 안전해요. 메탄가스로 배를 가라앉힐 수 있으니 낚싯배가 당했듯이 구조하러 오는 배도 당할지 몰라요."

"그럼 우린 도대체 어떻게 해야 하죠?"

심지윤이 당황한 표정으로 묻자 민희주가 말했다.

"일단, 그 괴물의 행동 패턴에 주목해야 할 것 같아요."

"행동 패턴?"

"네, 궁금하지 않으세요? 우리가 섬에 오기 전부터 이 섬에 서식하고 있던 괴물이 어떻게 존재를 눈치도 못 챌 정도로 나타나지 않았을까요? 그러다 우리가 섬에 온 이후 왜 나타나서 공격을 했을까요?"

"그러게, 생각해 보니 이상하네요."

"이상한 점은 그게 다가 아니에요. 대체 왜 하필이면 고명수 대표가 바다에 떨어질 때랑 선장이 죽었을 때 기다렸다는 듯이 괴물이 나타났을까요?"

민희주는 그렇게 말한 후 사람들을 둘러봤다.

"낚시할 때 물고기를 낚듯 미끼를 써서 유도하는 거라도 있는 건가?"

문승진의 말에 민희주가 미소를 지었다.

"응, 바로 그거야. 우선 피 냄새를 맡고 찾아왔을 가능성이 있어. 상어나 피라냐 같은 건 피 냄새를 몇 킬로미터 밖에서도 맡을 수 있고 피 냄새를 맡으면 완전히 미쳐서 동족한테까지 달려들거든."

문승진이 고개를 갸우뚱했다.

"그렇다고 해도, 피 냄새만 맡고 그렇게 빨리 육지까지 찾아올 수 있을까?"

"그건 불가능할 거야. 그래서 피 냄새는 아닌 것 같아."

"그럼 어떤 것이 괴물들을 자극하는 걸까?"

"글쎄, 좀 더 생각해 봐야 할 것 같은데. 흠…… 그리고 또 하나, 이 모든 계획을 실행하는 사람이 선장 혼자뿐일까?"

"네? 공범이 있다는 얘긴가요?"

심지윤이 눈을 동그랗게 떴다.

"생각해 보세요, 김호선 선장은 살인 의뢰를 받았다는 식으로 말했어요. 과연 조력자가 없었을까요? 그리고 그에게 의뢰를 한 사람은 누굴까요?"

민희주가 사람들을 또 한 번 둘러보고는 말을 이어 갔다.

"제 추측으로는 김호선 선장이 외부의 동굴을 통해 연구실에 잠입해서 연구 자료를 가져갔어요. 그건 연구실에 들어가 본 누군가로부터 외부의 동굴과 연결돼 있다는 사실을 들었기 때문일 거예요. 물론 지하에서 들어가는 연구실 출입문 비밀번호도요."

"그럼 그게 누굴까요?"

심지윤이 묻자 민희주가 천천히 대답했다.

"흠……. 아마 하나씩 풀어 나가다 보면 알게 될 것 같습니다."

문승진이 물었다.

"그럼 우선적으로 알고 싶은 게 있는데, 이경준 씨의 그 이상한 죽음은 어떻게 된 걸까? 혼자서 불타 죽었는데 기름 냄새도 안 났잖아."

"응, 맞아. 이제 그 얘기를 할 차례야. 다 같이 확인을 했으면 하는데, 같이 사건 장소로 가 보실래요?"

23

사람들은 모두 이경준이 불타 죽은 방으로 들어갔다. 시체는 치웠지만 불쾌한 냄새는 아직 그대로였다.

"여기 환풍기, 사건 발생 전에도 켠 적이 있을까?"

민희주의 물음에 문승진이 말했다.

"그때 꺼져 있었던 것을 켰으니 없지 않았을까?"

"이 환풍구라면 작은 호스 정도는 통과할 수 있겠지?"

"가능하겠지. 하지만 기름 호스는 아니었을 것이고, 여기를 통해 불씨를 던져 넣었다면 환풍기까지 타 버렸겠지."

"내가 사건 후에 확인하고 물어본 거 기억나? 건물 뒤에서 발견한 산소통에 관해서 말이야. 내 생각에는 이 방의 환풍구를 통해서 산소를 주입한 것 같아. 방 안에 산소를 가득 채우려 한 거지. 산소는 농도가 너무 높으면 폐 등을 산화시킬 수 있어. 산소로 사람을 죽이는 또 다른 방법이 있지."

"그게 뭔데?"

"우리가 본 것처럼 불에 태워 죽이는 거야. 내 생각엔 이경준 씨는 담배를 피우려고 붙인 불이 원인이 되어 변을 당한 것 같아."

"산소가 그 정도로 발화력이 있는 거야?"

"그럼, 산소통에 의한 화재는 뉴스에도 가끔 나와. 산소 농도가 높으면 무쇠도 불에 탈 정도라고 했어. 여길 보니까, 금속인데도 불에 탄 흔적이 있잖아."

"기가 막히네, 사람 살리는 산소로 사람을 죽이다니."

민희주가 일행을 향해 말했다.

"그런데, 김호선 선장이 과연 이경준 씨가 방에 틀어박혀 있는 것과 산소통의 존재를 알았을까요? 만약에 그걸 알았다고 해도 역시 내통하는 누군가가 있다는 얘기가 되겠죠."

"……."

"그리고 하나 더 걸리는 게 있어요. 지금 다 같이 아귀 수컷으로 가시죠. 가서 설명드려야 할 것 같아요."

잠시 후 이들은 아귀 수컷에 도착했다. 캄캄한 밤이라 손전등을 이리저리 비추며 가는데 폭발 흔적과 바위에 깔린 이혜선의 시신이 그대로 있었다. 주변을 둘러본 문승진이 물었다.

"희주야, 이곳에서 뭘 확인할 거니?"

"아무리 생각해도 이혜선 씨 죽음은 단순한 사고가 아닌 거 같아. 누군가 돌을 무너뜨리는 장치를 미리 해 두었다가 방아쇠를 당긴 것 같아."

"방아쇠?"

"응, 내가 봤을 때는 아주 간단한 장치 같은 걸 한 것 같아. 뭔가…… 아마 작은 폭탄 같은 걸 돌 사이에 숨겨 두었다가 원격으로 폭파시킨 게 아닐까 해. 그 충격으로 큰 바위들이 떨어지게 말이야."

"폭탄? 난 그런 거 못 느꼈는데."

"오빠가 뭔가 이상한 소리를 들었다고 했지? 그건 원격 수신 스위치 소리였을 거야. 폭탄은 작은 돌들이 튕겨 나갈 정도면 되니까, 돌 무너지는 소리에 묻힐 정도로 크지 않았을 거라고 생각해."

심지윤이 고개를 갸웃거렸다.

"그런데 어떻게 정확하게 이혜선 씨가 깔려 죽게 만들 수 있었죠?"

"그건 간단해요. 당시에 이혜선 씨가 서 있는 위치를 알면 되죠. 아마 바위가 떨어질 위치를 미리 체크해 두고 그 위치에 서 있도록 유도했을 거예요. 예를 들어 저기 뭔가 있는 거 같으니까 더 가까이 가서 보자든가 그런 식으로요."

"그럼 우리 중에 그렇게 한 사람이 있단 얘기야?"

"나는 그 사람들이 그 선장이랑 공범이라고 생각해."

심지윤이 눈을 크게 떴다.

"그 사람들? 한 명이 아니었어요?"

"자, 박선주 씨 얘기를 해 볼까요? 박선주 씨는 등대 근처 벼랑에서 투신자살을 했고, 그 모습을 목격한 사람이 있죠. 한주호 씨 그리고 양서희. 두 사람이 거짓말을 한 거 같아요."

"희주야, 갑자기 무슨 소리야?!"

양서희가 당황하며 소리쳤다.

"박선주 씨는 살해 예정 장소와 자살 장소가 일치했어요. 과연 이게 우연일까?"

"그럼 우리가 박선주 씨를 밀어 떨어뜨리기라도 했다는 말인가요?"

한주호가 소리쳤다.

"우리?"

민희주의 눈이 가늘어졌다.

"두 사람, 사실은 원래부터 아는 사이죠?"

한주호가 당황한 목소리로 말했다.

"그, 그게 무슨 말씀입니까? 제가 어떻게 이분을 안다고……."

"말씀하신 대로 두 사람이 박선주 씨를 절벽 밑으로 밀어 버렸죠? 그리고 원래 아귀 수컷에서 살해하기로 했던 이경준 씨가 방에 틀어박혀 꼼짝도 안 하자 계획을 바꿔서 환풍구를 통해 산소통의 산소를 넣고 이경준 씨가 담뱃불을 붙일 때 불타 죽게 하려 했겠지. 몸을 사리던 이경준 씨가 담배도 방에서 피울 것이라는 계산도 했을 것이고 말이야."

양서희가 놀란 얼굴로 말했다.

"희주야, 너……."

"아귀 수컷을 떠나기 전에 그렇게 해 놓고 그사이에 불이 나면 서재가 다 타 버려서 흔적을 전부 없앨 거라 생각했겠지? 하지만 이경준 씨는 우리가 도착할 때까지 담배를 피우지 않고 자는 바람에 그제야 불이 붙었고, 즉시 진화를 해서 증거 인멸에는 실패했지. 그래서 내가 그 책과 산소통을 발견할 수 있었고."

양서희가 민희주를 노려보며 떨리는 목소리로 말했다.

"어떻게, 나를 그런 식으로 모함할 수 있어? 희주야, 나는 친구라고 생각했는데……."

"이제 그만해. 더 이상 숨기려 해도 소용없어. 두 사람이 아는 사이라는 건 네 손등의 문신과 한주호 씨 어깨의 문신을 보고 눈치챘어. 똑같은 건 아니지만 비슷하게 생겼더군. 그림의 형태가 알파벳 C모양이던데, 하나는 거울에 비친 반대 방향이라 두 개를 합치면 하나가 될 거라는 걸 짐작할 수 있었지. 왜 그런 모양의 목걸이 같은 것도 있잖아. 연인들을 위해 만든 하나로 합체되는 형태의 모양 말이야. 두 사람, 연인 사이지? 그리고 이혜선 씨가 죽었을 때 나는 봤어. 네가 바로 그 기자 뒤에 있었던 것을 말이야. 네가 원하는 위치에 서 있게 유도했고 한주호 씨가 원격 리모컨을 눌렀겠지. 아니면 서희 너니?"

"말도 안 되는 소리 마!"

양서희가 날카로운 목소리로 외쳤다.

"두 분 진정하시고, 일단 혐의는 인정하셔야 할 것 같습니다. 난폭하게 나오시면 곤란하니 일단……."

심지윤이 총을 꺼내 들고 양서희 쪽으로 다가서자 그녀가 주머니에서 뭔가를 꺼냈다.

"아가씨!"

윤세미가 소리쳤지만 양서희는 그것으로 심지윤의 허리를 찔렀다.

"우욱!"

그것은 심지윤이 가지고 있던 전기 충격기였다.

"언제 그걸……."

심지윤이 쓰러지자 양서희는 그가 들고 있던 권총을 빼앗아 민희주를 겨눴다.

"그래, 네 말이 맞아! 나랑 호준이 오빠가 한 짓이야!"

"호준 오빠?"

"그래, 한주호 씨 본명이야. 장호준, 장태민 팀장님 아들이지."

"아가씨! 그게 갑자기 무슨 말씀이세요?"

윤세미가 놀라서 물었다.

"그러니 아줌마는 올 필요 없다고 말씀드렸잖아요!"

양서희는 눈물을 글썽이며 권총을 들고 문승진과 민희주의 접근을 저지했다.

"우리 아빠랑 호준 오빠의 아버지까지, 모두 그 고 대표에게 살해되었단 말이야!"

"그럼 왜 경찰에 신고하지 않았지?"

"정재계에 연줄이 있는 고 대표를 잡는 게 쉬웠을까? 우리만 미친 사람 취급당했을걸. 아니, 그 사람이 아는 조폭한테 살해당했을 수도 있겠지."

문승진이 비틀거리는 심지윤을 부축해서 일으켜 세우는 사이 한주호가 굳은 표정으로 말했다.

"원수를 갚기 위해 어쩔 수 없었어요. 우린 계획을 세웠고, 실행에 옮긴 거예요."

"그런데 왜 김호선 선장을 끌어들인 거지?"

민희주가 묻자 양서희가 얼굴을 찡그렸다.

"그 사람, 처음부터 나를 보는 눈이 기분 나빠서 싫었어. 하지만 어쩔 수 없었다구. 일단 이 섬으로 사람들을 유도할 낚싯배가 필요했고, 이 섬에 오는 것만 도와주면 된다고 매수를 했는데 어떻게 알았는지 그러더라고. 혹시 사람들을 죽일 계획이 아니냐고. 처음엔 부정했지만, 다 알고 있다면서 자기도 사람을 죽이는 데는 전문가라며 끼워 달라는 거야. 제주도에서 발생한 연쇄 살인 사건이 자신의 작품이라면서 말이야. 그래서 반강제로 그 사람과 같이 계획을 짠 거야. 복수가 우선이었거든. 신석기 씨는 내가 유도했고. 우선 자기에게 죽일 기회를 달라기에 고명수에게 철저하게 복수할 수 있다면 상관없다고 했지. 대신에 그 사람이 처리하지 못했을 경우를 대비해야 했어. 일이 끝나면 그 사람도 우리가 처리하려고 했는데, 아마 우리랑 같은 생각을 했나 봐."

"아가씨, 어떻게 그런 끔찍한 짓을……."

윤세미가 울부짖으며 그 자리에 주저앉았다.

"우리 아빠가 그 짐승 같은 놈의 손에 처참하게 돌아가셨어요. 제가 그 사실을 알고 어떻게 살아왔는지 상상이나 할 수 있겠어요?"

"아무리 그래도……."

겨우 정신을 차린 심지윤이 말했다.

"왜 다른 사람들까지 죽여야 했죠? 특히 이혜선 기자는 왜?"

"고명수한테 매수된 인간들 역시 다 똑같은 살인마예요. 이혜선 기자도 고명수에게서 돈을 받고 왜곡 기사를 썼다는 걸 알아요. 그 때문에 피해를 본 사람은 문진플랜트 대표님이죠."

한주호가 문승진을 보며 말했다.

"우리가 당신의 원수까지 갚아 줬단 말이야. 고마워해야 하는 거 아니야?"

"누가 사람을 죽여 달라고 했나요? 당신들 도대체 무슨 생각으로……."

"그 정도면 눈치를 챌 줄 알았는데, 이 모든 계획에 관해서 아직도 모르나 보군. 하긴 모르는 편이 마음이 편하겠지."

"모르다니, 도대체 그게 무슨 소리예요!"

"모르면 됐어. 지금 상황에서는 아무래도 상관없어. 서희야, 총은 내가 갖고 있을게."

양서희가 총을 한주호 쪽으로 건네주려고 했다. 바로 그때 심지윤이 빠른 발차기로 양서희의 손목을 쳤다.

"아앗!"

한주호가 급히 달려들었지만 심지윤의 팔꿈치가 더 빨랐다.

"억!"

한 대 맞은 한주호가 쓰러지고 심지윤이 떨어진 총을 주워 들었다.

"꼼짝 마. 두 사람을 살인 및 살인 교사 혐의로 체포합니다. 경찰에 넘기기 전까지……."

"잠깐만요."

한주호가 심지윤의 말을 가로막았다.

"뭐죠?"

"당신들은 아직 모르는 게 있어."

"갑자기 무슨 소리야?"

"아까 희주 씨가 궁금해하던 건데, 왜 그때 갑자기 그 괴물이 나타났을까? 이상하다고 생각하지 않아? 그리고 그 선장이 괴물

둥지에 불을 붙였을 때 바다 쪽으로 피신한 치어들이 갑자기 해변까지 올라온 이유가 뭐라고 생각해?"

"그게 뭐죠? 당신이 괴물을 조종했다는 건가요?"

"바로 그거지! 역시 희주 씨는 대단해. 희주 씨만 없었으면 조용히 끝났을 일이 좀 복잡해져서 문제긴 하지만 말이야."

한주호가 주머니에서 작은 비닐 지퍼백을 꺼냈다. 그 안에 있는 것은 모래만 한 구슬, 즉 마이크로캡슐이었다.

"이게 뭔지는 알겠지? 마이크로캡슐이야. 기억나지? 지하 연구실에도 있던 거잖아? 이 캡슐 안에 저 괴물이 가장 좋아하는 냄새가 들어 있지. 특수 제작되어서 소량으로도 멀리까지 냄새를 퍼뜨릴 수 있어. 물고기는 코가 예민하다는 거 잘 알지?"

"그것 때문에 괴물들이 나타난 거였군요. 역시 연구실에 비밀이 있었어."

민희주가 중얼거렸다.

"이건 바닷물에도 잘 녹아. 원래는 메탄가스 채취용으로 개발된 거야. 메탄가스 탱크에 달린 파이프라인을 바다에 직접 연결한 다음 파이프를 통해 이 약을 흘려서 그 물고기를 끌어들이면 그 물고기가 자기 입으로 메탄가스를 뿜어 저장 탱크에 가스를 저장하도록 한 거지. 하지만 그 양이 많아지면 그 물고기는 피 냄새를 맡은 피라냐나 상어만큼이나 미치지. 내가 이걸 어떻게 알았는지 궁금하겠지? 답은 간단해. 전에 아버지 만나러 이 섬에 와서 알게 되었거든. 괴물을 조종하는 방법을 말이야. 두 분이 돌아가신 후 서희를 만나 복수를 준비하러 이 섬에 왔다가 엄청난 크기로 성장한 저놈들을 발견했지. 그때 생각했어. 이걸 복수에 써먹을 수 있겠다고 말이야."

"그건 연구실에만 있던 거 아니었어요?"

민희주가 묻자 한주호가 피식 웃었다.

"아버지가 시연용이라며 집에 보관하던 게 있었지."

"역시 괴물의 출몰이 우연이 아니었군요."

"그렇지. 당신들이 도착하기 전까지는 접근하지 못하게 해 두었다가 필요할 때 이 캡슐로 불러냈지. 테스트 삼아 승진 씨가 박선주 시신을 들어 올리려고 내려갈 때 몰래 해 봤고 아귀 수컷에서도 써 봤어. 결과는 알다시피 대성공. 그래서 고명수나 김호선 때도 사용한 거야. 그래서……."

심지윤이 뭔가를 눈치채고 소리쳤다.

"안 돼!"

한주호가 지퍼백을 찢더니 바다에 확 던져 버렸다.

"지금은 밤이니까 놈들이 활개를 칠 거야. 참고로, 아직 당신들이 직접 못 본 암컷은 수컷보다 덩치가 훨씬 더 커. 곧 만나게 될 테니 눈으로 확인해 봐."

"미쳤어? 그러면 당신도 죽어!"

심지윤의 다급한 외침에 한주호가 침착하게 말했다.

"어차피 이렇게 된 거, 같이 죽지 뭐. 오로지 복수를 위해 살아온 서희랑 난 더 이상 살아갈 의미도 없어. 언제 가든 지옥에 갈 테니 말이야."

그의 말이 끝나자마자 아귀 수컷 앞바다가 끓어오르듯 하더니 거대한 괴물과 함께 치어들까지 물 밖으로 펄쩍펄쩍 뛰어올랐다. 지난번 괴물만 한 놈이 또 하나 나타났다. 심지윤이 총을 들어 괴물을 향해 쐈지만 움찔할 뿐 소용이 없었다.

크아아아!

괴물이 땅이 울릴 정도로 포효하더니 성큼성큼 다가왔다.

"모두 도망가요!!"

심지윤의 외침에 사람들이 정신없이 달리기 시작했다.

24

문승진과 민희주, 심지윤과 윤세미 네 사람은 가까스로 집에 도착했다. 급히 문을 걸어 잠근 후 창을 통해 밖을 본 윤세미가 소리쳤다.

"어머, 어떡해! 이리 오고 있어!"

집 밖 저편에서 괴물이 그 큰 몸을 팔딱거리며 엄청난 속도로 다가오고 있었다. 집에 가까워지자 커다란 몸이 망둥이처럼 점프하면서 착지할 때마다 쿵 하고 지축을 울렸다.

"어서 안쪽으로 들어가요!"

문승진이 다급히 소리쳤다. 곧이어 튼튼했던 이 집의 출입문이 괴물의 박치기 한 방에 날아가고 말았다.

"꺄악!"

하마터면 민희주가 부서진 문짝에 맞을 뻔했다.

크아아아!!!

문이 부서지자 밖에서 이들을 발견한 괴물이 크게 포효했다.

"연구실로 갑시다! 그 문이라면 저 괴물도 못 뚫을 겁니다!"

심지윤의 말이 끝나기 무섭게 모두 서둘러 지하실로 내려갔다. 뚫린 현관으로 치어들이 쏟아지듯 난입했다. 문승진이 맨 뒤에서 방망이를 휘두르며 새끼 괴물들을 물리쳤다.

"오빠!"

마지막으로 문승진이 연구실 문으로 뛰어들었지만 문이 무거워서 닫는 데 시간이 걸렸다. 그사이 쫓아온 괴물이 무서운 속도로 그 거대한 몸을 돌진해 왔고 문틈으로 비집고 들어오려 했다.

"꺅!"

괴물이 들어오면서 머리로 받은 실험 도구 하나가 날아가서 윤세미의 머리에 맞았다. 갑작스러운 충격에 쓰러진 그녀를 문승진이 부축해 일으켰다.

"죽어랏!"

심지윤이 총을 꺼내 쏘려고 했지만 더 이상 총알이 없었다. 그것을 본 민희주가 근처에 있던 물건들을 마구 집어 던졌다.

크아아아!

그런데 갑자기 괴물과 치어들이 소리를 지르며 연구실 밖으로 물러났다.

"뭐지?"

"희주야, 너 방금 뭐 했어?"

"난 그냥 집히는 대로 던진 것뿐인데."

민희주의 손에는 지난번에 왔을 때 발견한 선크림 통 하나가 들려 있었다.

"아, 그거……."

"이거? 선크림이잖아. 이게 왜? 설마 이게 저 괴물을 퇴치한 건가?"

"전에 바다에서 괴물 새끼들이 양서희 주변에는 안 가는 게 이상하다고 생각했는데, 바로 그거 때문이었구나. 네가 근처로 오니까 물러났던 것도 역시……."

"아, 나도 서희한테 받아서 좀 발랐지. 그래서 그동안 바다에서 수영할 때는 물론이고 따로 출몰하지 않았던 거구나. 이것 때문에……. 그러니까 서희의 아버지 양 박사님이 메탄 수화물 채취를 위해 저 괴물을 만들면서 제어를 해야 했고, 괴물들이 거부 반응을 일으키는 요소로 선크림을 만들었나 봐. 일종의 안전장치군."

"그렇다면."

문승진이 쌓여 있는 선크림 통 여러 개를 열어서 테이블 위에 올려놓았다. 겨우 정신을 차린 윤세미가 물었다.

"뭐 하시는 건가요?"

"여기서 살아 나갈 방법을 찾으려고요. 빨리 다들 이걸 발라요! 옷이든, 몸이든!"

네 사람은 서둘러 전신에 크림을 발랐다. 다 바른 민희주가 물었다.

"그럼 다음은 어떻게 하지?"

"여기를 빠져나가야지."

"어떻게?"

"문으로 나가는 건 어떨까? 놈들이 물러나 주지 않을까?"

문승진이 열린 문 밖에서 이쪽을 보고 으르렁거리는 괴물을 손으로 가리켰다.

"연구실 밖은 이 집 1층으로 올라가는 문이 놈들에 의해 막혀 있어. 공간이 좁아서 자칫 괴물의 꼬리에 제대로 맞기라도 하면……."

"그럼 어떻게 하지? 이대로 녀석들이 지쳐서 나갈 때까지 기다릴까?"

"그것도 안 돼. 이대로 있을 수만은 없어."

"그건 왜?"

"저것들은 메탄가스를 품고 있어. 그것을 이 밀폐된 공간에서 뿜으면 우린 가스에 중독사할지도 몰라. 뿐만 아니라 이 안은 전자 기기로 가득 차 있잖아. 자칫 전기 스파크라도 튀면 큰 폭발이 일어날 수도 있다고."

"그럼 도대체 어떻게 하자는 거야?"

민희주가 주변을 둘러보다가 마이크로캡슐이 들어 있던 냉동고에 시선을 주었다.

"저걸 써 보면 어떨까?"

"저건 괴물을 유도하는 거잖아. 많이 쓰면 미쳐서 날뛴다며."

"이걸 저기, 저 아래 동굴 쪽 입구 문을 열고 확 뿌리면 괴물들이 그리로 가 버리지 않을까?"

"그럼 제가 해 볼게요!"

심지윤이 소리치곤 냉동고로 달려가 캡슐이 담겨 있는 통을 두 개 꺼내 왔다.

"한 통 써 보고 약하다 싶으면 한 통 더 써 보자구요."

그는 캡슐이 담긴 통의 뚜껑을 열더니 동굴로 통하는 커다란 문으로 갔다.

"이 문의 비밀번호도 같다고 했지?"

연구실 문을 열 때 썼던 비밀번호를 누르자 철컥 하고 지하 동굴로 향하는 문이 열렸다. 문이 활짝 열리자 그는 캡슐을 그 아래로 쫙 뿌렸다. 그리고 들고 있던 통까지 내던진 후 재빨리 몸을 피했다.

크아아아악!

캬악! 캬악! 캬악!

다량의 캡슐로부터 냄새가 진동했는지 괴물들은 어미를 선두로 지하 동굴을 향해 쏟아지듯 내려갔다. 그렇게 치어들까지 거의 다 동굴로 내려간 틈을 타서 사람들은 연구실 밖 계단으로 이동했다. 그런데 급히 움직이다가 윤세미가 그만 테이블 위에 있던 캡슐 통을 쳐서 바닥에 떨어뜨렸다. 떨어진 충격으로 통 뚜껑이 열리더니 안에서 캡슐들이 쏟아졌다.

"어머, 어떡해!"

캬악! 캬악!

밑으로 내려가던 괴물 치어 중 몇 마리가 갑자기 방향을 바꾸더니 먼저 내려가던 치어들까지 팔딱거리면서 이쪽으로 모여들기 시작했다.

"어서 도망쳐요!"

심지윤이 몽둥이 같은 것을 들어 달려드는 괴물 치어를 내리쳤다.

캬악!

심지윤이 시간을 버는 사이 먼저 나온 문승진이 연구실 문을 닫으며 소리쳤다.

"형사님! 빨리 나와요!"

심지윤이 몸을 던져 연구실 밖으로 나오자 문을 완전히 닫아버렸다. 그렇게 겨우 안심을 하고 있는데 갑자기 삑삑 소리가 나기 시작했다.

"이게 무슨 소리지?"

"오빠, 저기 좀 봐."

연구실 문 옆에 있는 계기판에 빨간불이 깜박이고 있었다. 그리로 달려간 민희주가 심각한 표정으로 말했다.

"이건 가스 누출 경보야. 지하 동굴에 있는 메탄가스 저장 탱크의 센서가 반응을 했다는 얘긴데, 괴물들이 그 탱크를 건드렸나 봐. 연구실 안도 괴물들이 엉망으로 만들어 놔서 전기 장비들이 위험한데 아까 말했듯이 거기서 스파크라도 나면 큰 폭발이……. 빨리 밖으로 튀어!"

서둘러 집 밖을 나온 네 사람은 무조건 달렸다. 잠시 후, '콰광!' 하며 엄청난 폭발이 일어났다. 저녁 무렵이라 어두워진 섬이 순간적으로 환해졌다.

"엎드려요!"

문승진이 소리쳤고 모두 바닥에 쓰러지듯 엎드렸다.

콰광! 콰광! 콰과광!!

폭발은 집을 날리는 데에서 그치지 않았다. 원래 동굴이 많은 섬이라 지반이 약한 편인지 땅에서도 열기가 솟아올랐다. 마치 화산이라도 폭발한 것 같았다. 이들은 서둘러 창고 뒤로 몸을 날렸다.

"맙소사, 이러다 섬이 가라앉는 건 아닐까요?"

"설마요. 아무튼 정말 대단하네요."

심지윤의 말에 민희주가 거친 숨을 몰아쉬며 대답했다.

"메탄가스 폭발의 위력을 실제로 보니 놀라지 않을 수 없네요."

커다란 폭발과 함께 집이 날아간 다음 땅이 몇 번 울리더니 잠잠해졌다. 네 사람은 그제야 겨우 안도할 수 있었다. 심지윤이 말했다.

"자, 이제 이 섬을 빠져나갈 방법을 찾아봅시다."

그들은 선착장으로 향했다.

"그 사람들은 어디로 갔을까?"

문승진이 주변을 두리번거리며 묻자 민희주가 말했다.

"서희와 한주호 씨? 선크림의 효과를 알 테니 괴물들에게는 당하지 않았을 것 같고……. 혹시 아까 그 고무보트를 타고 도망치지 않았을까?"

"그럴 가능성이 높지."

"그 착하던 아가씨가 어떻게 그런 무서운 짓을……!"

윤세미가 망연자실한 표정으로 어깨를 늘어뜨렸다.

"어렸을 때 일찍 어머니를 여의어서 가정부지만 딸이라 생각하고 같이 살아왔는데, 유학 떠난 후 한동안 못 봤거든요. 박사님 저렇게 되시고 혼자 이 섬을 지켜야 한다길래 마음이 쓰여서 쫓아왔어요. 얼마 전부터 당분간 제주도에 가 있으라고 해서 여자 혼자 있으면 위험해서 안 된다고 버텨 왔는데, 그게 다 이런 무서운 짓을 하려고……."

"어?"

심지윤이 핸드폰을 들어 올렸다.

"외부와 연락이 되지 않았던 이유가 기지국이 고장 나서가 아니었나 봐요. 역시 양서희 씨가 거짓말을 했군요. 그동안 전파 차단 장치가 가동되고 있었나 봐요. 저 집이 폭발하면서 그 차단 장치도 없어진 거 같아요. 그 위성 통신 장치도 처음부터 없었을 거예요."

심지윤은 핸드폰의 통화 가능 표시를 반가운 표정으로 보고 있다가 번호를 입력하곤 통화 버튼을 눌렀다.

"네, 제주경찰서죠? 부산경찰청 소속 심지윤 형사입니다. 네, 네. 맞습니다. 아귀도에 있는데 긴급 지원 요청합니다."

"오빠, 저거 봐!"

민희주가 갑자기 눈을 크게 뜨며 바다 쪽을 가리켰다.

"저건?"

저편으로부터 빠르게 다가오는 불빛, 배 한 척이 빠른 속도로 선착장 쪽으로 다가오고 있었다.

"그들이다!"

그 배에는 두 남녀가 타고 있었다.

"저 사람들, 역시 살아 있었군. 탈출용으로 준비해 둔 배 같은데."

"서희와 한주호 씨야. 아니, 장호준 씨가 본명이랬나? 그런데 왜 이쪽으로 오는 거지?"

"저기 좀 봐!"

문승진이 가리키는 바다 저편에는 밤인데도 아주 크고 선명한 흰색 물보라와 함께 무슨 잠수정 같은 것이 그 배를 추격해 오고 있었다.

"괴물이야! 어미 괴물이 살아 있었어!"

민희주의 말과 동시에 네 사람이 눈을 크게 떴다.

"낚싯배를 침몰시킨 어미 괴물이 바로 저놈인가 봐."

"그래, 아마 새끼들이 떼죽음을 당해서 극도의 분노를 느낀 어미 괴물이 탈출하던 두 사람을 발견하고 섬 밖으로 나가는 걸 막은 모양이야."

"어, 어, 안 돼!"

미친 듯이 다가오던 배가 선착장을 들이받으며 멈췄다.

"저러다 괴물한테……. 안 되겠어. 갑시다!"

네 사람은 서둘러 선착장으로 뛰어갔다. 그때 바닷속에서 엄청난 물보라를 일으키며 거대한 어미 괴물이 튀어나왔다. 마치 커다란 고래가 쇼를 하는 것 같았다. 크기도 먼저 봤던 괴물의 두 배는 돼 보였다.

그 괴물은 폭발로 인해 생긴 화상 자국과 상처가 이곳저곳에 있었고 지느러미도 너덜너덜하게 찢어져 있었다. 그 괴물의 눈에서 분노의 감정이 느껴졌다. 그것은 새끼들을 전부 잃은 어미의 분노였다.

"오빠, 이제 선크림도 안 통할 거 같아. 저 상태라면……."

크아아악!!

괴물이 분노의 포효를 하며 배를 덮쳤다.

"서희야!"

민희주가 소리친 순간, 쓰러져 있던 한주호가 일어나 막아섰다. 동시에 괴물이 날카로운 이빨로 그의 상체를 한입에 물더니 두 동강을 내 버렸다.

"아아악!!!!!"

양서희의 절규가 처절하게 밤공기를 갈랐다.

크아아아!!!!

한주호의 상반신을 씹어서 삼킨 괴물이 포효했다. 벌린 입 속으로 보이는 이빨이 붉은 피로 물들어 있었다.

"저러다 서희 씨도 당하겠어."

급히 배 위에 올라탄 문승진이 주머니에서 라이터를 꺼냈다. 그것은 이경준이 죽은 현장에서 발견한 것이었다. 라이터를 켠 문승진은 그것으로 천 조각에 불을 붙여서 포효하는 괴물의 입에 던졌다. 하지만 괴물은 캭캭거리기만 할 뿐 폭발이 일어나지 않았다. 아무래도 입 안에서 불이 꺼진 모양이었다. 문승진은 그 틈을 타서 배 안에 있는 작살을 들어 괴물의 눈을 찔렀다.

크아아아!

괴물이 고통스러운 소리를 질렀다. 문승진은 작살을 하나 더 들고 괴물의 몸통을 찌르려 달려들었다. 그때 괴물이 갑자기 양쪽 지느러미를 크게 펼쳤다. 그것은 도끼처럼 단단하고 날카로웠다. 문승진은 반사적으로 피해서 다치지 않았지만, 조금만 늦었다면 몸이 잘릴 뻔했다.

"승진 오빠!"

배 밖에서 민희주의 목소리가 들렸다. 문승진이 쓰러져 있는 양서희에게 손을 내밀었다.

"서희 씨, 어서!"

그때 배에 반쯤 몸을 걸치고 있던 괴물이 다시 요동을 치며 뛰어올랐다.

빠직!!

거대한 몸에 눌려 조타실이 완전히 부서지면서 양서희가 그 잔해에 깔리고 말았다.

"서희 씨!!"

"오빠, 빨리 나와! 배가 움직여!"

민희주의 절박한 목소리가 들렸다. 배 밖을 보니 선착장에서 멀어지고 있었다. 괴물이 꿈틀거리는 바람에 배가 움직인 모양이었다. 배가 부서지면서 그 사이에 괴물의 몸이 끼어 버렸다.

크아악! 크아악!

괴물이 마구 요동치자 그에 따라 배도 흔들렸다. 마치 놀이동산의 흔들리는 기구 위에 있는 것처럼 정신이 없었지만 문승진은 침착하게 주변을 둘러보았다. 그러던 중 쓰러진 양서희 옆에 떨어져 있는 전기 충격기가 눈에 들어왔다. 그것을 집어 든 그가 두리번거리다가 어느 한 곳에 시선을 고정했다.

"아!"

갑판 위에 쓰러져 있는 연료통을 발견한 것이다. 괴물이 몸부림을 치는 바람에 쓰러진 통에서 연료가 꽤 새어 나온 것 같았다. 문승진은 그것을 들고 또 무언가를 열심히 찾았다.

크아아아아!

빠지직.

괴물이 몸을 비틀자 끼어 있던 갑판이 갈라지기 시작했다. 놈은 조만간 배를 부수고 달려들 것 같았다. 사납게 포효한 괴물이 이쪽을 향해 상체를 뻗으며 버둥거렸다.

"아, 이거다!"

문승진은 갑판 위에 널브러져 있는 끈 달린 튜브에 그 연료통의 남은 기름을 쏟았다. 그리고 괴물을 향해 던졌다. 놈은 반사적으로 그것을 덥석 물었다. 밖에서 그 모습을 본 민희주가 뭔가 알아차렸는지 표정이 굳으면서 소리쳤다.

"오빠! 그걸 쓰면 오빠도 위험해!!"

문승진은 바닷물로 흠뻑 젖어 있는 자신을 보고 잠깐 멈칫했다. 하지만 지체할 시간이 없었다.

크아아아아!

괴물이 요동치자 결국 배는 거의 두 쪽이 나다시피 갈라졌다. 공간이 생기며 몸이 자유로워지자 놈은 튜브를 문 채 미친 듯이 문승진을 향해 달려들었다. 아무래도 튜브에 날카로운 이빨이 낀 모양이었다. 그때 문승진이 바다 쪽으로 몸을 날리며 한 손에 튜브와 연결된 줄을 잡고 그곳에 전기 충격기 끝을 가져다 댔다.

지직!

순간적으로 온몸을 관통하는 찌릿한 충격을 느끼며 문승진은 마비된 상태로 바다 위에 떨어졌다. 그리고 갑자기 TV 화면이 꺼지듯 정신을 잃었다. 마지막으로 문승진이 본 것은 줄을 타고 빠르게 괴물을 향해 달려가는 푸르스름한 불꽃이었다.

콰과광!!!!!

커다란 폭발음과 함께 마치 불꽃놀이라도 하는 것처럼 밤바다가 환하게 밝아졌다.

25

2월의 겨울바람은 매서웠다. 옷을 여민 문승진은 하얀 입김을 후후 불며 약속 장소인 한강 둔치를 찾았다.

아귀도에 다녀온 지도 벌써 6개월이나 지났다. 그 사건 이후 문승진은 경찰과 언론사에 한동안 시달렸다. 괴수 영화에서나 나올 법한 황당한 유전자 조작 괴물 이야기였으니 사람들의 관심이 집중될 수밖에 없었다.

해양 전문가들은 물론 해군 특수부대까지 아귀도로 가서 샅샅이 수색했고 여기저기에서 괴물과 수많은 치어들의 사체들을 찾아냈다. 그들은 이들이 전멸해 버린 것 같다고 전해 주었다. 양 박사와 장 팀장이 만든 그 메탄가스 채취 방법에 흥미를 가진 개발업자들도 연구 자료를 찾아보았으나 김호선이 빼낸 데이터를 양서희와 한주호가 가지고 있다가 배와 함께 수장되었는지 그 어디에서도 발견되지 않았다. 게다가 집을 포함한 연구소까지 완전히 산산 조각 나서 타 버린 바람에 아무런 수확이 없었다.

문승진은 지금도 어떻게 그 상황에서 자신이 살 수 있었는지 믿기지 않았다. 듣기로는 전기 충격기에 감전되면서 바다로 떨어진 덕분에 배의 폭발로 인한 부상이 크지 않았다고 한다. 그가 물에 빠진 것을 본 심지윤 형사가 바로 뛰어들어서 익사 직전의 그를 구했다고 했다. 문승진은 병원에 찾아온 심지윤에게 감사 인사를 했지만, 심지윤은 오히려 문승진의 용감한 행동으로 괴물로부터 목숨을 구한 자신이 감사한 마음이라고 했다.

한강을 바라보며 벤치에 앉아 있는 문승진의 머릿속에 이런저런 지난 일들이 스쳐 지나갔다.

"오빠!"

문득 등 뒤에서 익숙한 목소리가 들렸다.

"어! 희주야. 오랜만이야."

반가워하며 뒤돌아본 문승진의 눈앞에 있는 건 그가 알고 있던 안경잡이 범생이 인상의 설명충 민희주가 아니었다. 콘택트렌즈를 꼈는지 안경도 쓰지 않았고, 만날 청바지에 티셔츠를 아무렇게나 입었었는데 정장 차림을 하고 있었다. 게다가 화장도 약간 한 듯했다.

“너, 어디 알바 면접 보고 오는 길이냐?”

“아, 면접이라기보다는 클라이언트 미팅이라고 하는 게 맞겠지.”

“오, 너 괜찮은 알바 찾아냈나 보구나. 좋겠다. 학교도 그만둔 이 오빠는 아직 백순데.”

“그거 참 잘된 일이네.”

“잘되다니, 너 지금 오랜만에 만나서 나 약 올리는 거냐?”

“에이, 약 올리긴. 그나저나 그동안 어떻게 지냈어?”

“퇴원한 다음 집안 정리하고 나서 구직 활동하고 있어. 현재는 아버지가 사고로 사망하신 걸로 판명돼서 나온 보험금으로 그럭저럭 살고 있지. 빚 때문에 상속을 포기했는데, 보험금은 고유 재산이라 다행히도 지킬 수 있다고 하더라고. 그래도 희주 너는 좋아 보여서 다행이다. 병원에 면회 온 이후로 얼굴 보기 힘들던데, 많이 바빴어?”

“응, 이것저것 하느라 좀 정신이 없었어. 오빠는 지금도 아귀도 생각나?”

“생각나는 정도가 아니야. 아직도 수시로 악몽을 꿔. 그 괴물이 나타날 때도 있고 어떨 때는 그 섬이 거대한 아귀 괴물이 되어 당장이라도 집어삼킬 듯이 덤빌 때도 있어.”

“그렇구나. 나도 그 기분 알아. 나 역시 어린 시절 경험 이후로 가끔 그 비슷한 꿈을 꾸거든.”

“그래, 우리에겐 평생 트라우마로 남겠지. 극복하면서 살아야지 어쩌겠어."

"맞아. 아무튼 아귀도의 일들은 인간의 탐욕 때문에 발생한 비극이었어. 인간은 자신을 낳아 준 대자연까지 파괴하는 악행을 저지르면서 결국 그 화가 자신들에게 미친다는 걸 의식하지 못하지."

"그래, 전에 네가 한 말 기억난다. 멸종이란 바다에서 시작되는 것이고 먹이 사슬의 최정상에 있는 존재가 결국 멸종하게 된다는 그 말. 그리고 현재 인간은 지구가 생긴 이래 최악의 암적인 존재라는 말도."

"응, 인간이 지구에 생긴 지는 2백만 년 정도밖에 되지 않았어. 하지만 그사이에 인간은 너무도 많은 다른 종을 멸종시키고 환경을 오염시켰지. 특히 지구 온난화로 인한 메탄가스 농도 증가는 지구에 있는 수많은 생명체에게 큰 위협을 주고 있어. 인간이 여섯 번째 대멸종을 부르게 될 거라는 예측은 이미 학계는 물론 일반인 사이에서도 공공연히 떠돌고 있는 얘기야."

"희주, 설명충인 건 변하지 않았구나."

"하하, 사람이 어떻게 변하겠어."

"어? 그거 어디서 많이 듣던 대사인데. 무슨 영화에 나온 말 아니야?"

"뭘 그런 걸 따지고 그래. 농담을 농담으로 받은 거뿐인데."

"난 농담한 거 아닌데."

“에휴~ 오빠도 참. 그나저나 오빠도 나한테 하고 싶은 말이 있다고 했지?”

“그래, 사실은 아귀도의 모든 진상을 알게 되었어.”

“정말? 어떻게? 풀리지 않은 부분이 있긴 했는데…….”

“바로 이거야.”

문승진이 자신의 스마트폰을 민희주에게 내밀었다.

“어? 이게 뭐야?”

“아버지가 나에게 보낸 메일이야. 사건이 끝나고 병원에 있던 중에 받았는데 예약 메일로 보내셨나 봐. 일종의 유서 같은 거지.”

“어머, 정말?”

민희주는 문승진의 스마트폰을 받아서 화면에 뜬 글을 읽기 시작했다.

승진아, 이렇게 메일로 마지막 말을 전해서 미안하다.

갑자기 이 메일을 받고 놀라고 나를 많이 원망하고 미워할 것도 안다. 하지만 적어도 너에게는 진실을 전하고 싶었다. 그리고 한참 고민 끝에 이 방법밖에 떠오르지 않아서 이 글을 너에게 남긴다. 어디서부터 얘기를 해야 할지 모르겠구나. 그래, 우선 엄마 얘기를 해야 할 것 같다.

사업과 낚시에 미쳐 있던 남편과 아들을 뒷바라지하느라 고생만 하던 네 엄마가 저세상으로 간 후 나에게 모든 것은 의미가 없어졌단다. 나에게 남은 건 오직 네 엄마의 원한을 풀어 주는 것뿐이었다. 아, 진실을 전한다면서 사고로 죽은 엄마 얘기를 꺼내서 무슨 소린가 하겠구나. 그 얘기를 더 하기 전에 일단 순서대로 얘기를 해 주마.

네가 이 편지를 받았을 때 나는 세상에 없을 거다. 진즉에 네 엄마 곁으로 가고 싶었는데 이 세상에 한을 남겨 두고 싶지 않았다. 내가 맞서야 할 악과 내가 저지른 죄, 모든 것을 안고 가고 싶었다.

일밖에 모르던 바보 같은 이 아빠는 회사가 부도나 결국 고 대표에게 매각하기 전까지 어떻게든 회생시켜 보려고 정말 최선을 다했단다. 이경준 그 녀석이 연구비 예산을 횡령해서 소송을 했다가 실패하고 유능했던 연구 개발팀의 장태민 팀장도 일을 그만둘 수밖에 없는 상황에까지 가게 되었지만, 투자자들을 일일이 찾아가 설득하며 약간의 희망이 보였단다.

그런데 갑자기 네 엄마가 교통사고로 이 세상을 떠났다. 투자자 미팅 때문에 응급실에도 못 갔던 내가 지금도 너무나 혐오스러워서 견딜 수가 없단다. 결국 그렇게 모든 걸 포기하고 낚시에 미쳐서 광인처럼 지낸 건 너도 잘 알 것이다.

그러던 어느 날, 장태민 팀장으로부터 연락이 왔다. 자신이 유전공학으로 유명한 양성준 박사와 새로운 방법으로 메탄 수화물 채취 기술을 연구했는데 거의 성공 단계에 왔다고 하더구나. 그런데 그 연구를 추진한 사람이 바로 이경준 그놈이고 이 연구 자료를 해외에 고가로 팔아서 거액의 돈을 챙기려고 한다더구나. 그는 기술을 해외로 유출하는 것을 막고 싶다고 했다. 그래서 나는 그들의 연구소가 있다는 아귀도로 가서 그들의 연구 결과를 들었는데, 정말 대단한 발상이었다. 특별하게 개발된 종의 물고기를 메탄 수화물 채취에

활용해 친환경적으로 무궁무진한 에너지를 얻을 수 있으니 말이다.

실제로 메탄가스 저장 탱크와 그 물고기들을 실험하는 모습을 보니 예상했던 것 이상의 효과가 있더구나. 하지만 그 물고기들을 제대로 통제할 수 있을까 하는 의문이 있긴 했다. 그 문제점을 지적했더니 그들은 솔직히 말해 줬다. 1차로 스무 마리를 만들었는데, 그중 세 마리가 다른 것들을 모두 죽이고 덩치도 엄청나게 키웠다고 말이다. 거기다 마음대로 번식을 할 수 없도록 했는데도 불구하고 격리해 놓은 놈들이 스스로 성전환까지 하면서 암수를 형성하더란다. 그들은 조금만 더 시간을 주면 더 안정적으로 메탄가스를 공급할 수 있는 방법을 찾아내겠다고 했다.

그들은 이경준과 같이 해외 사업가 미팅에 갔다가 일주일 정도 자료를 정리할 시간이 필요하다는 핑계를 대고 왔다고 하더구나. 그사이 내가 국내 기관 등과 접촉해서 이 연구 기술의 해외 유출을 막아 보기로 했단다. 나는 다시 섬을 나와서 관계자들을 찾아다녔단다. 시간도 없었고 사람들을 만나는 것도 쉽지는 않았지만, 일단 관심을 보이는 곳이 있어서 좀 더 신빙성 있는 자료를 준비하기 위해 다시 아귀도로 돌아갔다.

그런데 바로 그날, 고명수 대표가 아귀도로 찾아왔다. 그때 나는 숨어서 그가 한 말과 극악한 행동을 목격했다. 정말 믿기지 않았다. 모든 배후에 고 대표가 있었다니. 그가 그러더구나. 자신이 경쟁사인 문진플랜트를 인수하기 위해 어떤 짓을 했는지 아냐고 말이다. 아주 자랑처럼 얘기했는데, 그 내용이 정말 엄청난 충격이었다.

그는 이혜선 기자를 매수해서 비방성 기사를 퍼뜨렸고 이경준을 매수해서 회사 기밀을 빼돌렸는데, 그래도 내가 꿈쩍을 안 하자 나를 무너뜨리기 위해 청부 살인을 의뢰해 네 엄마를 교통사고로 위장해 살해했다고 하더구나. 나는 당장이라도 뛰쳐나가서 놈을 갈기갈기 찢어 죽이고 싶었다. 하지만 복수를 위해 참아야 했다.

아무튼 그의 악행은 끝이 없었다. 장태민 팀장이 연구 보조로 불렀던 두 연구원이 있었는데, 이들도 어떻게 매수했는지 아귀섬에 관해 알아내서 찾아왔던 것이다. 그리고 깡패 같은 그의 부하들이 두 사람을 협박했는데, 양성준 박사가 뭐라고 했는지 그들 중 한 명이 화가 나서 그를 절벽 아래로 떨어뜨렸단다. 그리고 그 틈을 타서 달아나던 장태민 팀장을 고명수가 총으로 쐈다. 내가 숨은 자리에서 장 팀장이 총에 맞는 것은 봤는데, 달아나는 그를 잡진 못한 것 같더구나. 내 생각엔 그 역시 섬 어딘가에서 죽었을 것 같다. 아무튼, 나는 고명수 일당이 연구실에 들어가는 것에 실패했는지 투덜거리며 섬을 떠나는 것까지 지켜보았단다.

그러고 나서 나는 한동안 고민의 시간을 가졌다. 그리고 결론을 내렸다. 고명수를 법의 심판을 받게 하기엔 그의 비호 세력이 너무 많았다. 어떻게 해서 결정적인 증거를 찾아 잡아넣는다 해도 금방 감형이 되어 다시 사회에 나와서 악행을 이어 갈 것이 뻔했다. 게다가 그에게 어울리는 형벌은 사형인데, 그건 국내법의 테두리에서는 불가능한 것이라 직접 복수를 하기로 했다. 그리고 나의 복수는 그가 매수했던 모든 사람들에게까지 벌을 내리는 것으로 완성되는 것이었다.

나는 그들에 대한 복수 의식에 의미를 부여하고 싶었단다. 그건 언젠가 내가 읽었던 '대멸종'으로 사라진 고생물들처럼 이 세상에서 완전히 사라지는 것을 의미했고, 그들을 제거하는 방법 역시 고생물들의 멸종 원인과 매치시켜 보려고 했다. 그렇게 나는 하나씩 계획을 세워 나갔단다.

먼저, 사람들에게 혹시 살아 있을지 모를 장태민 팀장의 이름으로 메일을 보냈다. 연구 자료를 미끼로 그 인간들을 아귀도로 유도하기로 한 것이다. 그리고 조력자로 양성준 박사와 장태민 팀장의 자식들을 만났다. 그들은 내가 섬에서 핸드폰으로 몰래 찍은 영상을 보더니 울음을 터뜨리며 꼭 같이 복수하게 해 달라고 하더구나. 젊은 그들까지 끌어들이면서 복수를 하려는 내가 한없이 혐오스러웠지만, 나에게 가장 중요한 건 복수였고 그를 위해 어쩔 수 없는 선택이었단다. 네가 나를 욕하고 비난하더라도 말이다.

그렇게 나는 멸종된 고생물의 이름을 닉네임에 붙여서 살인 순서를 정했고 그 사이에 나 자신을 집어넣었다. 나는 이경준을 어떤 장소로 유인해서 같이 죽을 생각이다. 극악한 고 대표의 죽음까지 보고 싶긴 하지만 두 사람에게 맡기기로 하고, 친동생 같았던 사업 파트너의 배신 역시 나에게 큰 마음의 상처를 줬기 때문에 그 녀석을 끌고 같이 지옥에 떨어질 생각이다. 솔직히 그렇게 죽으면 네 엄마를 못 만날지도 모른다는 생각에 괴롭긴 하다. 하지만 원한을 푸는 건 내가 죽기 전에 꼭 해야 할 유일한 일이라 어쩔 수 없단다.

가장 걸리는 건데, 너를 살인자의 아들로 만든다는 것이 커다란 마음의 짐이라 이 글을 쓰기 전에 깊게 고민했었단다. 하지만 엄마의 죽음에 대한 진실, 그리고 또 겪게 될 아빠의 죽음에 대한 진실을 너도 알 권리가 있다는 결론을 내리게 되었다. 그래서 너에게는 모든 사실을 알려 주고 싶었다. 며칠

뒤면 나는 마지막으로 바다낚시를 갔다 올 생각이다. 그리고 본격적인 계획에 착수할 것이다. 그 가증스러운 인간들이 나를 만나서 어떤 표정을 지을지 궁금하구나.

이 글은 너에게 보내는 작별 인사가 될 것 같다. 모든 악과 죄는 내가 안고 갈 테니 너는 잘 살아야 한다. 이런 말을 하는 내가 뻔뻔스럽다는 건 알지만 너라면 그럴 수 있을 거라 믿는다. 모순덩어리인 이 아빠를 용서해 다오. 미안하다, 그리고 사랑한다.

메일을 읽는 동안 문승진은 눈가가 촉촉해져 있었고, 잠시 후 씁쓸한 표정으로 강을 바라보았다.

"세상에……."

민희주는 놀라움을 감추지 못했다.

"이, 이걸, 왜, 나한테 보여 주는 거야?"

"너도 볼 자격이 있다고 생각했어. 그 섬에서 일어난 일의 배후에 무엇이 있었는지 희주는 알아야 하잖아. 결국 아버지가 일련의 사건의 배후였던 거야. 그때 한주호 씨, 아니 장호준 씨가 나한테 이혜선 기자의 죽음에 감사하라며 아직 눈치차리지 못했냐고 했던 말의 의미를 겨우 알게 됐어."

"그랬구나."

"그런데 참, 아버지가 간과하신 게 하나 있었던 것 같아."

"뭐를? 아! 그 괴물?"

"그래, 장 팀장이 죽기 전에 그 괴물을 바다에 풀어놓은 건 모르셨던 거지. 그리고 사전 답사 겸 낚싯배를 탔다가 그만 그 괴물에게 당한 거야."

문승진은 어색한 미소를 지었지만 눈은 여전히 슬퍼 보였다.

"그런데 아직 궁금한 게 하나 더 있긴 해."

"그게 뭔데?"

"그 거대한 괴물은 도대체 어떻게 만들어진 걸까? 유전자 조작도 알겠고 야생에서 포식자가 되어 거대해진 것까지도 알겠는데, 아무리 그래도 그 정도로 커지다니……."

"오빠, 혹시 그 어부 할아버지 얘기 기억해? 그 괴물을 목격하기 전에 하늘에서 이상한 빛을 봤다는?"

"으, 응……. 그랬던가? 그때는 그냥 이상한 할아버지의 말씀 정도로 생각해서 귀담아듣지 않았거든."

"그랬구나. 나는 기억해. 그 할아버지가 하늘에서 재앙을 내린 거 같다고 했어. 나는 그게 어떤 영향을 준 게 아닐까 해."

"영향?"

"응, 오빠 말대로 그렇게 큰 괴물이 존재한다는 건 믿기 어려운 일이야. 물론 고대 생물들 중에 거대한 종이 있긴 했지만 지금과는 다른 환경이었고, 설사 인공적으로 만든다고 해도 영화에서처럼 공룡 같은 거대 생물의 유전자를 구해야 할 거야."

"그렇구나."

"그래서 내 생각은, 그 빛이란 것이 지구 밖에서 온 존재가 아닐까 해. 운석 같은 외계에서 떨어진 돌도 존재하니까 가능성은 충분히 있지. 물론 추측에 지나지 않지만, 그 무엇인가가 지구에 존재하는 생명체를 거대화시킨 것이 아닐까 하는 생각을 해 봤어. 내가 어렸을 때 봤던 그 괴물과도 관련이 있을지도 모르고."

"희주야, 그건 좀 SF 영화 같은 발상이 아닐까? 외계 생명체가 지구에서 괴물로 탄생하는 영화 같은 거 말이야."

"맞아. 그런 발상과 크게 다르지 않지. 하지만 우리가 겪은 것을 생각하면 그런 영화 같은 생각이 오히려 자연스럽지 않을까?"

민희주가 그렇게 말하고 웃자 문승진도 따라 웃었다.

"그건 그렇고, 네가 할 말은 뭔데? 할 말이 있다고 만나자고 연락한 건 너였다는 걸 잠시 깜박했네."

"하하, 응. 바로 이거 때문이야."

민희주는 가방에 손을 넣더니 뭔가를 꺼내 내밀었다.

"짜잔!"

"응?"

문승진이 눈을 크게 뜨며 그것을 들여다보았다. 그녀가 들고 있는 핸드폰 화면에는 사립 탐정 아카데미 홍보물이 떠 있었다.

"사립 탐정? 민간 조사원? 이거 불법 아니니?"

"불법이라니? 민간 협회에서 발급하는 조사원 자격증은 합법이거든."

"그런데?"

"나 말이야, 아무래도 이쪽에 소질이 있는 것 같아서."

"하긴, 아귀도 사건도 희주가 없었다면 해결하지 못했을 거야."

"전공도 중요하지만 알바랄까 부업으로 이런 일도 하면 좋을 것 같아. 재능 개발이랄까 뭐 그런. 이거 공부하면서 실무도 돕고 있어. 그래서 오늘 클라이언트 미팅이 있었고."

문승진은 약간 어이없는 표정을 지었다. 하지만 민희주의 눈빛은 초롱초롱했다.

"오빠한테 하고 싶었던 말이 그거야. 나랑 같이 이 일 하지 않을래?"

"희주는 참, 변함없이 엉뚱하구나. 같이 탐정 일을 하자고?"

"응, 그야말로 셜록 홈즈와 왓슨이잖아."

"헐~ 그럼 희주 네가 명탐정 홈즈라는 얘기야? 내가 왓슨?"

"명탐정까지는 모르겠지만 소질이 있는 건 확실한 거 같아. 아참, 오빠 오늘 왜 여기 한강 둔치에서 만나자고 했는지 알아?"

"몰라. 왜 그런 건데?"

"여기서 하늘에서 불빛 같은 게 떨어지는 영상을 누가 유튜브에 올린 걸 봤어. 그때 뭐가 생각났는지 알아? 바로 좀 전에 말한 그 어부 노인의 얘기였어. 하늘에서 바다로 떨어진 불빛을 봤다는 거 말이야."

"뭐야, 그럼 이 한강에도 그 괴물이 나타날 수 있다는 거야?"

“글쎄, 그 영상의 진위도 아직 모르겠고 느낌뿐이지만, 혹시라도 이곳에 오면 뭔가 보게 되지 않을까 하는 생각에 이왕이면 여기서 만나자고 한 거야. 오빠, 혹시 ‘몬스터 헌터’라고 알아? 잘 알려져 있지는 않지만, ‘운석 헌터’나 ‘고스트 헌터’처럼 기이한 생명체를 쫓는 사람들이 있나 봐. 내가 희망이 그거라…….”

“야, 그거는…….”

“오빠가 무슨 말 하려는 지 알아. 게임 이름 아니냐는 거지?”

“그래, 내가 그거 하려고 게임기까지 샀었잖아.”

“어휴~ 오빠도 참. 내가 무슨 말을 못 해요.”

“희주야, 넌 도대체 탐정이 되고 싶은 거냐, 아니면 그 ‘몬스터 헌터’인가 뭔가가 되고 싶은 거냐?”

“굳이 말하자면 둘 다지.”

“고생물학 전공의 탐정과 몬스터 헌터? 거참, 하고 싶은 거 많아서 좋겠다.”

“내가 좀 욕심쟁이긴 해. 인정.”

동시에 웃음을 터뜨린 두 사람은 잠시 후 그 자리를 떴다.

그들이 멀어지면서 뒤에 흐르는 한겨울의 한강에 잔잔한 파장이 일었다. 이윽고 다시 잠잠해진 수면 위로 검고 미끈한 큰 덩어리가 떠올랐다. 그 물체는 마치 광고용으로 제작된 대형 모형 같은 느낌의 커다란 눈을 가진 개구리의 모습을 하고 있었다. 그 초대형 개구리의 눈이 어스름한 저녁노을이 지는 강변을 향했다. 그리고 강변을 평화롭게 걷고 있는 사람들을 조용히 지켜보고 있었다. 마치 사냥감을 노리는 야생 동물처럼…….

작가의 말

필자는 어려서부터 공룡을 아주 좋아했습니다. 그렇게 거대하고 신기하게 생긴 동물들이 이 지구상에 존재했다는 사실이 놀라웠기 때문이죠. 공룡에 대한 자료를 찾아보면서 자연스럽게 지구 환경이나 지질 시대 등에 관심을 갖게 되었고, 공룡 외에 다른 고생물에도 흥미를 가지게 되었습니다.

추리작가의 길을 걷게 되면서 늘 소재에 관한 고민을 했었는데, 어느 날 예전에 수집했던 관련 서적을 읽다가 어렸을 적에 좋아했던 고생물학을 추리소설에 응용할 수는 없을까 하는 생각을 하게 되었습니다. 그렇게 시작한 소재 연구 결과, 바닷속에 저장된 방대한 양의 메탄가스에 초점을 맞추게 되었습니다.

바다에서 가끔 일어나는 선박 및 비행기 실종 사건의 원인으로 유력한 것 중 하나가 메탄가스 폭발입니다. 화석 연료가 고갈되어 가고 있는 오늘날 메탄가스는 미래의 에너지라 불리지만 이는 지구 온난화, 폭발, 독가스 등의 재앙을 일으킬 수도 있는, 양날의 검과 같은 것입니다. 공룡을 비롯해서 괴물 영화를 좋아했던 필자는 그 점에 착안하여, 만약 어떤 괴생명체가 그 메탄가스를 자유자재로 사용할 수 있는 능력이 있다면 이는 인류에게 큰 재앙이 될 것이라는 설정을 통해 인간의 탐욕이 초래하는 비극의 경고 메시지를 담고 싶었습니다.

또한, 추리작가로서 욕심도 있었기에 본격 추리소설의 공식을 최대한 활용한 작품을 구상하게 되었습니다. 추리소설을 좋아하는 분들이라면 충분히 공감하실 텐데요. 필자는 그동안 숱한 작가들이 사용해서 이제는 식상해졌지만 그래서 오히려 더 로망이 된, '클로즈드 서클 미스터리'에 도전해 보고 싶었습니다.

이러한 형식의 미스터리의 원조는 두말할 필요도 없이 '추리소설의 여왕'이라 불리는 아가사 크리스티 여사이며, 그 대표작은 세계 추리소설사에서 가장 중요한 작품 중 하나인 『그리고 아무도 없었다(1939)』입니다. 아무도 쉽게 드나들 수 없는 외딴곳에서 일어나는 살인, 그것도 동요 가사를 연출한 '비유 살인'('동요 살인' 또는 '연출 살인' 등으로도 불립니다.)이 일어나는, 공포가 가득한 공간에서의 이야기는 언제나 흥미진진하죠. 따라서 살인마와 괴물이 있는 외딴섬을 배경으로 하는 작품을 구상하게 되었습니다. 생각해 보니 이런 설정의 추리소설은 기존에 없었던 것 같아서 바로 결정하게 되었죠.

그런 다음, '비유 살인'이라면 무엇에 비유하는 게 좋을까 생각하던 중, 이번 작품의 소재가 메탄가스와 환경 재앙이라는 점을 고려하여 지구에 있었던 '5대 대멸종'을 연결시켜 보기로 했습니다. 지구에 생명이 생긴 이래 최소 열한 번의 대량 멸종이 있었지만, 이 다섯 가지 대멸종은 그중에서도 지구를 완전히 생지옥으로 만들어서 수많은 생명체의 씨를 말린 사건이었습니다. 대멸종의 이유는 바로 환경 재앙입니다.

안타깝게도 오늘날에는 여섯 번째 대멸종이 일어나고 있고, 그것의 원인은 인간이라 해도 과언이 아닙니다. 인간의 생산 활동과 자연 파괴로 인해 환경 오염, 미세 먼지와 미세 플라스틱의 증가 등이 전 지구적인 문제가 되고 있음은 어제 오늘 나온 얘기가 아닙니다. 그래서 앞에 언급했듯이 그러한 환경 문제에 대한 경고 메시지도 함께 담고 싶었습니다.

지금까지 필자가 말씀드린 작품 의도를 요약하면, 『아귀도』는 아가사 크리스티의 작품에 대한 오마주인 본격 클로즈드 서클형 미스터리와 해양 크리처물의 결합이라 할 수 있습니다. 더욱이 2020년은 크리스티 여사가 데뷔작인 『스타일즈 저택의 괴사건』을 발표한 지 딱 100년이 되는, 그분의 등단 100주년으로서 의미 있는 해이기도 합니다. 필자는 이 소설을 이런 해에 맞춰 출간할 수 있었다는 사실을 매우 기쁘게 생각하며 크리스티 여사님께 이 작품을 헌정하고 싶습니다.

아울러 추리소설을 사랑하는 독자분들께서도 해양 스릴러가 가미된 독특한 미스터리 작품인 『아귀도』를 마음껏 즐겨 주셨으면 좋겠습니다. 남쪽 섬 어딘가에 출몰하는 괴물과 살인마를 상상하면서 스릴을 만끽하시길 바랍니다.

2020년 여름

조동신

아귀도

초판 1쇄 인쇄 2020년 7월 27일
초판 1쇄 발행 2020년 7월 29일

지은이 조동신
편집 주자덕
윤문 및 교정 김미숙
마케팅 정인규
발행인 주자덕
인쇄 미래피엔피
펴낸 곳 아프로스미디어
출판등록 제 2016-000073호
주소 서울특별시 성동구 금호로 173, 101동 904호
전화 02-6352-5133
팩스 02-6455-5891
홈페이지 www.aphrosmedia.com
전자우편 spitz70@aphrosmedia.com
ISBN 979-11-89770-06-8 (03810)

이 도서의 국립중앙도서관 출판예정도서목록(CIP)은 서지정보유통지원시스템 홈페이지(http://seoji.nl.go.kr)와 국가자료종합목록 구축시스템(http://kolis-net.nl.go.kr)에서 이용하실 수 있습니다. (CIP제어번호 : CIP2020028468)

* 잘못 만들어진 책은 구입하신 곳에서 바꾸어 드립니다.
* 책값은 뒤표지에 있습니다.